開卷如開
芝麻門

余光中精選集

增訂新版

目錄

編輯前言

陳義芝

熟識中文創作的人，對先秦諸子散文、漢代紀傳體散文，以及李密、陶淵明、江淹、庾信等人的六朝文，韓、柳、歐、蘇代表的唐宋文，必不陌生。清初吳楚材、吳調侯叔侄編注的《古文觀止》，網羅歷代名篇雖有遺漏，但大體輪廓的掌握分明，仍是研讀古代散文最重要的讀本。

今天我們讀古代散文，除《古文觀止》上的文章，論、孟、莊、荀，也不可棄，因為是源遠流長的文化氣質。歸類為小說的《世說新語》，寫人敘事清雅生動，當小品文讀也不錯，可欣賞它精鍊的筆觸、機智的餘情。而繼明代歸有光、張岱之後，猶有黃宗羲、袁枚、姚鼐、蔣士銓、龔自珍……

古人說，「文之思也，其神遠也」，又說，「事出於沉思，義歸乎翰藻」，當文統與道統釐清，藝術的想像力與語言的精緻性即獲得高度發揚；迨至明代獨抒性靈，清代提倡義法，民國梁啓超錘鍊的新文體（雜以俚語、韻語及外國語法），兩千年來中文散文的山形水貌，因而更見壯麗。可惜今人不察中文散文有其獨特鮮明的傳統，往往以西方不重視散文為名，任意貶損散文價值，誤導文學形勢。

究實而言，粗糙簡陋的經驗記述，與不具審美特質的應用文字，當然算不得散文，就像這世界充斥許多聲音，只為溝通、發洩之用，或無意為之，毫無旋律可言，也就算不得是音樂。但我們不能因為聲音之產生容易而漠視聲音之創造，同理，不能因「非散文」之充斥而不承認散文所展現的生命價值、啓蒙作用。〈庖丁解牛〉、〈出師表〉、〈桃花源記〉、〈滕王閣序〉之所以千古傳誦，正在於作家內在精神之凝注與文學意趣之揮灑，代代有感應。

清末劉熙載〈文概〉講述作文七戒：「旨戒雜，氣戒破，局戒亂，語戒習，字戒僻，詳略戒失宜，是非戒失實。」分別關切文章的主題、文氣、布局、語字、結構、義理，我們拿這個標準來檢視現代散文，也很恰適。試以現代（白話）散文前期名家的看法為例。

周作人主張散文要有「記述的」、「藝術性的」特質，「須用自己的文句與思想」，「真實簡明便好」。

冰心主張散文創作「是由於不可遏抑的靈感」，並且是以作者自己的靈肉「來探索人生」。

朱自清說：「中國文學大抵以散文學為正宗，散文的發達，正是順勢。」他認為散文「意在表現自己」，當然也可以「批評著、解釋著人生的各面。」

魯迅主張小品文不該只是「小擺設」，「生存的小品文，必須是匕首，是投槍，能和讀者一同殺出一條生存的血路的東西；但自然，它也能給人愉快和休息。」

林語堂說小品文，「可以發揮議論，可以暢泄衷情，可以摹繪人情，可以形容世故，可以札記瑣屑，可以談天說地，」又說散文之技巧在「善治情感與議論於一爐」。

梁實秋特重散文的文調，「文調的美純粹是作者的性格的流露」，「散文的美，不在乎你能寫出多少旁徵博引的故事穿插，亦不在多少典麗的辭句，而在能把心中的情思乾乾淨淨直接了當地表現出來。」

以上這些話皆出現在一九二〇年代，可見白話散文的基礎一開始就相當扎實。

梁實秋以降，台灣文壇的散文名家，從琦君到張曉風，從林文月到周芬伶，從王鼎鈞到簡媜，從董橋到蔣勳，並時聚焦的大家如吳魯芹、余光中、楊牧、許達然，幾乎沒有一個不是集合了才氣、人生閱歷、豐富學養與深刻智慧於一身。他們的散文大筆馳騁自如，頗能融會小說情節、戲劇張力、報導文學的現實感、詩語言的象徵性。散文的屬性被發揮得淋漓盡致，散文的世界乃益加遼闊；散文的樣式不再只循舊式美文、雜文、小品文或隨筆的路徑，科學散文、運動散文、自然散文、文化散文或旅行文學、飲食文學，為人間開發了無數新情境，闡明了無數新事理。

隨著資訊世紀的來臨，文類勢力迭有消長，我預見散文的影響力將有增無減，而每位作家收入一兩篇的散文選，光點渙散，已不足以凸顯這一文類的主流成就。「新世紀散文家」書系（九歌版）因而邀當代名家自選名作彙輯成冊。柳宗元談讀諸子史傳的收穫，曾說：「參之《穀梁氏》以厲其氣，參之《孟》、《荀》以暢其支，參之《莊》、《老》以肆其端，參之《國語》以博其趣，參之《離騷》以致其幽，參之太史公以著其潔，此吾所以旁推交通而以為之文也。」必先了解各家的藝術風格、表達技法，方能於自我創作時創新超越。這套書以宜於教學研究的體例呈現，歡迎走文學大道的朋友從散文下手！這批優秀作家的作品見證了一個輝煌的散文時代，他們的創作觀更合力建構出當代中文散文最精粹的理論！

推薦余光中

余光中不需要推薦，四方都傳誦他的詩文。他引領讀者在人文情思的路上觀奇涉險，在想像力的鍛鍊與世事的認知上獲得多重驚喜。

余光中的散文如奇峰異嶂層疊，未讀一九六三年的〈鬼雨〉，不能算是入了山；錯過一九六六年的〈南太基〉、〈望鄉的牧神〉，一九六七年的〈給莎士比亞的一封回信〉，一九六八年的〈下游的一日〉任一篇，都不能算是。一九六〇年代他同一時期的作品各具奇妙音頻，嗣後，抒情寫史，精理爲文，創作更是變化萬千。

這本精選集展現了宗師型人物不同年代的豐富修爲。

——陳義芝

綜論余光中散文（節錄）

黃維樑

一、精新鬱趣，博麗豪雄

如果要用一兩句話來形容余光中的散文，則「精新鬱趣、博麗豪雄」八字當可稱職。把他的散文放在中國歷代最優秀的散文作品中，余光中的毫不失色。他的散文是中國散文史上璀璨的奇葩。這是對他散文最穩重最保守的評價。

精新鬱趣、博麗豪雄八字也可以用來形容他的詩。現在略加補充解釋。「新」指創新，這點上面已稍加論述，現在舉一個具體的例子來說明。陳芳明說余氏擅寫長句，這種寫法，「是當下詩人所難望其項背的」。這類長句，如〈敲打樂〉和〈凡有翅的〉中那些，散文中也有很多，用以表現情緒的急劇或氣勢的雄長，是余氏技巧上創新的成功例證。「鬱」兼指情思的沉鬱，和風格的鬱茂多變。「趣」則是幽默和趣味。這些上面也已說過。既沉鬱又有趣，是難能可貴的品質。「博」指有廣博的學問以供驅遣，他的散文尤其如此，使人於欣賞文采之餘，復有如入學問寶山的感覺；博更指想像世界的博大遼闊，黃國彬說：「余氏的感性是一隻龐大的雜食動物，既吃素，又吃葷，而且食量驚人。」說的正是想像力。這些上面也曾略為提及。「麗」指瑰麗，指雋語麗句；余氏筆鋒剛健壯麗，文氣充沛，另一方面，他也創造了不少清麗柔美的意境，這是麗的又一解釋。

「精」指精鍊。余光中和思果等對文字敏感的作家一樣，對冗贅、夾纏、惡性歐化的中文最為反感。這等拙劣的文字，不但見諸時下的一般報章雜誌，而且見諸某些「名家」的作品。余氏寫過〈用現代中文報導現代生活〉（一九七二年）、〈變通的藝術——思果《翻譯研究》讀後〉（一九七三年）、〈哀中文之式微〉（一九七六年）等文章，呼籲國人注意和改善。余光中的散文冶現代口語、文言和若干歐化語於一爐，愈寫愈精純，了無剛才所說的種種弊端。他把中文放在風火爐之中，勠力鍛鍊，要把有數千年歷史的中文提昇至「更活更新」的境界。他成功了，美麗地完成了中文的現代化。他近來的散文，如〈沙田七友記〉，且日有接近文言的傾向，這是精鍊的結果。不過，典麗生趣，多姿多采，仍是余氏散文不可掩的本色。

最後說「豪雄」。余氏的作品，每多體勢雄渾，且有一股自豪之氣，對自己的未來地位，充滿信心，在詩篇〈守夜人〉、〈白玉苦瓜〉、散文〈蒲公英的歲月〉、〈不朽，是一堆頑石？〉中，我們清楚地看到這一點。通覽余光中的作品，我們知道他的自信實在有根據。他一方面是個創作者，一方面是個批評家（他的中西文學修養非常豐富，中國的經典不必說，更廣讀精讀過英詩。他的批評文章，用的是一貫的余氏筆法，與抒情散文同樣博麗多姿）。既是批評家，他可以比較客觀地審視自己的作品，頗有杜甫「文章千古事，得失寸心知」的洞悉力。

二、余光中的大品散文

黃國彬

世界上某些先進的工廠，有所謂品質圈，負責監控廠內生產過程，以保證所有產品的質量能達到最高水平。在散文創作中，余光中也有品質圈，負責監控想像熔爐的運作。因此，余光中三十年來的產品、質量都十分高。余光中評樂論畫的長文，固然開出了叫人驚喜的天地，即使說理寫人的小小品，如〈在水之湄〉和〈宛在水中央〉，也能給讀者不少欣悅。譬如他的〈在水之湄〉中的一段話：

> 葉珊和我，相近之處甚多，相遠之處亦復不小。……他顧盼之間，富於名士風味，雖未深入希癖之境，對於理髮業的生意，亦殊少貢獻；我的生活，相形之下，就斯巴達得多。他和少聰結婚四年，人口政策一直嚴守道德經的古訓，我一時失策，竟為中國的「人口爆炸」添了一份威力，結果是尾大不掉，狼狽如一隻飛不起的風箏。

寥寥百多字，謔而不虐，有梁實秋《雅舍小品》的幽默從容。至於〈朋友四型〉、〈借錢的境界〉、〈催魂鈴〉、〈我的四個假想敵〉名篇，雖然長短各異，題材互殊，其爲好散文一也。

余光中的散文，風格多元，題材廣闊，全面的成就已有公論，在此無須重複。可是，余氏的散文中，該數哪一類最出色呢？這樣的問題，我們當然可以避而不問；即使有人問起，也可以避而不答，以一兩句外交辭令交代過去：「好散文就是好散文嘛！幹嗎要分高下？何況散文因題材不同，有時會像橘子和蘋果一樣，不能加以比較。」

可惜這樣的問題，有時卻不能迴避。以我個人的經驗而言，過去幾年，我一直教二十世紀的中文文學。由於一學年之中既要討論小說，又要賞析詩歌、散文，所割之愛頗多。以散文的賞析爲例，半個學期之內，我只能蜻蜓點水般從數位作家的作品中，每位選講一篇。選到余光中的作品時，問題就來了：「余光中的散文，質優量豐，該選哪一篇呢？」如果沒有時間限制，我自然會多選幾篇；其中包括〈朋友四型〉、〈借錢的境界〉、〈催魂鈴〉、〈我的四個假想敵〉……。可是，一學年二十八個星期之中，只有七個星期供我談散文，我就要這樣問自己了：「余光中的散文中，哪一些最能表現余氏想像熔爐的最高溫呢？」不錯，讀畢〈在水之湄〉、〈宛在水中央〉、〈朋友四型〉、〈借錢的境界〉、〈催魂鈴〉、〈我的四個假想敵〉……學生都可以獲益不淺；而且這類作品是散文正格，學生和初習散文創作的人，都較易入手。可是，要在短短的一兩個鐘頭內向學生介紹余光中的散文世界，考慮就不同了。我的考慮是：在短短的一兩個鐘頭內，應該讓學生看到余氏想像熔爐在最高溫的情況下如何運作。以武俠小說爲喻，我要學生在一兩個鐘頭內管窺余光中的獨門武功。〈朋友四型〉、〈借錢的境界〉、〈催魂鈴〉、〈我的四個假想敵〉……都是好散文，但不算余光中的絕技，因爲寫這類散文而又寫得出色的，五四以來，除了余光中，還有別的作家。我要介紹的余氏作品，應該能達到余光中所提出的標準：

在〈逍遙遊〉、〈鬼雨〉一類的作品裡，我倒當真想在中國文字的風火爐中，煉出一顆丹來。在這一類的作品裡，我嘗試把中國的文字壓縮，槌扁，拉長，磨利，把它拆開又拼攏，折來且疊去，為了試驗它的速度、密度、和彈性。我的理想是要讓中國的文字，在變化各殊的句法中，交響成一個大樂隊，而作家的筆應該一揮百應，如交響樂的指揮杖。

在余光中的創作歷程中，能符合上述條件的散文頗多，引文中提到的〈逍遙遊〉和〈鬼雨〉，是其中的兩篇。在〈逍遙遊〉和〈鬼雨〉之後，余光中仍然有許多精品，以同樣的高溫冶鍊而成，其中以四十歲前後所寫的最爲重要。在這個時期，余光中踔厲風發，以盛年之筆接受各種新經驗、大經驗（尤其是旅美經驗）的挑戰，寫出了一篇接一篇神氣貫注、想像奇偉的作品，升到了五四以來罕有的高度。這些作品，和五四各家的出色散文以至余氏的其他名篇比較，都有顯著的分別：五四各家的出色散文以至余氏的其他名篇都有好作品，但不算太罕見。〈逍遙遊〉、〈鬼雨〉、〈咦呵西部〉、〈聽聽那冷雨〉一類作品不但好，而且好而罕見，能前人所不能，能前人所未能，是中國散文史上的高峰兼奇峰。常言「物以罕爲貴」。余光中的這類散文能做到好而罕，所以特別可貴。〈朋友四型〉、〈借錢的境界〉一類文章，無疑都雋永幽默，情趣和理趣兼備，但這類佳篇，在梁實秋的散文集裡也可以找到。〈噪音二題〉、〈蝗族的盛宴〉、〈幽默的境界〉等幾篇，冶幽默和諷刺於一爐，也十分難得，但也有梁實秋、錢鍾書的作品爲侶。〈逍遙遊〉、〈鬼雨〉、〈咦呵西部〉、〈聽聽那冷雨〉等作品就不同了；這類作品，在五四以來的散文集裡都不易找到；即使相近而未逮的，也爲數寥寥。

余光中的這類散文，出色而罕見，在五四以來的散文史上嶽峙寡儔，以「大品」一詞形容，庶幾能標出其獨特之處。「大品」一詞，《漢語大辭典》收錄了三種用法：

> (1)指佛經之全本或繁本，與節略本的「小品」相對。南朝劉義慶《世說新語・文學》：「殷中軍讀小品。」南朝劉孝標注：「釋氏《辨空經》有詳者焉，有略者焉，詳者為大品，略者為小品。」(2)佛經名。即《大品般若經》。亦泛指佛經。……(3)〔英 Major Order〕又譯作「高級神品」。天主教、東正教高級神職人員的品位。東正教一般把主教、神甫和助祭列為大品，而天主教一般把副助祭也列入大品。

本文所謂的大品，一方面和「小品文」中的「小品」相對，一方面取第二、三種解釋中地位高出凡品的聯想。

與非大品散文相比，余光中的大品散文有多種特色。首先，正如「大品」中的「大」字所指，就篇幅而言，大品散文比一般散文長。在大品散文裡，余光中的筆勢、想像有較大——甚至極大——的空間去馳騁；情形有點像米開朗基羅（Michelangelo）繪《創世紀》，貝多芬作《第五交響曲》。在《逍遙遊》的後記裡，余光中說過：「要讓中國的文字，在變化各殊的句法中，交響成一個大樂隊，而作家的筆應該一揮百應，如交響樂的指揮杖。」這段言志文字，道出了大品散文的基本特色。寫大品散文時，余光中的想像是一架波音七四七巨型客機，需要又闊又長的跑道起飛，也需要浩瀚的空間去展示壯觀的翔姿。余光中的想像，如果受篇幅局限，就無從在混沌裡為〈逍遙遊〉、〈鬼雨〉、〈咦呵西部〉、〈聽聽那冷雨〉賦形，以這一標準衡量，〈宛在水中央〉和〈在水之湄〉就難以位居大品之列了。

篇幅只是形相。作品光有篇幅而缺乏想像，就如一架古老細小的雙翼機若升入廣闊的天空，翔姿無論如何都說不上壯觀。一個平庸的畫工，坐擁西斯丁教堂，也是徒然；一個拙劣的樂匠，有十億個音符可用，也寫不出《第五交響曲》那樣的仙音。

余光中大品的第二個特色，是奇特橫放、天風海雨式的想像。提到這一特色，必須先談他的名篇〈鬼雨〉。〈鬼雨〉是典型的余光中大品，寫剛出生的愛子不幸夭逝，感人至深。這篇大品與一般的悼念文章有很大的分別：一般的悼念文章，鮮能把個人的傷痛提升到這樣的高度。在文章中，作者先寫愛子的噩耗，次寫課堂，再寫簡單而悲切的葬禮，最後藉一封信層層深入，縱論生死間抒發內心的哀痛。以物理世界的標準衡量，文章的空間不算太廣；但經作者縱其恣肆的想像，輔以意識流手法，空間（包括心理空間、聯想空間）乃大大擴闊而囊括死生，悲愴傷痛也隨著加深加厚：

> 南山何其悲，鬼雨灑空草。雨在海上落著。雨在這裡的草坡上落著。雨在對岸的觀音

山落著。雨的手很小，風的手帕更小，我腋下的棺材更小更小。小的是棺材裡的手。握得那麼緊，但甚麼也沒有握住，除了三個雨夜和雨天。潮天溼地。宇宙和我僅隔層雨衣。雨落在草坡上雨落在那邊的海裡。海神每小時搖他的喪鐘。

我卻困在森冷的雨季之中。有雪的一切煩惱，但沒有雪的爽白和美麗。濕天潮地，雨氣蒸浮，充盈空間的每一個角落。木麻黃和猶佳利樹的頭髮全溼透了，天一黑，交疊的樹影裡擰得出秋的膽汁。伸出手掌，涼蠕蠕的淚就滴入你的掌心。太陽和太陰皆已篡位。每一天都是日蝕。每一夜都是月蝕。雨雲垂翼在這座本就無歡的都市上空，一若要孵出一隻凶年。……雨在這裡下著。雨在遠方的海上下著。雨在公墓的小墳頂，墳頂的野雛菊上下著。雨在母親的塔上下著。雨在海峽的這邊下著雨在海峽的那邊，也下著雨。巴山夜雨。雨在二十年前下著的雨在二十年後也一樣地下著，這雨。……今夜的雨裡充滿了鬼魂。濕漓漓，陰沉沉，黑森森，冷冷清清，慘慘淒淒切切。今夜的雨裡充滿了尋尋覓覓，今夜這鬼雨。落在蓮池上，這鬼雨，落在落盡蓮花的斷肢斷肢上。連蓮花也有誅九族的悲劇啊。蓮蓮相連，蓮瓣的千指握住了一個夏天，又放走了一個夏天。現在是秋夜的鬼雨，嘩嘩落在碎萍的水面，如一個亂髮盲睛的蕭邦在虐待千鍵的鋼琴。許多被鞭笞的靈魂在雨地裡哀求大赦。魑魅呼喊著魍魎回答著魑魅。月蝕夜，迷路的白狐倒斃，在青狸的屍旁。竹黃。池冷。芙蓉死。地下水腐蝕了太真的鼻和上唇。西陵下，風吹雨，黃泉醞釀著空前的政變，芙蓉如面。蔽天覆地，黑風黑雨從破穹破蒼的裂隙中崩潰了下來，八方四面，從羅盤上所有的方位向我們倒下，搗下，倒下。女媧煉石補天處，女媧坐在彩石上絕望地呼號。石頭記的斷線殘編。石頭城也氾濫著六朝的鬼雨。鬱孤台下，馬嵬坡上，羊公碑前，落多少行人的淚。也落在湘水。也落在瀟水。也落在蘇小小的西湖。黑風黑雨打熄了冷翠燭，在蘇小小的小小的石墓。瀟瀟的鬼雨從大禹的時代便瀟瀟下起。雨落在中國的泥土上。雨滲入中國的地層下。中國的歷史浸滿了雨漬。似乎從石器時代到現代，同一個敏感的靈魂，在不同的軀體裡忍受了無盡的荒寂和震驚。……

爲了避免破壞原文一氣呵成的效果，爲了展示余光中的健筆興酣時如何凌厲，如何大幅度在時間、空間左迴右旋，如何在物理空間之外創造廣闊的聯想空間、感情空間，又如何藉客觀世界中的大量實景、實物和文物作品中的大量典故把內心的哀痛擴闊加深，我花了頗長的篇幅引述〈鬼雨〉。〈鬼雨〉一文，不但有余光中重視的許多優點，諸如「彈性」、「密度」、「質料」；而且收放有度。剛寫完愛子的噩耗，筆鋒已經陡移，急伸向課堂和莎士比亞的作品，以冷峻的幽默調劑悲情，寓大揚於大抑，一轉一折都是功力的表現。不過這些優點需要另一篇文章詳析；在此只須指出，像〈鬼雨〉那樣的想像幅度，在五四以來的散文中極爲罕見。

奇特橫放、天風海雨式的想像到了另一篇大品〈逍遙遊〉裡，展示的又是另一種翔姿。請看作者如何描寫物理的時空：

於是大度山從平地湧起，將我舉向星際，向萬籟之上，霓虹之上。太陽統治了鐘錶的世界。但此地夜猶未央，光族在鐘錶之外閃爍。億兆部落的光族，在令人目眩的距離，交射如是微渺的清輝。半克拉的孔雀石。七分一的黃玉扇墜。千分之一克拉的血胎瑪瑙。盤古斧下的金剛石礦，天文學採不完萬分之一。天河蜿蜒著敏感的神經，首尾相銜，傳播高速而精緻的觸覺，南天穹的星閥熱烈而顯赫地張著光幟，一等星、二等星、三等星，爭相炫耀他們的家譜，從 Alpha 到 Beta 到 Zeta 到 Omega，串起如是的輝煌，迤邐而下，尾掃南方的地平。亙古不散的假面舞會，除偶儻不羈的彗星，除愛放煙火的隕星，除垂下黑面紗的朔月之外，星圖上的姓名全部亮起。……

北天的星貌森嚴而冷峻，若陽光不及的冰柱。最壯麗的是北斗七星。這局棋下得令人目搖心悸，大惑不解。自有八卦以來，任誰也挪不動一隻棋子，從天樞到瑤光，永恆的顏面億代不移。……

……未來的大劫中，惟清醒可保自由。星空的氣候是清醒的秩序。星空無限，大羅盤的星空啊，創宇宙的抽象大壁畫，玄妙而又奧秘，百思不解而又百讀不厭，而又美麗得令人絕望地讚嘆。天河的巨瀑噴灑而下，蒸起螺旋的星雲和星雲，但水聲敻渺得永不可聞。光在卵形空間無休止地飛啊飛，在天河的漩渦裡作星際旅行，無所謂現代，無所謂古典，無所謂寒武紀或冰河時期。美麗的卵形裡誕生了光，千輪太陽，千隻碩大的蛋黃。……然則我是誰呢？我是誰呢？呼聲落在無迴音的，島宇宙的邊陲。……你是空無。你是一切。

無迴音的大真空中，光，光，如是說。

經余光中的健筆一揮，時空的無垠、宇宙的神秘就展現在讀者眼前，使人想起他的〈天狼星〉：

牽開積雲，渾沌的謎底就揭曉
氤氳的上頭
濛鴻的背後
暴風雨的另一端，有誰看鐘錶？
禿鷲迴翼，無窮靜從此開始
神話的面具
星象的旗語
大哉廣場，光年無礙任奔馳
天狼厲嗥吧，在風的背上
把光族都叫醒
狺狺把太白星
叫起來掃曙天欲破的殘霜

作者以〈逍遙遊〉爲篇名，並且在文中引用莊子，顯然有見賢思齊，與南華老仙呼應之意。讀了這篇文章，看了文中「怒而飛，其翼若垂天之雲」的筆勢，筆者覺得，余光中的確可以隔著兩千多年，與莊子相視而笑，莫逆於心。

在〈鬼雨〉和〈逍遙遊〉裡，我們可以看出，余光中的想像在最遒勁、最酣暢的時候，往往可以視文章所需，縱橫上下古今，由個人而家國而歷史而神話。在另一篇大品散文〈聽聽那冷雨〉裡，余光中的想像再度摶扶搖而起，由驚蟄剛過的雨季寫到中國，寫到中國的文字，再寫到美國、台灣……，想像輻射而出後在虛實之間往來穿梭，景物、文化、歷史以至個人的情懷都奔赴筆端。在古典文學史上，寫雨寫得最出色的詞是蔣捷的〈虞美人〉；在現代散文史上，寫雨寫得最出色的散文大概要數余光中的〈鬼雨〉和〈聽聽那冷雨〉了。

余光中大品散文的第三個特色，是超卓的寫景技巧。按題材分類，散文有多種：抒情、敘事、詠物、寫人、說理、議論、表意、繪景等等（有時候，作者可以按需要把各體交融，在文章裏同時抒情、敘事、說理、繪景）。縱觀五四以來的散文，作家在抒情、敘事、詠物、寫人、說理、議論、表意等領域都有出色的表現。以表意爲例，報紙的專欄雖然水平參差，發表意見時倒有頗可觀的成績，至於說理或議論，過去幾十年能夠在半瓣花上說人情，能夠在幽默、諷刺、情趣、理趣間從容逍遙的散文家也不在少數。可是，要在五四以來的散文集裡找一篇出色的寫景文字（尤其是壯麗的寫景文字），就不容易了。一般的散文作者，面對一座巍峨的大山、一條雄壯的長河、一幅電光煜爚、雷霆滾滾的夜空，不是視而不見，聽而不聞，就是避重就輕，虛應故事，說眼前的景象「雄偉壯觀／美不勝收，非筆墨所能形容」；或者索性躲懶，驅古人的詩詞效勞；不躲懶的，即使勉強舉筆，也挑不起眼前的奇景、偉景，彷彿屈原、李白、杜甫、蘇軾、酈道元、王思任、徐霞客等名家的丹青妙筆再沒有傳人。

事實呢，當然並非如此，只不過善於寫景的作家少而又少罷了。在這批少數作家中，余光中是十分出色的一位。面對各種景色，余光中都能向讀者證明，他手中所握，是擅繪丹青之筆。試看他如何寫日出：

浩闊的空間引爆出一陣集體的歡呼。就在同時，巍峨的玉山背後，火山猝發一樣迸出了日頭，赤金晃晃，千臂投手向他們投過來密密集集的鏢鎗。失聲驚呼的同時，一陣刺痛，他的眼睛也中了一鎗。簇簇的光，簇新簇新的光，剛剛在太陽的丹爐裡煉成，蝟集他一身。在清虛無塵的空中飛啊飛啊飛了八分鐘，撲倒他身上這簇光並未變冷。巨銅鑼玉山上捶了又捶，神的噪音金熔熔的讚美詩火山熔漿一樣滾滾而來，觀禮的凡人全擎起雙臂忘了這是一種無條件降服的儀式在海拔七千呎以上。一座峰接一座峰在接受這樣燦爛的祝福，許多綠髮童子在接受那長老摩挲頭顱。不久，福建和浙江也將天亮。然後是湖北和四川。廬山與衡山。秦嶺與巴山。然後是漠漠的青海高原。溯長江溯黃河而上噫吁戲危呼高哉天蒼蒼野茫茫的崑崙山天山帕米爾的屋頂。太陽撫摸的，有一天他要用腳踵去膜拜。

文中以「鏢鎗」、「丹爐」比喻陽光，比喻太陽，以聽覺、視覺、觸覺交融的意象狀日出的輝煌顯赫「巨銅鑼玉山上捶了又捶，神的噪音金熔熔的讚美詩火山熔漿一樣滾滾而來」，都新穎脫俗；結尾幾句「一座峰接一座峰在接受這樣燦爛的祝福……然後是湖北和四川。廬山與衡山。秦嶺與巴山。然後是漠漠的青海高原。溯長江溯黃河而上噫吁戲危呼高哉天蒼蒼野茫茫的崑崙山天山帕米爾的屋頂」，展示太陽由東而西的軌跡，廣闊的畫面使人想起李白的〈關山月〉：

明月出天山，
蒼茫雲海間。
長風幾萬里，
吹度玉門關。

在大品散文中，余光中不論寫顏色還是寫光景，都能爲讀者的眼界開闢新領域：

快要燒完了。日輪半陷在半紅的灰燼裡，越沉越深。山口外，猶有殿後的霞光在抗拒四圍的夜色，橫陳在地平線上的，依次是驚紅駭黃悵青惘綠和深不可泳的詭藍漸漸沉溺於蒼黛。怔望中，反托在空際的林影全黑了下來。

雨天的屋瓦，浮漾濕濕的流光，灰而溫柔，迎光則微明，背光則幽暗，對於視覺，是一種低沉的安慰。

傑出的作家都善於以文字捕捉感官經驗。捕捉感官經驗的途徑因人而異：有時是白描，有時是比喻。錢鍾書以借喻、明喻寫睡，是一途：

鴻漸睡夢裡，覺得有東西在撞這肌理稠密的睡，只破了一個小孔，而整個睡都退散了，像一道滾水似的注射冰面……

楊萬里以借喻、白描寫新晴晚步所見，是另一途：

嫩水春來別樣光，
草芽綠甚卻成黃。
東風似與行人便，
吹盡寒雲放夕陽。
急下柴車踏晚晴，
青鞋步步有沙聲。
忽逢野沼無人處，
兩鴨浮沉最眼明。

像古今出色的作家一樣，余光中寫景時也會因材施法，以白描、明喻、借喻等技巧把眼前的經驗手到擒來。有時候，他更會全方位出擊，同時訴諸讀者的視、聽、嗅、味、觸五種感官。〈聽聽那冷雨〉一文所用的就是這種手法。讀完這篇散文，讀者的視覺、聽覺、嗅覺、味覺、觸覺都會得到高度的滿足。區區的一滴雨，無色、無嗅、無味，到了余光中筆下，竟能由平淡化爲神奇，「不但可嗅，可觀，更可以聽」，可以舔，足見作者感覺敏銳，筆觸既細且深。

在四十歲前後，余光中的閱歷既廣，精神和體力又相當充沛，彼此結合後反映在文字裡，又成爲他大品散文的另一特色：雄偉陽剛的氣勢和動感。筆者有一個未經科學證驗的看法：一位藝術家的意志、魄力、體能，可以直接從他的作品中量度。以畫家和作曲家爲例，我們看了米開朗基羅在西斯丁納教堂裡繪畫的《創世紀》，聽了貝多芬的《第五交響曲》，會想到推動他們健筆的淋漓元氣。以政治人物和詩人的作品爲例，劉邦的「大風起兮雲飛揚，威加海內兮歸故鄉」（〈大風歌〉）；毛澤東的「鐘山風雨起蒼黃，百萬雄師過大江」（〈人民解放軍佔領南京〉）；李白的「西岳崢嶸何壯哉！黃河如絲天際來。黃河萬里觸山動，盤渦轂轉秦地雷。榮光休氣紛五彩，千年一清聖人在。巨靈咆哮擘兩山，洪波噴流射東海。三峰卻立如欲摧，翠崖丹谷高掌開。白帝金精運元氣，石作蓮花雲作台。」（〈西岳雲台歌送丹邱子〉）；都是意志、魄力、體能的直接反映。

余光中旅美期間，正值壯年，接受新經驗，新世界挑戰時，心靈全面投入，結果寫出了不少大品散文。在這些散文裡，雄偉陽剛的氣勢和動感處處可見，試看〈登樓賦〉，一開始就是里夏德・施特勞斯（Richard Strauss）交響詩〈查拉圖斯特如是說〉（Also sprach Zarathustra）的震撼：「湯湯堂堂。湯湯堂堂。」震撼的效果由八個摹狀定音鼓的擬聲詞傳遞，十分成功。接著，作者以節奏、以意象猛扣讀者的心弦：

當頂的大路標赫赫宣佈：「紐約三里」。該有一面定音大銅鼓，直徑十六里，透著威脅和恫嚇，從漸漸加緊，加強的快板撞起。湯堂儻湯。湯堂儻湯。F大調鋼琴協奏曲的第一主題。敲打樂的敲打，大紐約的入城式鏘鏘鏗鏗，猶未過赫德遜河，四週的空氣，已經震出心臟病來了。一千五百哩的東征，九個州的車塵，也闖過克利夫蘭，匹茨堡、華盛頓、巴鐵摩爾，那緊張，那心悸，那種本世紀高速的神經戰，總不像紐約這樣凌人。……紐約是一隻詭譎的蜘蛛，一匹貪婪無饜的食蟻獸。一盤糾糾纏纏敏感的千肢章魚。進紐約，有一種向電腦挑戰的意味。夜以繼日，八百萬人和一個繁複的電腦鬥智，勝的少，敗的多，總是。

光從這段文字，我們就可以看出，〈登樓賦〉是一篇典型的現代散文，捕捉的是現代經驗、現代感性。

這種現代經驗，下面幾段也寫得同樣精彩：

一過米蘇里河，內布拉斯卡便攤開它全部的浩瀚，向你。坦坦蕩蕩的大平原，至闊，至遠，永不收捲的一幅地圖。咦呵西部。咦呵咦呵咦……呵……我們在車裡吆喝起來。是啊，這就是西部了。超越落磯山之前，整幅內布拉斯卡是我們的跑道。咦呵西部。昨天量愛奧華的廣漠，今天再量內布拉斯卡的空曠。

芝加哥在背後，矮下去，摩天樓群在背後。舊金山終會在車前崛起，可兌現的預言。七月，這是。太陽打鑼太陽擂鼓的七月。草色吶喊連綿的鮮碧，從此地喊到落磯山那邊。穿過印地安人的傳說，一連五天，我們朝西奔馳，踹著篷車隊的陳跡。咦呵西部。滾滾的車輪追趕滾滾的日輪。……

咦呵西部，多遼闊的名字。一過米蘇里河，所有的車輛全撒起野來，奔成嗜風沙的豹群。直而且寬而且平的超級國道，莫遮攔地伸向地平，引誘人超速、超車。大夥兒施展出七十五、八十英里的全速，霎霎眼，幾條豹子已經竄向前面，首尾相銜，正抖擻著精神，在超重噸卡車的犀牛隊。我們的白豹也追上去，猛烈地撲食著公路。遠處的風景向兩側閃避。近處的風景，躲不及的，反向擋風玻璃迎面潑過來，濺你一臉的草香和綠。

風，不舍晝夜地刮著，一見日頭，便刮得更烈，更熱。幾百哩的草原在風中在蒸騰的暑氣中晃動如波濤。風從落磯山上撲來，時速三十哩，我們向落磯山撲去。風擠車，車擠風。互不相讓，車與風都發脾氣地嘯著。雖是七月的天氣，擰開通風的三角窗，風就尖嘯著灌進窗來，呵得你兩腋翼然。

霎眼間，豹群早已吞噬了好幾英里，將氣喘咻咻的犀牛隊丟得老遠。……在摩天樓圍成的峽谷中憋住的一腔悶氣，此時，全部吐盡。在地曠人稀的西部，施出縮地術來。一時圓顱般的草原上，孤立的矮樹叢和偶然的紅屋，在兩側的玻璃窗外，霍霍逝去，向後滑行，終於在反光鏡中縮至無形。只剩下右前方的一座遠丘，在大撤退的逆流中作頑固的屹立。最後，連那座頑固也放棄了追趕，綠底白字的路標，漸行漸稀。

像引述余光中其他的大品散文一樣，引述〈咦呵西部〉也需頗長的篇幅，否則就難以盡展文中弧形闊銀幕的浩瀚、氣勢、動境。捕捉動境、捕捉速度、捕捉空間的曠闊，文字要讓電影幾分。不過就文字而言，能夠像〈咦呵西部〉那樣捕捉動境、速度、空間的作品，可說少而又少。在上述的引文中，字裡行間迸射著活力，昂揚處叫人想起蘇軾的〈江城子・密州出獵〉和陸游的〈初發夷陵〉。就余光中的散文創作而言，他的旅美經驗至爲重要；他旅美期間，正値壯年，旺盛的創作力一經新經驗的衝擊就水到渠成，寫出了一篇接一篇的大品散文。余光中的創作歷程如果沒有旅美經驗，中文文學就會失去多篇光華奪目、昂揚蹈厲的大品散文。

在上述的引文裡，讀者還可以發現，余光中運用文字（包括句法）時，常能自出機杼，使現代漢語變得更繁富。本文的重點不是余光中散文的全面特色，但與余光中大品散文有關的幾點，卻不能略而不提。

在余光中的大品散文中，文字和節奏的試驗，比他的非大品多，成就也特別大。在〈宛在水中央〉、〈朋友四型〉一類文章中，余光中的文字也有可觀處，不過讀這些作品時，我們會覺得，由於作者的重點不在於「把中國文字壓縮，搥扁，拉長，磨利，把它拆開又拼攏，折來且疊去，」以「試驗它的速度、密度、和彈性」，題材或內容不需要太高溫的熔冶，想像之爐無須開足火力，作者運筆，乃有羽扇綸巾的從容；可是，寫大品散文時，余光中不但以文字爲表意、敘事、繪景、抒情的工具，而且要冶煉文字本身，所以要全面投入，常常展現「興酣落筆搖五岳」的氣概。

西方語言學家雅各森（Roman Jakobson）分語言的功能爲六種：指稱（referential）功能、感情（emotive）功能、詩語（poetic）功能、意動（conative）功能、問候（phatic）功能、元語（metalingual）功能。在創造性散文裡，詩語功能較其他功能顯著；在余光中的大品散文裡，這種功能尤其突出，爲作者迸發的創造力提供廣闊無垠的探索空間。寫這些散文時，余光中不再像一般的散文作者那樣，以漢語既有的方便、既有的資源爲滿足，卻設法試探漢語和漢字的極限，儘量發掘其潛能，賦漢語以新的活力。在上引各段中，文字的提煉、翻新，句法的伸縮、迴環、開闔、弛張，都反映了余光中想像風火爐的高溫熔冶過程。〈逍遙遊〉創造重疊連鎖的句法是一例：「雨在二十年前下著的雨在二十年後也一樣地下著，這雨」；「魑魅呼喊著魍魎回答著魑魅」。〈登樓賦〉發揮量詞功能是另一例：「一盤糾糾纏纏敏感的千肢章魚」。〈咦呵西部〉善用倒裝是第三例：「一過米蘇里河，內布拉斯卡便攤開它全部的浩瀚，向你」；「七月，這是」。在不少作品中，我們更可以看到，余光中大品散文的節奏如何視內容的需要加速：

> 油門大開時，直線的超級大道變成一條巨長的拉鍊，拉開前面的遠景蜃樓摩天絕壁拔地倏忽都削面而逝成為車尾的背景被拉鍊又拉攏。

如何在席卷千里後裊然減速：

雨在他的傘上這城市百萬人的傘上雨衣上屋上天線上雨下在基隆港在防波堤在海峽的船上，清明這季雨。

作者在大幅度的移動後加一句補足式的倒裝（「清明這季雨」），就巧妙地減低了文字的速度，如出色的賽車手駕馭一輛性能極佳的跑車。

余光中對韻律、對節奏有高度敏感，因此收句放句、節響調音都得心應手，彷彿有可靠的直覺爲他效勞。請看他如何爲〈沙田山居〉啓篇：

書齋外面是陽台，陽台外面是海，是山，海是碧湛湛的一彎，山是青鬱鬱的連環。山外有山，最遠的翠微淡成一裊青煙，忽焉似有，再顧若無，那便是，大陸的莽莽蒼蒼了。

文中有押韻（「台——海」、「山——彎——環」；有短句繼長句之後的縮（「書齋外面是陽台，陽台外面是海，是山」）、長句繼短句之後的伸（「海是碧湛湛的一彎，山是青鬱鬱的連環」）；伸縮中有對仗，有押韻；然後有收斂（「山外有山」）、舒張（「最遠的翠微淡成一裊青煙」）；收斂間有對仗（「忽焉似有，再顧若無」）；再度舒張前又有恰到好處的微頓（「那便是」）。這一切巧妙的安排，加上第二聲（「台」）、第三聲（「海」）、第一聲（「山」）、第二聲（「環」）的變換呼應，交響成悅耳的音樂。難得的是，這樣悅耳的音樂竟來得那麼從容，一點也不著跡，可見作者操控節奏韻律時如何嫻熟準確。在歐美文學中，提到作品的節奏感、音樂感時，我們會想起坦尼森、葉慈、艾略特、魏赫蘭（Verlaine）等名家；談中國現代散文的節奏感、音樂感時，則不能不舉余光中爲例。

與周作人比較，余光中的節奏感會顯得更突出。在五四以來的散文史上，周作人有不可忽視的成就；可是細讀他的作品，我們不難發現，他對節奏缺乏敏感，不少句子過於拖沓囉唆。試看他的〈蒼蠅〉：

蒼蠅在被切去了頭之後，也能生活好些時光……
中國人的好朋友的蒼蠅們呵……
但是他的慓悍敏捷的確也可佩服……

如此呆滯不靈的句子不可能出現在敏於節奏的散文家筆下。上述句子，稍加調整，效果就不一樣了：「蒼蠅被切去了頭之後，也能生活好些時光」；「蒼蠅呵，中國人的好朋友」；「但是他的慓悍敏捷也的確可佩」。

讀周作人的散文，有時會感到沉悶，就因爲作者不懂節奏變化之道。試看他的〈死法〉：

「人皆有死」，這句格言大約是確實的，因為我們沒有見過不死的人，雖然在書本上曾經講過這些東西，或稱仙人，或是「尸忒盧耳不盧格」（Strulbrug），這都沒有多大關係。

不過我們既然沒有親眼見過，北京學府中靜坐道友又都牘下蒲團下山去了，不肯給予凡人以目擊飛昇的機會，截至本稿上版時止，本人遂不能不暫且承認上述的那句格言，以死為生活之最末的一部分，猶之乎戀愛是中間的一部分……

統計世間死法共有兩大類……

不談內容，光談節奏，這段文字也實在太單調、太缺乏變化了。細加分析，我們就可以看出癥結所在：句子的長短太接近，一字頓、二字頓、三字頓未能相互調劑，結果變得慵怠拖拉，呆滯不靈：「不過我們既然沒有親眼見過」；「本人遂不能不暫且承認上述的那句格言」；「統計世間死法共有兩大類」……，懂得以文濟白、懂得爲文字加速減速的作者，要表達同樣的內容時，大概不會一連用六個二字頓，一成不變地說：「不過／我們／既然／沒有／親眼／見過」；而會說：「不過，／我們／既然／沒有／目睹過」；或更進一步，說：「不過，／我們／既不曾／目睹」，避免讓兩個「過」字相犯。至於「本人遂不能不暫且承認上述的那句格言」一例，只要刪去「那句」二字，就會靈活起來。「統計／世間／死法／共有／兩大類」一句，有多種補救途徑：或在「世間」之後加一個「的」字；或把句子改寫成「世間／死法，／計有／兩大類」。如果周作人所謂的「統計」，是別人所作的科學統計，則可寫成「據統計，／世間的／死法／有／兩大類」。但無論怎麼改寫，都應該避免原文的滯句。

同是五四作家，徐志摩的節奏感就強多了。試看他的〈北戴河濱的幻想〉：

他們都到海邊去了，我為左眼發炎不曾去。我獨坐在前廊，偎坐在一張安適的大椅內，袒著胸懷，赤著腳，一頭的散髮，不時的有風來撩拂。清晨的晴爽，不曾消醒我初起時睡態；但夢思卻半被曉風吹醒。

同是開頭，徐志摩的文字多了一份靈動變化之姿。下列節奏，更非周作人所能爲功：

青年永遠趨向反叛，愛好冒險；永遠如初度航海者，幻想黃金機緣於浩淼的煙波之外……他愛折玫瑰；為她的色香，亦為她冷酷的刺毒。他愛搏狂瀾：為他的莊嚴與偉大，亦為他吞噬一切的天才，最是激發他探險與好奇的動機。他崇拜衝動：不可測，不可節，不可預逆，起，動，消歇皆在無形中……

讀了這類引文，我們不難看出：徐志摩的節奏感遠勝周作人；其句法也遠比周作人的句法多變。徐志摩懂得長短交錯，懂得活用各種字數的停頓，有時更能活用倒裝和歐化句法（如「他愛折玫瑰；爲她的色香，亦爲她冷酷的刺毒」），是勝過周作人的一大原因。

徐志摩調控節奏，雖然遠勝周作人，但和余光中比較，又有未逮之處。徐志摩在某些名作（如〈我所知道的康橋〉、〈天目山中筆記〉、〈想飛〉和上文提到的〈北戴河海濱的幻想〉）裡，無疑爲漢語開拓了頗廣的境界。可是，更精彩、更大規模的文字熔冶和語言創新（包括節奏的實驗），還要等〈逍遙遊〉的第二位作者來完成。

（編按：限於篇幅及體例，本文中註釋均從缺）

三、文字的君王

孫瑋芒

古老的中國文字，維繫著數千年的文明，多次在歷史的必然中遭逢巨變。每逢亂世，總有豪傑召集志士，統領四方，建立文學新朝代，成爲文字的君王。

近百年來，自由的渴望在文士的胸中燃燒，視舊王朝的爲文字精神的鎖鍊。五四豪傑擎起革命的銅錘，擊碎了千年鎖鍊。在那天崩地裂的時刻，文字驚叫奔逃，向四極八荒飄散。它們飛颺到敻遼的天空，成爲失群的漂鳥；它們墜落在歷史的長河，幻化爲殘缺的落瓣，隨波逐流；它們灑落在中國的大地，在馬列翻譯體的赤色風暴中，成爲虛弱的剪紙。

文士們懷著撒豆成兵的希望，呼喚著散落的文字爲他們效命。有些文字顛躓著站起來，又頹然倒下。有些文字勉強聚合爲清淡的白話文，無法滋養虛弱的心靈；有些文字綁上西來的繃帶，卻生出畸形的肢體。傳統的美感崩陷了，民族的經驗斷裂了。文士爭取到的自由，竟是荒漠中的自由，他們絕望了，迷茫了，在風沙中匍匐，哭喊著失去的傳家之寶、與世界聯繫的唯一憑藉。

在大地東南的蓬萊之島，忽然有一個精悍身影站了起來。他自悠遠的傳統得到魔法的精華，他從西方探知鍊金的秘術，他征服混沌的意志凌駕人們自私怯懦的念頭。他用雷聲喝叱，聒噪的文士爲之噤默。他向遙遠的天空一指，在西風中亂舞的文字紛紛組成井然有序的候鳥隊形，優美地翺翔。他來到歷史的長河，臨淵召喚，文字的落瓣逆流而上，聚合爲絢麗的花朵，在水面旋舞。他向中國大地頓足，仆倒的文字紛紛起立，歸隊待命。他把中國文字置於鐵砧上敲擊，盛在研缽中研磨，送進高爐中燒熔，傾入泥模中澆鑄。他的文心勇猛如獅，文字在他指揮下，組成現代詩的勁旅與散文的雄兵，征服了歷史上無人到過的疆域。他的詩眼銳利如鷹，藏匿到他人文章的文字散兵，患著惡性西化的流行病，以四字成語敷衍任務，見到他莫不喪膽逃竄。他用翻譯使中西文字的長久鬥爭和解，他用評論頒布文字的新定律，他用序文欽點文字的勇將。他的版圖擴張，跨越海峽，覆蓋大陸，塗消了槍桿劃定的界線。我們在政治冷戰的年代進入中國文字的國度，唯有遵行君王的律法，才得以通行無阻。我們詢問軍容壯盛的諸侯：是誰在此統治？歷史高聲回答說：是余光中，文字的君王。

四、正才之風

周澤雄

很早就想寫點文字，表達我對余光中先生的仰慕之情。之所以一拖再拖，原因大致有二。第一個原因簡單，也卑微，那就是我惟恐自己「心得體會」級別的文字，難入余先生法眼，自然心存顧慮。第二個原因略複雜，且容我另起一段，稍加迂迴。

關於文人，可以有種種分類，今天我也想湊湊熱鬧，提供一種分法。我以爲文人可粗分爲三種：有風格的，有招數的，愛碼字的。文人的最高境界，當然是形成獨特的藝術風格，寫出足以名垂青史的傑作。這種人物少見，不然，大師也就泯然眾人了，天才既然得自天賜，那就得看造物主的臉色，而造物主又未必喜歡仿效韓信帶兵的風格，只會追求「多多而益善」。所謂愛碼字的，可以理解成文人隊伍中的基礎力量，凡是成就有限，聲名不彰，又性喜筆耕的，大抵都可忽刺刺劃入此類。什麼叫有招數的呢？就是那些尚未能憑恃本身才華在文學世界闖出一派天地的「愛碼字者」，因過於貪求聲名之故，正道既求之不得，遂只能借助種種旁逸斜出的超技術手段，以求一逞。他們是文學世界裡的羅賓漢，擅長以走江湖的綠林姿態闖蕩文壇。

稍加說明：一位甘於寂寞的文人，是可疑的，正如一位不甘寂寞的科學家，同樣讓人生疑。文人就其作爲一門職業，天生有製造輿論渴望巴掌的行業傾向。所以，文學世界的大師星群中，也歷來不乏喜歡折騰的例子，個別大師的盤外招，甚至不亞於中國文壇上的綠林群豪。即使那些公認素性恬淡不與人爭的前賢高士，也常常未可當眞，他們也許只是較爲守規矩、不謀求來一招一手遮天的撞大運罷了，而非故意與文學功名爲敵。所以，鑑於文人天生有喜歡折騰的「集體無意識」，凡是折騰得較爲節制，較爲含蓄的，我就一概不把他視爲有招數的。或者，凡是其文學才能最終足以震驚世人留香三代的，不管他曾使過何等下三濫的招數，我都一概眼開眼閉。在天才面前，我往往是不講原則，納頭便拜的。

當今中國文壇，固然有大量僅僅是喜歡擺弄文字的文學基礎力量，公認的大師級人物卻極爲罕見。不過文壇作爲一種俗世喧囂的常規馬達之一，卻並沒有因此減弱聲響，減少發動，甚至還呈現愈演愈烈，一浪高過一浪之勢，此究係何故？方向盤全被「有招數的」文人輪番把持住了。看看近年來文壇上的媒體聚焦點吧，眞是可嘆，一個個文人斜刺裡殺出，貌似威風八面，腳踩風火輪，但叱咤過後定睛一看，竟十之八九只剩下一堆裊裊然拒絕散去又畢竟散去的硝煙。時而是有人突然莫名其妙地宣布封筆，時而是有人毫無道理地整天嚷嚷「我絕不投降」，時而是文壇上突然多出一支美女小分隊，時而（據最新消息）又不三不四地出現了一支美男隊伍，時而是有人矢志不渝地自稱「鬼才」，時而又聽人信念不改地自稱「怪才」，招數是如此層出不窮，每一種招數面世之時又都追求類似「鋪地錦」鞭炮紅遍大街的效果，而年底一軋帳，竟然成就平平，甚至還是個虧空之局。這道理也簡單，上述掛一漏萬的種種招數，本來就與文學的本質無關。

迂迴至此，余光中先生的奇特或難能之處，便呼之欲出了，一句話，他竟然是個完全沒有招數的作家。爲示區別，我決定臨時杜撰一詞，將余光中先生的文章才華（本文只想略略探討他的散文）命名爲「正才」，以區別於芸芸招數作家。招數作家當然也非全無才能，就算他們各具「別才」吧。

余光中散文，通體洋溢著一股堂堂正正之氣。那是一種自給自足、綽有餘裕的才能，原無須借助外力、事件或經歷的成全。我以爲，一旦具備了余光中的才能，那麼無論生在何時，長於何方，他都必然會在文學上嶄露頭角，大顯崢嶸。比如，我不妨愉快地假設：余光中若生在唐朝，雖未必能與李杜呈鼎足而三之勢（說這樣的話我得小心點），但在璀璨的唐代星空中再增加一座約與李商隱、杜牧亮度相等的詩星，卻是極可展望的。若生在伊麗莎白時代的英國，蘭姆是否會多出一位可怕的勁敵呢？而才子王爾德咳金唾玉之時，是否也會憑空多出一點顧慮呢？創作時間若前溯至我們上世紀三十年代，如林語堂、梁遇春輩在被人捧為「幽默大師」或「才子」時，恐怕也會多說幾聲「豈敢豈敢」吧？雖然余光中的現有文學成就，肯定與其個人經歷會有種種關聯，但這些都非首要或決定性因素，如果他沒有生活在台灣，沒有留過洋，沒有那麼好的妻子，那麼令人羨慕的四個女兒，他的文章固然會體現出別樣風貌，但他作為天才文人的本質不會因此改變。他的文學才能天然具有金剛石的構造，我們知道，黃鐘即使毀棄，也不會發出瓦釜之聲。

在散文〈飛鵝山頂〉中，余光中寫道：「近年夫妻兩人都愛上了石頭。她愛的是最小最精的一種，玉。我愛的是最大最粗的一種，山。她的愛品私藏在身上，我的，只能公開地堆垛在天地之間，倒也不怕人來掠奪。」這段貌似與文學創作無關的閑語，卻正好可以移用來評價余光中的才能，說明余光中的寫作。

讀余光中散文，我最感驚訝的，在於他的寫作沒有絲毫取巧之處。他的篇章結構並不花哨，他運用語言的方式，也是我們通常認可的，是我們心慕手追卻始終不曾擁有的。他的出色從來不是因為題材的獨家經營別無分號，他的文字隔三差五就能讓讀者驚出一身喜汗，但回過神來，又發現他並沒有拿著暗鏢攥著劇毒懷著利刃。他的寫作幾乎沒有秘密可言，就像他熱愛的石頭「山」一樣，「公開地堆垛在天地之間」。

「倒也不怕人來掠奪」，這話坦率至極，豪邁無邊，猛可間不禁想起中國人請來的神奇教練米盧蒂諾維奇。米盧神奇嗎？好像是的，但他到底神奇在哪兒呢？偏偏是他，說過這樣一句大實話或大鬼話（隨你怎麼理解）：「足球沒有秘密可言」。的確，余光中的寫作方式、寫作對象，本來就像網絡上的免費軟件那樣，具有鮮明的「共享」特徵，它們屬於「耳邊之清風，山間之明月」，只要你具有余光中的才能，那麼至少在理論上——也僅僅是理論上——你就有可能寫出同樣的妙文華章。能力有限的作家，寫作往往離不開「因緣」二字，一旦機遇合適，或靈光乍現，他們偶爾倒也能弄出幾節頗堪玩味的文字，甚至就此「一舉成名天下知」也未可知。而余光中筆下的清詞麗句，天吶，居然有著大規模生產的架勢，招之即來，來之能戰，戰之能文，文思始於揮送之下，妙語歸於俯仰之間。他的才華是實打實的，不摻假的，所以招法上也就是「大江東去」的路數，即使不時出現些匪夷所思的奇句，仍然毫無突兀之感。我發現余光中的散文，沒有一篇是靠所謂「創意」立足的，即使他寫過〈給莎士比亞的一封回信〉、〈如何謀殺名作家〉等題目惹火的趣文，稍一細想，便發現就創意的奇特性而言，它們也未必達到「一將難求」之境。比如他的〈我的四個假想敵〉，貌似出人意表，略加沉思，就發現意思原本稀鬆平常。試想，擔心寶貝女兒長成後遠嫁他人，不是天下父親最普通、最正常的心理嗎？每一個「有女初長成」的父親，生活中不是都曾經設想過若干「假想敵」嗎？所以，這仍然是一個人人有份的題材，原本就「公開地堆垛在天地之間」，余光中並未倚奇取勝。余光中所謂「倒也不怕別人來掠奪」，並非別人不能搶，奪不得，而是他的能力原本兀立於體裁、題材之上，明月固然映照萬川，爭奈惟我別具會心。余氏妙文〈開你的大頭會〉亦然，按說，這個題材大陸文人更熟悉，更有可能感慨萬端，當然也就更有希望寫出絕妙小品來。孰料余光中後發而先至，倏忽閃身，逕奪頭牌而去。

余光中搬弄起見識，不僅同樣神出鬼沒，而且依舊走一條朝天大道，不屑於以題材的冷僻、見識的怪誕取勝。他的辯論總像大刀逕自斫來，雖然在刀尖刀刃刀背的具體運用上，曲盡「輕攏慢撚抹復挑」之變，讀者感受到的，卻分明是一股關雲長之風。如關於外國語的特徵，每一個曾與之作過鬥爭的人，都有一肚子的感慨、心得或苦水，所以這仍然是一個「不怕別人來掠奪」的論題。在〈橫行的洋文〉一文中，余光中輕舒猿臂，大刀掄圓，精光閃處，「外國語特徵」的人頭已然落地：「語言，天生是不講理的東西，學者必須低首下心，惟命是從，而且晝思夜夢，念念有詞，若中邪魔，才能出生入死，死裡求生。學外文，必須先投降，才能征服，才能以魔鬼之道來服魔。」說到幽默這個「公開地堆垛在天地之間」的大眾話題，余光中依舊不躲不閃，視歷代文士對此話題貢獻的無量妙語爲無物，文字逕自像一隊空降兵堂皇落地。一梭子彈過後，原以爲再無機鋒可藏的幽默叢林，竟傳來一陣此起彼伏的嚎叫聲。在該文結尾段，余光中照例以自己慣有的「一不做二不休」態度，對早已臣服的分析對象再出重拳，不僅要打得它「僵斃」，還要榨出骨髓來：「幽默不是一門三分學的學問，不能力學，只可自通，所以『幽默專家』或『幽默博士』是荒謬的。幽默不堪公式化，更不堪職業化，所以笑匠是悲哀的。一心一意要逗人發笑，別人的娛樂成了自己的責任，那有多麼緊張？自生自發無為而為的一點諧趣，竟像一座發電廠那樣日夜供電，天機淪為人工，有多乏味？」看來，幽默感雖非余光中最為人矚目的強項，但儲備也極為豐足，以至還得通過嘲笑幽默的方式來開閘洩洪。

余光中的散文，不偷懶，不取巧，刀刀著力。他不可思議地具備一種用手術刀伐老松的能耐，故命筆行文，雖奇招險境不絕於途，一曲舞罷中心畫，竟又處處顯出一派從容。余光中誠然有一股矯健剛強的古文士風采，在現當代文壇，除錢鍾書外，我從未見過第二個對文字用情如此之專的作家。隨舉一小例：列車出入隧道之際，每個曾經出門在外的人，都或多或少有過格登一下的心理反應，所以這又是一個微型的「公開」題材，但我等粗心之人「格登」一下也就完事了，詩才不讓文才、文才超邁詩才的余光中卻偏有話說，他竟然為我們的凡俗心理造出了如此奇句：「他們咽進了山的盲腸裡」。——啊，謝謝，正是如此，我們咽進了山的盲腸裡。文人的妙筆可以提升人類的情感，信然。

雖然我們不應奢望甲魚兼備菠菜的青蔬氣，不應要求孔雀在開屏鬥豔之餘還能客串天鵝與世無爭的優雅，但出於對余光中先生的厚愛，我又難免「得尺進寸」，在早已不勝寒的高處仍然妄想著更上層樓。事實上我認為，若要對余光中的散文進行批評，除了苛評乃至酷評，幾無他途。本著「對權威最大的尊敬就是設法冒犯他」的態度（這是不才自擬的歪論），我且試著酷上一酷。

即以「他們咽進了山的盲腸」而論，我想，泛泛文士，若僅能想出「盲腸」奇喻，早已橫生中大獎之情了，心態大馳之時，焉能再生更追窮寇之念？余光中卻不依不撓，遍還要前置一個「妙處難與君說」的動詞「咽」，讀者也許過足了癮，同行卻難免洩足了氣。作為洩氣者之一的不才，或也會如此嘀咕：遣詞如此兵行蜀道，密圍垓下，不無太過乎？章句如此急管繁弦，弓弩大張，不無太緊乎？才思如此高天滾滾，罡風十級，不無太厲乎？余光中誠然天縱奇才，才縱奇膽，但為文恁般高歌猛進，寸土必爭，一劫不讓，雖無礙文章厚道，然波瀾起處，恐漁訊難覓，鏗鏘過後，則和弦式微。張揚之功固然盡收，舒緩之趣或也略去。

余光中的突出特質，部分在於精緻得無處不在，講究到針頭線腦。但有時，依據文意文趣，我們也會覺得糙一點倒也不妨，憨一些也頗可愛。行文亦如行路，路途不同，衣著也當隨機更換。如是駕車遠遊，固然不妨一身牛仔裝束，如是白領人士去寫字樓上班，則以西裝筆挺、鞋頭鋥亮為合度，如依文章的進程似已進入了叢林地帶，或沙灘海濱，則一身短打有可能最見風度，甚至光膀裸裎也可能勝過羽扇綸巾。如此想來。余光中的散文（尤其是早期散文），文字行頭有更換不夠及時之嫌，偶爾也會予人冬行春令之感。余光中聰明過人，文章的智商奇高，我這裡無異於「雞蛋裡挑石頭」的指陳，他自己早有警覺，也曾撰文作過精采評論。但鑑於「身體」並非總能與「力行」同步之故，余光中警覺之餘，竟也未能全身而退，雖曾撰文力斥為文「貪功」之弊，一旦捻毫在手，竟又常常鬥志暴長，好戰之情，實不亞於葭萌關大戰張飛的「錦馬超」。「人患才淺，君患才高」，此余光中之謂乎？

惟眞名士具大性情。余光中年壽之騏雖已絕古稀之塵而去，文章精進之勢不遜少年，但觀其爐火寒溫，卻分明已趨純藍。讀余光中近年新作，我以上指出的若干「莫須有」微瑕，竟也有漸歸無形之象，「庾信文章老更成」，至此也終於得到了一個可以徵信的當代實例。聽說余先生年前曾爲一睹流星雨「壯遊」之象，鎮夜峭立屋檐之下，不移跬步。後生一邊感嘆斯人斯境，一邊免不了還得囉嗦一句：多備衣，免著涼。

David Pollard: Commentary on Yu Kwang-chung

What distinguishes Yu's essays from those of his contemporaries who have had the American experience is his wit and his working of words and phrases. Probably his best essay, 'Listen to That Cold Rain' 聽聽那冷雨, demonstrates the latter skill chiefly, exploiting auditory effects and the pictorial qualities of Chinese characters to such an extent that any translation would be a pale imitation. I have chosen instead two essays where wit is predominant. It will be immediately obvious that there is a family resemblance between these essays, particularly the first, and the wartime essays of Liang Shih-ch'iu, both ultimately deriving from the Anglo-American 'light' familiar essay. Like Liang's, Yu's command of Chinese and English literature and language is extensive, and quotations and allusions, often cleverly twisted into a new aptness, abound. Of the two, Yu is the more conscious rhetorician, as may be expected from a poet (much of his cleverness in that regard is regrettably submerged in translation). A certain amount of posing and self-caricature is inherent in the genre, but again a difference is noticeable between the two essayists, in that the 'I' character in Liang tends towards the typical (he could be anybody), while in Yu the 'I' tends towards the personal (he could only be Yu Kwang-chung). The trend in recent decades has indeed been towards personalization in essay writing, especially in Taiwan, encouraged apparently by readers who prefer gossip to anything thought-provoking. However, Yu Kwang-chung does not betray his intelligence.

——from *The Chinese Essay*, edited and translated by David E. Pollard, The Chinese University of a Hong Kong , 1999

知性與感性的把握與調配，也是散文的一大藝術。知性重客觀，感性憑主觀。知性重分析，感性憑直覺。知性要言之有物，持之成理，感性要言之有情，味之得境。散文佳作往往能兼容二者，而使之相得益彰。諸葛亮的〈出師表〉本是公文，卻寫得真情流露；杜牧的〈阿房宮賦〉顯為美文，卻由感性轉入知性，以史為戒，力貶奢華。而同一散文大家之作，知性與感性的比重也變化多姿。例如蘇軾論人之作，〈晁錯論〉絕少抒情，至於〈范增論〉、〈賈誼論〉、〈留侯論〉，則抒情一篇濃於一篇。〈方山子傳〉又別開生面，把抒情寓於敘事而非議論。而〈喜雨亭記〉、〈凌虛台記〉、〈超然台記〉、〈放鶴亭記〉、〈石鐘山記〉等五記，卻在抒情文中帶出議論，其間情、理的比重各有不同，但知性與感情均有交匯。

所以太硬的散文，若急於說教或矜博，讀來便索然無趣。而太軟的散文，不是一味縱情，便是只解濫感，也令人厭煩。其實不少所謂「散文詩」或「美文」之類過分純情、唯感，溺於甜膩的或是淒美的空洞情調，結果只怕是美到「媚而無骨」，雅到「俗不可耐」。這種陰柔的風氣流行於我年輕時代的文壇，所以早年我致力散文，便是要一掃這股脂粉氣。我認為散文可以提升到更崇高、更多元、更強烈的境地，在風格上不妨堅實如油畫，遒勁如木刻，宏偉如建築，而不應長久甘於一張素描、一幅水彩、一株盆栽。當時我嚮往的不是小品珍玩，而是韓潮蘇海。我投入散文，是「為了崇拜一枝男得充血的筆，一種雄厚如斧野獷如碑的風格」。

輯一

聽聽那冷雨

杏花。春雨。江南。六個方塊字，或許那片土就在那裡面，而無論赤縣也好，神州也好，中國也好變來變去，只要倉頡的靈感不滅，美麗的中文不老，那形象，那磁石一般的向心力當必然長在。

鬼雨

——*But the rain is full of ghosts tonight*

Edna St. Vincent Millay

1

「請問余光中先生在家嗎？噢，您就是余先生嗎？這裡是臺大醫院小兒科病房。我告訴你噢，你的小寶寶不大好啊，醫生說他的情形很危險……什麼？您知道了？您知道了就行了。」

「喂，余先生嗎？我跟你說噢，那個小孩子不行了，希望你馬上來醫院一趟……身上已經出現黑斑，醫生說實在是很危險了……再不來，恐怕就……」

「這裡是小兒科病房，我是小兒科黃大夫……是的，你的孩子已經……時間是十二點半，我們曾經努力急救，可是……那是腦溢血，沒有辦法。昨夜我們打了土黴素，今天你父親守在這裡……什麼？你就來辦理手續？好極了，再見。」

2

「今天我們要讀莎士比亞的一首輓歌 Fear No More 。翻開詩選，第五十三頁。這是莎士比亞晚年的作品 *Cymbeline* 裡面摘出來的一首輓歌。你們讀過 *Cymbeline* 嗎？據說丁尼生臨終之前讀的一卷書，就是 *Cymbeline* 。這首詩詠歎的是生的煩惱，和死的恬靜，生的無常，和死的確定。它詠歎的是死的無所不在，無所不容（死就在你的肘邊）。前面三段是沉思的，它們泛論死亡的 omnipresence 和 omnipotence ，最後一段直接對死者而言，像是念咒，有點『孤魂野鬼，不得相犯，嗚呼哀哉尚饗！』的味道。讀到這裡，要朗聲而吟，像道士誦經超渡亡魂那樣。現在，聽我讀：

No exorciser harm thee!
Nor no witchcraft charm thee!
Ghost unlaid forbear thee!
Nothing ill come near thee!

「你們要是夜行怕鬼，不妨把莎老頭子這段詩唸出來壯壯膽。這沒有什麼好笑的。再過三十年，也許你們會比較欣賞這首詩。現在我們再從頭看起。第一段說，你死了，你再也不用怕太陽的毒焰，也不用畏懼冬日的嚴寒了（那孩子的痛苦已結束）。那怕你是金童玉女，是 **Anthony Perkins** 或者 **Sandra Dee** ，到時候也不免像煙囪掃帚一樣，去擁抱泥土。噢，這實在沒有什麼好笑。不到半個世紀。這間教室裡的人都變成一堆白骨，一把青絲，一片碧森森的燐光（那孩子三天，僅僅是三天啊，就停止了呼吸）。對不起，也許我不應該說得這麼可怕，不過，事實就是如此（我剛從雄辯的太平間回來）。青春從你們的指隙潺潺地流去，那麼昂貴，那麼甜美的青春（停屍間的石臉上開不出那種植物）！青春不是長春藤，讓你像戴指環一樣戴在手上。等你們老些，也許你們會握得緊些，但那時你們只抓到一些痛風症和糖尿病，一些變酸了的記憶。即使把滿頭的白髮編成漁網，也網不住什麼東西……

「一來這裡，我們就打結，打一個又一個的結，可是打了又解，解了再打，直到死亡的邊緣。在胎裡，我們就和母親打一個死結。但是護士的剪刀在前，死亡的剪刀在後（那孩子的臍帶已經解纜，永遠再看不到母親）。然後我們又忙著編織情網，然後發現神話中的人魚只是神話，愛情是水，再密的網也網不住一滴湛藍……

「這世界，許多靈魂忙著來，許多靈魂忙著去。來的原來都沒有名字，去的，也不一定能留下名字。能留下一個名字已經不容易，留下一個形容詞，像 **Shakespearean** ，更難。我來。我見。我征服。然後死亡征服了我。（那孩子，那尚未睜眼的孩子，什麼也沒有看見）這一陣，死亡的黑氛很濃。 **Pauline** 請你把窗子關上。好冷的風！這似乎是祂的豐年。一位現代詩人（他去的地方無所謂古今）。一位末代的孤臣（春草年年綠，王孫歸不歸）。一位考古學家

（不久他就成考古的對象了）。

「莎士比亞最怕死。一百五十多首十四行詩，沒有一首不提到死，沒有一首不是在自我安慰。畢竟，他的藍墨水沖淡了死亡的黑色。可是他仍然怕死，怕到要寫詩來詛咒侵犯他骸骨的人們。千古艱難唯一死，滿口永恆的人，最怕死。凡大天才，沒有不怕死的。愈是天才，便活得愈熱烈，也愈怕喪失它。在死亡的黑影裡思想著死亡，莎士比亞如此。李賀如此。濟慈和狄倫・湯默斯亦如此。啊，我又打岔了⋯⋯ Any questions? 怎麼已經是下課鈴了？ Sea nymphs hourly ring his knell ⋯⋯（怎麼已經是下課鈴了？）

「再見，江玲再見，Carmen，再見，Pearl（Those are pearls that were his eyes）。這雨怎麼下不停的？謝謝你的傘，我有雨衣。Sea nymphs hourly ring his knell，他的喪鐘。（他的喪鐘。他的小棺材。他的小手。握得緊緊的，但什麼也沒有握住。Nobody, not even the rain, has such small hands.）江玲再見。女孩子們再見！」

3

南山何其悲，鬼雨灑空草。雨在海上落著。雨在這裡的草坡上落著。雨在對岸的觀音山落著。雨的手很小，風的手帕更小，我腋下的小棺材更小更小。小的是棺材裡的手。握得那麼緊，但什麼也沒有握住，除了三個雨夜和雨天。潮天濕地。宇宙和我僅隔層雨衣。雨落在草坡上。雨落在那邊的海裡。海神每小時搖他的喪鐘。

「路太滑了。就埋在這裡吧。」

「不行。不行。怎麼可以埋在路邊？」

「都快到山頂了，就近找一個角落吧。哪，我看這裡倒不錯。」

「胡說！你腳下踩的不是墓石？已經有人了。」

「該死！怎麼連黃泉都這樣擠！一塊空地都沒有。」

「這裡是亂葬崗呢。好了好了，這裡有四尺空地了。就這裡吧，你看怎麼樣？要不要我幫你抱一下棺材？」

「不必，輕得很。老侯，就挖這裡。」

「怎麼這一帶都是葬的小朋友？你看那塊碑！」

順著白帆指的方向，看見一座五尺長的隆起的小墳。前面的碑上，新刻紅漆的幾行字：

民國四十七年七月生
民國五十二年九月歿

愛女蘇小菱之墓

母　孫婉宜
父　蘇鴻文

「那邊那個小女孩還要小，」我把棺材輕輕放在墓前的青石案上。「你看這個。四十九年生。五十一年歿。好可憐。好可憐，唉，怎麼有這許多小幽靈。死神可以在這裡辦一所幼稚園了。」

「那你的寶寶還不夠入園的資格呢。他媽媽知不知道？」

「不知道。我暫時還不告訴她。唉，這也是沒有緣分，我們要一個小男孩。神給了我們一個，可是一轉眼又收了回去。」

「你相信有神？」

「我相信有鬼。I'm very superstitious, your know. I'm as superstitious as Byron. 你看過我譯的《繆思在地中海》沒有？雪萊在一年之內，抱著兩口小棺材去墓地埋葬……

「小時候我有個初中同學，生肺病死的。後來我每天下午放學，簡直不敢經過他家門口。天一黑，他母親就靠在門口，臉又瘦又白，看見我走過，就死盯著我，嘴裡念念有詞，喊她兒子的名字。那樣子，似笑非笑，怕死人！她兒子秋天死的。她站在白楊樹下，每天傍晚等我。今年的秋天站到明年的秋天，足足喊了她兒子三年。後來轉了學，才算躲掉這個巫婆……話說回來，母親愛兒子，那眞是怎麼樣也忘不掉的。」

「那是在哪裡的時候？」

「酆都縣。現在我有時還夢見她。」

「夢見你同學？」

「不是。夢見他媽媽。」

上風處有人在祭墳。一個女人。哭得怪淒厲地。蕁麻草在雨裡直霎眼睛。一隻野狗在坡頂邊走邊嗅。隱隱地，許多小亡魂在呼喚他們的姆媽。這裡的幼稚園冷而且潮濕，而且沒有人在做遊戲。只有清明節，才有家長來接他們回去。正是下午四點，吃點心的時候。小肚子又冷又餓哪。海神按時敲他的喪鐘。無所謂上課。無所謂下課。雖然海神敲淒其的喪鐘，按時。

「上午上的什麼課？」

「英詩，莎士比亞的 **Fear No More** 和 **Full Fathom Five**。同學們不知道爲什麼要選這兩首詩。**Sea nymphs hourly ring** ……好了，好了，夠深了。輕一點，輕一點，不要碰……」

大鏟大鏟的黑泥撲向土坑。很快地，白木小棺便不見了。我的心抖了一下。一扇鐵門向我關過來。

「回去吧。」我的同伴在傘下喊我。

4

文興：

接到你自雪封的愛奧華城寄來的信，非常爲你高興。高興你竟在零下的異國享受熊熊的愛情。握著小情人的手，踏過白晶晶的雪地，踏碎滿地的黃橡葉子。風來時，翻起大衣的貂皮領子，看雪花落在她的帽沿上。我可以想見你的快意，因爲我也曾在那座小小的大學城裡，被禁於六角形蓋成的白宮。易地而居，此心想必相同。

我卻困在森冷的雨季之中。有雪的一切煩惱，但沒有雪的爽白和美麗。濕天潮地，雨氣蒸浮，充盈空間的每一個角落。木麻黃和猶加利樹的頭髮全濕透了，天一黑，交疊的樹影裡擰得出秋的膽汁。伸出腳掌，你將踩不到一寸乾土。伸出手掌，涼蠕蠕的淚就滴入你的掌心。太陽和太陰皆已篡位。每一天都是日蝕。每一夜都是月蝕。雨雲垂翼在這座本就無歡的都市上空，一若要孵出一隻兇年。長此以往，我的肺裡將可聞蚋群的悲吟，蟑螂亦將逆我的脊椎而上。

在信裡你曾向我預賀一個嬰孩的誕生。我不知道該怎麼回答你。我只能告訴你，那嬰孩是誕生了，但不在這屋頂下面。他在屋頂比這矮小得多。他睡得很熟，在一張異常舒適的小榻上。總之我已經將他全部交給了戶外的雨季。那裡沒有門牌，也無分晝夜。那是一所非常安靜的幼稚園，沒有鞦韆，也沒有盪船。在一座高高的山頂，可以俯瞰海岸。海神每小時搖一次鈴鐺。雨地裡，腐爛的薰草化成螢，死去的螢流動著神經質的碧燐。不久他便要捐給不息的大化，匯入草下的凍土，營養九莖的靈芝或是野地的荊棘。掃墓人去後，旋風吹散了紙馬，馬踏著雲。秋墳的絡絲娘唱李賀的詩，所有的耳朵都淒然豎起。百年老鴞修練成木魅，和山魈爭食祭墳的殘肴。驀然，萬籟流竄，幼稚園恢復原始的寂靜。空中迴盪著詩人母親的厲斥：

是兒要嘔出心乃已耳！

最反對寫詩的總是詩人的母親。我的母親已經不能反對我了。她已經在浮圖下聆聽了五年，聽殿上的青銅鐘搖撼一個又一個的黃昏，當幽魂們從塔底啾啾地飛起，如一群畏光的蝙蝠。母親。母親。最悅耳的音樂該是木魚伴奏著銅磬。雨在這裡下著。雨在遠方的海上下著。雨在公墓的小墳頂，墳頂的野雛菊上下著。雨在母親的塔上下著。雨在海峽的這邊下著雨在海峽的那邊，也下著雨。巴山夜雨。雨在二十年前下著的雨在二十年後也一樣地下著，這雨。桐油燈下讀古文的孩子。雨下得更大了。雨聲中喚孩子去睡覺的母親。同一盞桐油燈下，爲我紮鞋底的母親。氧化成灰燼的，一吹就散的母親。巴山的秋雨漲肥了秋池。少年聽雨巴山上。桐油燈支撐黑穹穹的荒涼。（而今聽雨僧廬下，鬢已星星也？）中年聽雨，聽鬼雨如號，淋在孩子的新墳上，淋在母親的古塔上，淋在蒼茫的回憶回憶之上。雨更加猖狂。屋瓦騰騰地跳著。空屋的心臟病忐忑到高潮。妻在產科醫院的樓上，聽鬼雨叩窗，混合著一張小嘴喊媽媽的聲音。父親輾轉在風濕的床上，咳聲微弱，沉沒在浪浪的雨聲之中。一切都離我恁遠，今夜，又離我恁近。今夜的雨裡充滿了鬼魂。濕漓漓，陰沉沉，黑淋淋，冷冷清清，慘慘淒淒切切。今夜的雨裡充滿了尋尋覓覓，今夜這鬼雨。落在蓮池上，這鬼雨，落在落盡蓮花的斷枝斷析上。連蓮花也有誅九族的悲劇啊。蓮蓮相連，蓮瓣的千指握住了一個夏天，又放走了一個夏天。現在是秋夜的鬼雨，嘩嘩落在碎萍的水面，如一個亂髮盲睛的蕭邦在虐待千鍵的鋼琴。許多被鞭笞的靈魂在雨地裡哀求大赦魑魅呼喊著。魍魎回答著魑魅。月蝕夜，迷路的白狐倒斃，在青狸的屍旁。竹黃。池冷。芙蓉死。地下水腐蝕了太眞的鼻和上唇。西陵下，風吹雨，黃泉醞釀著空前的政變，芙蓉如面。蔽天覆地，黑風黑雨從破穹破蒼的裂隙中崩潰了下來，八方四面，從羅盤上所有的方位向我們倒下，搗下，倒下。女媧煉石補天處，女媧坐在彩石上絕望地呼號。《石頭記》的斷線殘編。石頭城也氾濫著六朝的鬼雨。鬱孤台下，馬嵬坡上，羊公碑前，落多少行人的淚。也落在湘水。也落在瀟水。也落在蘇小小的西湖。風黑黑雨打熄了冷翠燭，在蘇小小的小小的石墓。瀟瀟的鬼雨從大禹的時代便瀟瀟下起。雨落在中國的泥土上。雨滲入中國的地層下。中國的歷史浸滿了雨漬。似乎從石器時代到現在，同一個敏感的靈魂，在不同的軀體裡忍受無盡的荒寂和震驚。哭過了曼卿，滁州太守也加入白骨的行列。哭濕了青衫，江州司馬也變成苦竹和黃蘆。即使是王子喬，也帶不走李白和他的酒瓶。今夜的雨中浮多少蚯蚓。

這已是信箋的邊緣了。盲目的夜裡摸索著盲目的風雨。一切都黯然，只有鬍髭在唇下茁長。明晨，我剃刀的青刃將享受一頓豐收的早餐。這輕飄飄的國際郵簡，亦將衝出厚厚的雨雲，在孔雀藍的晴翠裡向東飛行了。

光中 十二月九日

——原載一九六三年十二月十日《文星》第七十五期・選自九歌版《逍遙遊》

四月，在古戰場

熄了引擎，旋下左側的玻璃窗，早春的空氣遂漫進窗來。岑寂中，前面的橡樹林傳來低沉而嘶啞的鳥聲，在這一帶的山裡，盪起幽幽的回聲。是老鴉呢，他想。他將頭向後靠去，閉起眼睛，仔細聽了一會，直到他感到自己已經屬於這片荒廢。然後他推開車門，跨出駕駛座，投入四月的料峭之中。

水仙花的四月啊，殘酷的四月。已經是四月了，怎麼還是這樣冷峻，他想，同時翻起大衣的領子。濕甸甸陰凄凄的天氣，風向飄忽不定，但風自東南吹來時，潮潮的，嗅得到黛青翻白的海水氣味。他果然站定，嗅了一陣，像一頭臨風昂首的海豹，直到他幻想，海藻的腥氣翻動了他的胃。這是斜向大西洋的山坡地帶，也是他來東部後體驗的第一個春天。美國孩子們告訴他，春天來齊的時候，這一帶的花樹將盛放如放煙火，古戰場將佩帶多彩的美麗。文葩告訴他說，再過一個星期，華盛頓的三千株櫻花，即將噴灑出來。文葩又說，鱸魚和曹白魚正溯波多馬克河與塞斯奎漢納河而上，來淡水中產卵，奇娃妮湖上已然有天鵝在游泳，黑天鵝也出現過兩隻了。你怎麼知道這些的？有一次他問她。文葩笑了，笑得像一枝洋水仙。我怎麼不知道，她說，我在蘭開斯特長大的嘛。你是一個鄉下女娃娃，他說。

在一座巍然的雕像前站定，他仰起面來，目光掃馬背騎士的輪廓而上，止於他翹然的鬚尖。他踏著有裂紋的大理石，拾級而上。他伸手撫摸石座上的馬蹄，青銅的冷意浸冰他的手心，似乎說，這還不是春天。他縮回手，辨認刻在石座上的文字，塞吉維克少將，一八一三年生，一八六四年歿，陣亡於維琴尼亞州，偉大的戰士，光榮的公民，可敬的長官。已經一百年了，他想。忽然他湧起一股莫名的衝動，欲攀馬尾而躍上馬背，欲坐在塞吉維克將軍的背後，看十九世紀的短兵相接。畢竟這是一座龐偉的雕塑，馬鞍距石座幾乎有六呎，而馬尾僨張，青銅凜然，苔蘚滑不留手。他幾度從馬臀上溜了下來，終於疲極而放棄。他頹然跳下大理石座，就勢臥倒在草地上。一陣草香嫋嫋升起，襲向他的鼻孔。他閉上眼睛，貪饞地深深呼吸，直到清爽的草香似乎染碧了他的肺葉。他知道，不久太陽會吸乾去冬的潮濕，芳草將佔據春的每一個角落。不久，他將獨自去抵抗一季豪華的寂寞，在異國，冷眼看熱花，看熱得可以蒸雲煮霧的桃花哪桃花，冷眼看情人們十指交纏的約會。他想像得到，自己將如何浪費昂貴的晴日，獨自坐在夕照裡，數那邊哥德式塔樓的鐘聲鐘聲，敲奏又一個下午的死亡。然而春天，史前而又年輕的春天，是不可抗拒的。知更說，春從空中來。鱸魚說，春從海底來。土撥鼠說，春是從地底冒上來的，不信，我掘給你看。伏在已軟而猶寒的地上，他相信土撥鼠是對的。把饕餮的鼻子浸在草香裡，他靜靜地匍匐著，久久不敢動彈，爲了看成群的麻雀，從那邊橡樹林和樺木頂上啾啾旋舞而下，在墓碑上，在銅像上，在廢砲口上作試探性的小憩，終於散落在他四周的草地上，覓食泥中的小蟲。他屏息看著，希望有一雙柔細而涼的腳爪會誤憩在他的背上。不知道那麼多青銅的幽靈，是不是和我一樣感覺，喜歡春天又畏懼春天，因爲春天不屬於我們，他想。我的春天啊，我自己的春天在哪裡呢？我的春天在淡水河的上游，觀音山的對岸。不，我的春天在急湍險灘的嘉陵江上，拉縴的船夫們和春潮爭奪寸土，在舵手的鼓聲中曼聲而唱，插秧的農夫們也在春水田裡一呼百應地唱，溜啊溜連溜喲，咿呀呀得喂，海棠花。他霍然記起，菜花黃得晃眼，茶花紅得害初戀，嚶嚶的蜂吟中，菜花田的濃香薰人欲醉。更美，更美的是江南，江南的春天，江南春。春水碧於天，畫船聽雨眠。一次在中國詩班上吟到這首詞，他的眼淚忍不住滾了出來。他分析給自己聽，他的懷鄉病中的中國，不在臺灣海峽的這邊，也不在海峽的那邊，而在抗戰的歌謠裡，在穿草鞋踏過的土地上，在戰前朦朧的記憶裡，也在古典詩悠揚的韻尾。他對自己說，西北公司的回程票，夾在綠色的護照裡，護照放在棕色的箱中。十四小時的噴射雲，他便可以重見中國。然而那不是害他生病害他夢遊的中國。他的中國不是地理的，是歷史的。他的中國已經永遠逝去，凄楚地，他凄楚地想。

四月的太陽，清清冷冷地照在他的頸背上，若亡母成灰的手。他想。他想。他想。他永遠只能一個人想。他不能對那些無憂的美國孩子說，因爲他們不懂，因爲中國的一年等於美國的一世紀，因爲黃河飲過的血揚子江飲過的淚多於他們飲過的牛奶飲過的可口可樂，因爲中國的孩子被烽火烽火烽火的煙薰成早熟的薰魚，周幽王的烽火，蘆溝橋的烽火。他只能獨嚥五十個世紀乘一千萬平方公里的淒涼。中秋前夕的月光中，像一隻孤單的鷗鳥，他飛來太平洋的東岸。從那時起，他曾經駛過八千多英里，越過九個州界，闖過芝加哥的湖濱大道，紐約的四十二街和百老匯，穿過大風雪和死亡的霧。然而無論去何處，他總是在演獨腳的啞劇。在漫長而無紅燈的四線超級公路上，七十哩時速的疾駛，可以超龐然而長的廿輪卡車，太保式的野豹，雍容華貴的凱迪拉克，但永遠擺不脫寂寞的尾巴。十四小時，哈姆雷特的喃喃獨白，東半球可有人爲他燒耳朵，打噴嚏？偶或駛出冰雪的險境，太陽迎他於鄰州的上空，也會逸興遄飛，豪氣干雲，朗吟李白的辭白帝或杜甫的下襄陽，但大半總是低吟「西北望長安，可憐無數山！」八千哩路的雲和月。八千哩路的柏油和水泥。紅燈，停。綠燈，行。南北是 avenue，東西是 street，方的是 square，圓的是 circle。他嚥下每一哩的緊張與寂寞，他自己一人。他一直盼望，有一對柔美的眼眸，照在他的臉上，有一個圓熟可口的女體，在他的右手的座位，迷路時，爲他解地圖的蛛網，出險時，爲他慶幸，爲他笑。

爲他笑，他出神地想，且爲他流淚，這麼一雙奇異的眼睛。一隻鷹在頂空飛過，幢然的黑影掃他的臉頰。他這才感到，風已息，太陽已出現了好一會了。他想起宓宓，肥沃而多產的宓宓。最肥沃的地方，只要輕輕一擠，就會擠出杏仁汁來。他不禁自得地笑出聲來。以前，他時常這麼取笑她的。可憐的女孩，他愛惜而歉疚地想。先是一搦纖細而多情的表妹，如是其江南風，一朵瘦瘦的水仙，在江南的風中。然後是知己的女友，纏綿的情人，文學的助手，詩的第一位讀者。然後是蜜月傷風的新娘，套的是他的指環，用的是他的名字，醒時，在他的雙人床上。然後是小袋鼠的母親，然後是兩個，三個，以至於一窩雌白鼠的媽媽。昔日的女孩已經蛻變成今日的婦人了，曾經是婸娜飄逸的，現在變得豐腴而富足，曾經是羞赧而閃爍的，現在變得自如而安詳。她已經向雷洛瓦畫中的女人看齊了，他不斷地調侃她。而在他的印象中，她仍是昔日的那個女孩，蒼白而且柔弱，抵抗著令人早熟的肺病，夢想著愛情和文學，無依無助，孤注一擲地向他走來，而他不得不張開他的歡迎，且說，我是你的起點和終點，我的名字是你的名字，我的孩子是你的孩子，我會將你的處女地耕耘成幼稚園，我會餵你以愛情，我的桂冠將為你而編！他仍記得，敬羲說的，車票和郵票，象徵愛情的頻率。他仍記得，一個秋末的晴日下午，他送她到臺北車站。藍色長巴士已經曳煙待發。不能吻別，她只能說，假如我的手背是你的上唇，掌心是你的下唇。於是隔著車窗，隔著一幅透明的莫可奈何，她吻自己的手背，又吻自己的掌心。手背。掌心。掌心。這些吻不曾落在他唇上，但深深種在他的意象裡，他被這些空中的唇瓣落花了眼睛。

太陽曬得草地蒸出恍惚的熱氣，鳥雀的翅膀撲打著中午。不久，塞吉維克將軍的劍影向他指來。他感到有點胃痛，然後他發現自己伏身在草上已太久，而且有點餓了。已經是晌午了呢，他想。他從草地上站起來，撫摸壓上了草印的手掌，並且拍打滿身的碎草和破葉。忽然他感到非常餓了，早春的處女空氣使他呼吸暢順，肺葉張翕自如，使他的頭腦清醒，身體輕鬆。一剎那間，他幻想自己一張臂成了一尾瀟灑的燕子，剪四月的雲於風中，以違警的超速飛回國去。一陣風迎面吹來，他的髮揚了起來，新修過的下頷感到一抹清涼。他果然舉起兩臂，迅步向那邊的瞭望塔奔去，直到他稍稍領略到羽族滑翔的快感。然後他俯倚在灰石雉堞上，等待劇喘退潮。松枝的清香沛然注入他腔中，他更餓，但同時感到四肢富於彈性，腹中空得異常靈敏。

如果此刻宓宓在塔下向他揮手且奔來，他一定縱下去迎她，迎她雌性胴體全部的衝量。在溫燠的陽光中，他幻想她的淡褐之髮有一千尺長，讓他將整個臉浴在波動的褐流之中。他希望自己永遠年輕，永遠做她的情人。又要不朽，又要年輕，絕望地，他想。李白已經一千二百六十四歲了。活著，呼吸著，愛著，是好的。愛著，用唇，用臂，用床，用全身的毛孔和血管，不是用韻腳或隱喻。肉體的節奏美於文字的節奏。他對塔下遼闊的古戰場大呼，宓宓！宓宓！宓——宓！呼聲在萬年松之間顫動、迴旋，激起一群山烏，紛紛驚惶地拍響黑翼，而二千座銅像和石碑，而四百門黝青的鐵砲，而迤邐廿多哩的石堆和木柵，都不能應他的呼聲。他們已經死了一個多世紀，一百多個春天都喊他們不應，何況他微弱的呼聲。

不朽啊。年輕啊。如果要他作一個抉擇，他想，他寧取春天。這是春天。這是古戰場。古戰場的四月，黑眼眶中開一朵白薔，碧血灌溉的鮮黃苜蓿。寧為春季的一隻蜂，不為歷史的一尊塑像。讓繆斯嫁給李賀或者嘉爾西亞・洛爾卡，可是你要嫁給我，他想。讓冰手的石碑說，這是詩人某某之墓，但是讓柔軟的床說，現在他是情人。站在瞭望塔的雉堞後，站在浩浩乎敻不見人的古沙場頂點，站在李將軍落淚，米德將軍仰天祈禱的頂點，新大陸的河山匍匐在他的腳下，四月發育著，在他的腳下，發育著、放射著、流著、爬著、歌著。茫茫的風景，茫茫的眼眸。茫茫的中國啊，茫茫的江南和黃河。三百六十度的，立體大壁畫的風景啊，如果你在她的眸裡，如果她在我的眸裡，他想。中午已經垂直，陽光下，一層淡淡的煙靄自草上自樹間漾漾蒸起。成群的鳥雀向遠方飛去，向梅蓀．狄克生線以南。收回徒然追隨的目光，惘然，悵然，他感到非常，非常飢餓。他想起古戰場那邊的石橋，橋那邊的小鎮，鎮上的林肯方場，方場上，一座三層七瓴的老屋，他的公寓就在頂層，適宜住一個東方的隱士，一個客座教授，一個懷鄉的詩人，而更重要的是，冰箱裡有烤雞和香腸，還有半瓶德國啤酒。

——一九六五年四月三日蓋提斯堡．古戰場

——原載一九六五年四月《文星》第九十一期．選自九歌版《逍遙遊》

附識：文葩（Barbara Wenger），班上一女孩，日爾曼後裔，德國文學系，賓州蘭開斯特人，常和另一同學賈翠霞（Patricia Carey）來看作者，並贈以蘭開斯特的雙黃蛋和新澤西州海邊的連翹花。

南太基

從什麼時候起甲板上就有風的，誰也說不清楚。先是拂面如扇，繼而浸肘如水，終於鼓脹翩翩欲飛。當然誰也不願意就這樣飛走。滿船海客，紛紛披上夾克或毛衫。黃昏也說它冷了。於是有更多的鷗飛過來加班，穿梭不停，像眞的要把暝色織成更濃更密的什麼。不再浮光耀金，落日的海葬儀式已近尾聲，西南方兀自牽著幾束馬尾，愈曳愈長愈淡薄。收回渺渺之目，這才發現原是龐然而踞的大陸，已經夷然而偃，愈漂愈遠，再也追不上來了。紅帽子，黃煙囪，這艘三層乳白渡輪，正踏著萬頃波紋，施施駛出浮標夾道的水巷，向汪洋。

仍有十幾隻鷗，追隨船尾翻滾的白浪，有時急驟地俯衝，爭啄水中的食物。怪可憐的芭蕾舞女，黃喙白羽，潔淨而且窈窕，正張開遒勁有力的翅膀，循最輕靈最柔美的曲線，在風的背上有節奏地溜冰。風的背很闊，很冰。風的舌有鹹水的腥氣。烏衣巫的瓶中，夜，愈釀愈濃。北緯四十一度的洋面，仍有一層翳翳的毛玻璃的什麼，在抵抗黑暗的凍結。進了公海，什麼也摸不到握不著了。我們把自己交給船，船把自己交給虛無，誰也負不了責任的完整無憾的虛無。藍黝黝的渾淪中，天的茫茫面對海的茫茫面對的仍是天的茫茫，分辨不清，究竟是天欲掬海，或是海欲溺天。

前甲板風大，乘客陸續移到後甲板來。好幾對人影綢繆在那邊的角落裡。一個年輕的媽媽，抱著幼嬰，倚在我左側的船舷。昏朦中，她的鼻梁仍俏拔地挺出，襯在一張灰白欲溶的雲上。媽媽和嬰孩都有略透棕色的金髮，母女相對而笑的瞳仁中，映出一些澹澹的波影。一個白髮老叟陷在漏空的涼椅內，向自己的煙斗，呑吐恍惚。海客們在各自的絕緣中咀嚼自己的渺小，面對永不可解的天之謎，海之謎，夜之謎。空空蕩蕩，最單純的空間和時間最難懂，也最耐讀。就像此刻，從此地到好望角到挪威的長長峽灣，多少億公秉的碧洪鹹著同樣的鹹，從高緯度的防波堤鹹到低緯度的船塢，天文數字的鯊，鯨，鯡，鱒，和海豚究竟在想些什麼？希臘的人魚老了。西班牙的樓船沉了。海盜在公海上已絕跡，金幣未鏽，貪婪的眼珠都磨成了珍珠。同樣的鹹鹹了多少世紀，水族們究竟在想些什麼？就像此刻，我究竟在想什麼？讀天，讀夜，讀海。三本厚厚的空空的書，你讀了又讀，仍然什麼也沒有讀懂但仍然愛讀，即使你念過每一叢珊瑚每一座星。三小時的航程，短暫的也是永恆的過程，從一個海岸到另一個海岸。海岸與海岸間，你伸向過去和未來，把軀體遺在現在，說，陸地不存在，時間靜止，空間泯滅，讓我從容整理自己的靈魂。因爲這只是過渡，逝者已逝，來者猶未來，你是無牽無掛的自己。一切都純粹而且透明。空間湮滅。時間休止。而且，我實在也很倦了。長沙發陷成軟軟的盆地，多安全的盆地啊。我想，我實在應該橫下去了。

不知道自己究竟睡了好久。只知道醒來時，渡輪的汽笛猶曳著尾音，滿港的回聲應和著。「南太基到了。」一個中年的美國太太對我笑笑。倉卒間，我提起行囊加入下船的乘客，沿著海藻和蛤蜊攀附的浮橋，踏上了南太基島。冽冽的海風中，幾盞零零落落的街燈，在榆樹的濃蔭和幢幢古屋之間，微弱地抵抗著四圍的黑暗。敞向碼頭的大街，人影漸稀。我沿著紅磚砌成的人行道走過去，走進十七世紀。摸索了十幾分鐘，我不得不對自己承認是迷路了。對街的消火栓旁，正立著一個警察。我讓過一輛五七或五八的老福特，向他走去。

用疑惑的神情打量了我好一會，他才說：「要找旅館嗎？前面的小巷子向左轉，走到底，再向右轉，有一家上等的客棧。」遵循他的指示，我進了那個小巷子，但數分鐘後，又迷了路。冷落的街燈和樹影裡，迷魂陣的卵石路和紅磚路，盡皆曲折而且狹窄而且一腳高後是一腳低。這條巷子貌似那條巷子冒充另一條含糊的巷子巷子。一度我闖進了一條窄街，正四顧茫然間，鬼火似的街燈撥出一方朦朧，湊上去細細辨認，赫然 Coffin 六個字母！惶然急退出來，驚疑未定，憶起似乎在《白鯨記》的開頭幾章見過那條「棺材街」。幸而再轉一個彎，便找到一家「殖民客棧」。也幸好，客舍女主人是一個愛笑的棕髮碧睛小婦人，可親的笑容裡，找不出任何詭譎的聯想。講妥房價，我在旅客登記簿上簽了自己的名字：Pai Ch'in。於是那雙碧睛說：「派先生，讓我帶你去你的房間吧。」欣然，我跟她上樓並走過長長的迴廊，一面暗暗好笑，那只是中文「白鯨」的羅馬拼音。

一切安頓下來，已經是午夜了。好長的一天。從旭日冒紅就踹上了新英格蘭的公路，越過的州界多於跨過的門檻，三百英里的奔突，兩小時半的航行之後，每一片肌肉都向疲乏投降了。淋浴過後，雙人床加倍地寬大柔軟。不久，大西洋便把南太基搖成了一隻小搖籃了。

再度恢復知覺，感到好冷，淅瀝的行板自下面的古磚道傳來。島上正在落雨。寒濕的雨氣漾進窗來，夾著好新好乾淨的植物體香。拉上毛氈，貪饞地嗅了好一陣，除了精緻得有點饜鼻搔心的薔薇清芬，辨不出其他成份來。外面，還是黑沉沉的。掏出夜光錶，發現還不到四點鐘。薔薇的香氣特別醒腦，心念一動，神智爽爽，再也睡不著了。就這樣將自己擱淺在夜的礁上，昨天已成過去，今天尚未開始。就這樣孤懸在大西洋裡，被圍於異國的魚龍，聽四周洶湧著重噸的藍色之外無非是藍色之下流轉著壓力更大的藍色，我該是島上唯一的中國人，雖然和中國阻隔了一整個大陸加上一整個大洋。絕緣中的絕緣，過渡中的過渡。雨，下得更大了。寒氣透進薄薄的毛氈。決定不能再睡下去，索性起來，披上厚夾克，把窗扉合上。街上還沒有一點破曉的消息。坐在臨窗的桌前，捻亮壁燈，想寫一封長長的航空信，但是信紙不夠。便從手提袋裡，檢出《白鯨記》，翻到〈南太基〉一章，麥爾維爾沉雄的男低音遂震盪著室內的空氣。

「南太基！拿出你的地圖來看一看。看它究竟佔據世界的哪個角落；看它怎樣立在那裡，遠離大陸，比砥杜燈塔更孤獨。你看——只有一座土崗子，一肘彎沙；除了岸，什麼背景都沒有。此地的沙，你拿去充吸墨紙，二十年也用不完。愛說笑的人會對你說，島民得自種野草，因爲島上原無野草；說薊草要從加拿大運來；說爲了封住一隻漏油桶，島民得去海外訂購木塞；說他們在島上把木片木屑攜來攜去，像在羅馬攜帶十字架眞蹟的殘片一樣；說島民都在門前種蕈，爲了夏天好遮蔭；說一片草葉便成綠洲，一天走過三片葉子便算是草原；說島民穿流沙鞋子，像拉布蘭人的雪靴；說大西洋將他們關起來，繫起來，四面八方圍起來，堵起來，隔成一個純粹的島嶼，怪不得他們坐的椅子用的桌子都會發現黏著小蛤蜊，像黏附在玳瑁的背甲上那樣。這些聳聽的危言莫非說明南太基不是伊利諾易罷了。

「莫怪這些出生在岸邊的南太基人要向海索取生活了！開始他們在沙灘上捉蟹；膽子大些，便涉水出去網鯖；經驗既多，便坐船出海捕鱈；最後，竟遣出整隊的艨艟巨舟，去探索水的世界，週而復始地環繞著澤國；或遠窺伯令海峽；不分季節，不分海域，向舊約洪水也淹不死的最雄壯的宏偉獸群無盡止地挑戰，最怪異的最嵯峨的獸群！

「就像這樣，這些赤條條的南太基人，這些海上隱士，從他們海上的蟻丘出發，去蹂躪去征服水的世界，如眾多的亞歷山大；且相約分割大西洋，太平洋，印度洋，像海霸三邦瓜分波蘭。任美國將墨西哥併入德克薩斯，呑罷加拿大再呑古巴；任英國佔領印度，懸他們的火旗在太陽上；我們的水陸球仍有三分之二屬南太基人。因爲海是南太基人的；他們擁有海，正如帝王擁有帝國；其他的舟子只能過路罷了。南太基的商船只是延長的橋樑；南太基的武裝的船只是浮動的堡壘；即使海盜與私掠船員，縱橫海上如響馬縱橫陸上，畢竟掠劫的只是其他的船隻，像他們自身一樣的飄零的陸地罷了，何曾要直接向無底的海洋討生活。南太基人，只有他們才住在海上喧嚷在海上；只有他們，如聖經所載，是騎舟赴海，往返耕海像耕自己的大農場，海是他們的家；海是他們的生意，諾亞的洪水亦無法使之中斷，雖然它淹沒中國的億萬生靈……」

這眞是山海經了。麥爾維爾只解諾亞避洪，未聞大禹治水罷了。竊笑一聲，我繼續讀下去：「南太基人生活在海上，像松雞生活在平原；他們遁於波間，他們攀波浪像羚羊的獵人攀阿爾卑斯。陸上無家的海鷗，日落時收斂雙翼，在波間搖撼入夢；相同地，夜來時，南太基人望不見陸地，捲起船帆臥下來休息，就在他們枕下，成群的海象和鯨衝波來去。」

不知何時雨已經歇了。下面的街上開始有人走動。不久，卵石道上曳過轆轆的車聲。壁燈的黃暈，在漸明的曙色裡顯得微弱起來。闔上厚達八百頁的《白鯨記》，捻熄了壁燈，我走向略有紅意的曙色，把窗扉推開。薔薇的吁息浮在空中，猶有濕濕的雨味自泥中漾起。清晨嫩得簇簇新，沒有一條皺紋。當街一排大榆樹，垂著新沐的綠髮，背光處的叢葉疊著層次不同的翠黑。飫著洗得透明的空氣，忽然，我感到餓了。

從「殖民客棧」出來，一個燦亮而涼爽的早晨在外面迎我，立刻感覺頭腦清醒，肺葉純淨，每一次呼吸都是一次新生。出了窄巷子，滿身鮮翠的樹影，榆樹重疊著楓葉的影子，在剛煉出爐的金陽光中，一拍，便全部抖落了。粗卵石鋪砌的大街上，晨曦亮得撩人眉睫。兩邊的紅磚人行道，浮著荇藻縱橫的樹蔭，菜販子，瓜果販子，賣花童子，在薄霧中張羅各自的攤位，烘出一派朝氣。那淡淡的霧氛，要疊疊不攏，要牽牽不破，在無風的空中懸著一張光之網。

大街向港口斜斜敞開，藍色的水平被高矮不齊的船桅所分割，白漆的船身迎著太陽加倍地晃眼。星條旗在聯邦郵局的上空微微拂動。聖瑪麗天主堂從殖民式的白屋間巍然升起。終於走進一家海味店，點了一碗蛤蜊濃羹，面海而坐。港內泊著百十來隻精巧的遊艇和漁船，密檣稠桅之間，船的白和水的藍對比得鮮麗刺眼。港外，是鷗的跑道鯨的大街，盛得滿滿藍得恍恍惚惚的大西洋。這裡是南太基，十九世紀中葉以前，這裡是漁人的迦太基帝國，世界捕鯨業的京城。一八四〇年，全盛期的南太基點亮了大半個世界的蠟燭，那時，眼前的這港中，矗立七十艘三桅捕鯨船的幢幢帆影。在那以前，島上住著四個印第安部落。然後是十七世紀的教友派移民。然後有人用三十金鎊外加兩頂海狸帽子就把南太基買了下來。但那些都是好久好久以前的事了。闔上厚厚的《白鯨記》，就統統給蓋起來了。不信，你可以去問大西洋，它一定藍成一種健忘的藍來，把一切一切賴得一乾二淨。「哪，你點的蛤蜊濃羹！」漿得挺硬的女侍的白衣裙遮住了港景。

食罷蛤粥，沿著已經醒透了的大街緩緩步回市中心，向島上唯一的租車行租到一輛敞篷汽車。那是一輛老克萊斯勒，車身高聳而輪廓魯鈍，一副方頭大耳的土像，敘起年資來，至少至少是一九五六、五七年以前的出品，可以當我那輛小道奇的舅公而有餘。只好付了五十元押金，跨上招搖的駕駛台，敧斜傾側，且吆且喝地一路闖出城去。

過了浸信會教堂，過了曾掀起荷蘭風的十七世紀老磨坊，老克萊斯勒轉進一條接一條的紅磚巷子。叢叢盛開的白薔薇紅玫瑰，從乳色的矮圍柵裡攀越出來，在蜘蛛吐絲的無風的晴朗裡，從容地，把上午釀得好香。更燦更爛的花簇，從淺青的斜屋頂上瀉落到籬門或夏廊，濺起多少浪沫。已經是九點多鐘了，還有好多紅頂白牆的漂亮樓房，賴在深邃的榆蔭裡不出來晒太陽。一出了橙子街，公路便豪闊地展開在沙岸，向司康賽那邊伸延過去。我向油門狠狠踩下，立刻召來長長的海風，自起潮的水面。沒遮攔的敞篷車在更沒遮攔的荒地上迎風而起，我的鬚髮，我的四肢百骸千萬個汗毛孔皆乘風而起，變成一隻怪狼狽的風箏。麥爾維爾所說一草成林的旱象，委實是誇張了。也許百年前確是如此，但眼前的海岸上，雖因島小風大高樹難生，在淺沼和窪地之間，仍有一蓬蓬的薊和矮灌木。沙地起伏，成緩慢土丘。除了一座遺世獨立的燈塔，和幾堆爲世所遺的蒼黑色塊磊，此外，便只有一片藍濛濛的虛無，名字叫大西洋，從此地一直虛無到歐洲。吞吐洋流的碩大海獸，仍在虛無的藍域中，噴洒水柱，對著太陽和月光和諾亞以前就是那樣子的星象。十九世紀似乎從未發生過，《白鯨記》只是一個雄壯的謠言，麥爾維爾的玩笑開得太大了。魁怪客，塔士提哥。依希美爾和阿哈布船長。麥老鬍子啊，倒眞像有那回事似的。

在純然的藍裡浸了好久。天藍藍，海藍藍，髮藍藍，眼藍藍，記憶亦藍藍鄉愁亦藍藍復藍。天是一個琺瑯蓋子，海是一個瓷釉盒子，將我蓋在裡面，要將我咒成一個藍瘋子，青其面而藍其牙，再掀開蓋子時，連我的母親也認不出是我了。我的心因荒涼而顫抖。台灣的太陽在水陸球的反面，等他來救我時，恐怕我已經藍入膏肓，且藍發而死，連藍遺囑也未及留下。細沙岸上，曝著被鷗啄空了的鯷骸，連綿數哩的腐魚腥臭。乃知死亡不必是黑色的。巴巴地從紐約趕到這荒島上來，沒有看到充塞乎天地之間的那座白鯨，沒有看到鼓潮驅浪的巨鯨隊，不，連一扇鯨尾都沒有看到，只撿到滿灣的小鯷屍骸。我遲來了一百多年。除非敲開一道藍色的門，覲海神於千尋之下，再也看不到十九世紀的捕鯨英雄了，再也看不到殉寶的海盜船，爲童貞女皇開拓海疆的艦隊，看不見，滑膩而性感的雌人魚。海是最富的守財奴，永不洩漏祕密的女巫。我遲來了好幾千年。

我看我還是回去的好。風漸起。浪漸起。那藍眼巫的咒語愈唸愈兇了。何必調遣那麼多哩的深闊，來威脅一個已夠荒涼的異鄉人？藍色的宇宙圍成三百六十度的隔絕，將一切都隔絕在藍的那邊，將我隔絕在藍的這邊，在一個既不古代也不現代的遺忘裡。因爲古代已鎖在塔裡，在我的祖國，已鎖在我胸中，肺結核一般鎖在我胸中。因爲現代在高速而暈眩的紐約，食蟻獸吮人一般的紐約。因爲你是不現實而且不成熟的，異鄉人，只爲了崇拜一枝男得充血的筆，一種雄厚如斧野獷如碑的風格，甘願在大西洋的水牢裡，做海神的一夕之囚。因爲像那隻運斤手一樣，你也嗜伐嗜斬，總想向一面無表情的石壁上砍出自己的聲音來。因爲像它一樣，你也罹了史詩的自大狂，幻想你必須飲海止渴嚼山充飢，幻想你的呼吸是神的氣候，且幻想你的幻想是現實。

敞篷車在藍色的吆喝聲中再度振翼，向南太基港。所有的浪全捲過來攔截。回程船票仍在我袋中，渡輪仍在港裡。這是越獄的唯一機會了。風漸小，浪漸不可聞。進了市區，在捕鯨業博物館前停下來，不熄引擎，任克萊斯勒喃喃訴苦如一隻大號的病貓。仍想在離去前再闖一次十九世紀的單行道。一跨進樑木枒杈的大陳列室，我的心膨脹起來。二十世紀被摒於門外。這是古鯨業史詩的資料室。百年前千年前的潮漲潮落，人與海的爭雄與巍巍黑獸群的肉搏，節奏鏗然起自每一件遺物。淚，從我的眶中溢出。淚是鹹的，淚是對海的一聲回答，說，我原自鹹中來我不能忘記。在吊空的帆索和錨鏈下走過去，在四分儀和六分儀之間，在三桅船的模型和航海日誌和單筒望遠鏡之間走過去，向一艘捕鯨快艇的眞跡，耳際是十九世紀的風聲，是鱈角到好望角到南中國海的濤聲。我似乎呼吸著阿哈布船長呼吸過的恐怖和絕望的憤怒。昂起頭來，橫木板釘成的闊壁上，犀利的短魚叉排列成嚴厲的秩序，兩柄長鐵叉斜交而倚於其間。這是捕鯨人的兵器架；這些嗜血的兇手仍保持金屬敵意的沉默，錚錚鏦鏦的沉默，雖然它們熟悉擲叉手的膂力和孤注一擲的意志，熟悉山岳般黑色的驚惶和絕望，和十幾英畝的藍被搗成鼎沸的白的那種混亂。

在一片巨大的陰影下回過頭來，赫然，一柱史無前例的雙頭狼牙棒，頭下尾上地倒立著，阻我的去路，石灰色的匙形骨分峙在左右，交合處是柱的根部。目光攀柱而上，越過粗大的樑木，止於柱尖的屋頂。兩排巨齒深深地嵌在牙床裡，最低的齒間釘著一張硬卡片，上書：「世界最大鯨顎，長十八呎，左右齒數各爲廿三。雄鯨身長八十三呎。」所以這便是魚類的砧板啊漁人萬劫不返的地獄門！塔士提哥們魁怪客們走過去便走不過來了。獨腳船長走過去便走不回來了。我走過來了可能走——渡輪的汽笛忽然響起，震動整個海港，而尤其重要的是，震破了藍眼巫咒語的效力，及時震斷了我的迷失和暈眩。大陸在砧板和地獄門的那邊喊我，未來的一切在門外等我。因為，汽笛又響了。南太基啊，我想我應該走了。

——一九六六年九月二十六日・選自純文學版《望鄉的牧神》

附識：南太基（Nantucket）是美國東北角馬薩諸塞慈州鱈岬之南的一個小島，長十四哩，寬三哩半，距大陸約三十哩。十七世紀以迄十九世紀中葉，南太基一直是世界捕鯨業及製燭業中心之一。麥爾維爾（Herman Melville）的不朽巨著《白鯨記》（*Moby Dick*）開卷數章即以該島為背景。一九六五年六月三十日，特去島上一遊，俾翻譯《白鯨記》時，更能把握其氣氛。文中所引〈南太基〉一章各段，原係藝術效果的安排，因此頗有刪節，幸勿以譯文不全罪我。

望鄉的牧神

那年的秋季特別長，一直拖到感恩節，還不落雪。事後大家都說，那年的冬季，也不像往年那麼長，那麼嚴厲。雪是下了，但不像那麼深，那麼頻。幸好聖誕節的一場還積得夠厚，否則聖誕老人就顯得狼狽失措了。

那年的秋季，我剛剛結束了一年浪遊式的講學，告別了第三十三張席夢思，回到密歇根來定居。許多好朋友都在美國，但黃用和華苓在愛奧華，梨華遠在紐約，一個長途電話能令人破產。咪咪手續未備，還阻隔半個大陸加一個海加一個海關。航空郵簡是一種遲緩的箭，射到對海，火早已熄了，餘燼顯得特別冷。

那年的秋季，顯得特別長。草，在漸漸寒冷的天氣裡，久久不枯。空氣又乾，又爽，又脆。站在下風的地方，可以嗅出樹葉，滿林子樹葉散播的死訊，以及整個中西部成熟後的體香。中西部的秋季，是一場彌月不熄的野火，從淺黃到血紅到暗赭到鬱沉沉的濃栗，從愛奧華一直燒到俄亥俄，夜以繼日日以繼夜地維持好幾十郡的燦爛。雲羅張在特別潔淨的藍虛藍無上，白得特別惹眼。誰要用剪刀去剪，一定裝滿好幾籮筐。

那年的秋季特別長，像一段雛形的永恆。我幾乎以爲，站在四圍的秋色裡，那種圓溜溜的成熟感，會永遠懸在那裡，不墜下來。終於一切瓜一切果都過肥過重了，從腴沃中升起來的仍垂向腴沃。每到黃昏，太陽也垂垂落向南瓜田裡，紅橙橙的，一隻熟得不能再熟下去的，特大號的南瓜。日子就像這樣過去。晴天之後仍然是晴天之後仍然是完整無憾飽滿得不能再飽滿的晴天，敲上去會敲出音樂來的稀金屬的晴天。就這樣微酩地飲著清醒的秋季，好怎麼不好，就是太寂寞了。在西密歇根大學，開了三門課，我有足夠的時間看書，寫信。但更多的時間，我用來幻想，而且回憶，回憶在有一個島上做過的有意義和無意義的事情，一直到半夜，到半夜以後。有些事情，曾經恨過的，再恨一次；曾經戀過的，再戀一次；有些無聊，甚至再無聊一次。一切都離我很久，很遠。我不知道，我的寂寞應該以時間或空間爲半徑。就這樣，我獨自坐到午夜以後，看窗外的夜比聖經舊約更黑，萬籟俱死之中，聽兩頰的鬍髭無賴地長著，應和著腕錶巡迴的秒針。

這樣說，你就明白了。那年的秋季特別長。我不過是個客座教授，悠悠盪盪的，無掛無牽。我的生活就像一部翻譯小說，情節不多，氣氛很濃；也有其現實的一面，但那是異國的現實，不算數的。例如汽車保險到期了，明天要記得打電話給那家保險公司；公寓的郵差怪可親的，聖誕節要不要送他件小禮品等等。究竟只是一部翻譯小說，氣氛再濃，只能當做一場逼眞的夢罷了。而尤其可笑的是，讀來讀去，連一個女主角也不見。男主角又如此地無味。這部惡漢體的（picaresque）小說，應該是沒有銷路的。不成其爲配角的配角，倒有幾位。勞悌芬便是其中的一位。在我教過的一百六十幾個美國大孩子之中，勞悌芬和其他少數幾位，大概會長久留在我的回憶裡。一切都是巧合。有一個黑髮的東方人，去到密歇根。恰巧會到那一個大學。恰巧那一年，有一個金髮的美國青年，也在那大學裡。恰巧金髮選了黑髮的課。恰巧誰也不討厭誰。於是金髮出現在那部翻譯小說裡。

那年的秋季，本來應該更長更長的。是勞悌芬，使它顯得不那樣長。勞悌芬，是我給金髮取的中文名字。他的本名是 Stephen Cloud 。一個姓雲的人，應該是洒脫的。勞悌芬倒不怎麼洒脫。他毋寧是有些靦腆的，不像班上其他的男孩，愛逗著女同學說笑。他也愛笑，但大半是坐在後排，大家都笑時他也參加笑，會笑得有些臉紅。後來我才發現他是戴隱形眼鏡的。

同時，秋季愈益深了。女學生們開始穿大衣來教室。上課的時候，掌大的楓樹落葉，會簌簌叩打大幅的玻璃窗。我仍記得，那天早晨剛落過霜，我正講到杜甫的「秋來相顧尙飄蓬」。忽然瞥見紅葉黃葉之上，聯邦的星條旗颺在獵獵的風中，一種摧心折骨的無邊秋感，自頭蓋骨一直麻到十個指尖。有三四秒鐘我說不出話來。但臉上的顏色一定洩漏了什麼。下了課，勞悌芬走過來，問我週末有沒有約會。當我的回答是否定時，他說：

「我家在農場上，此地南去四十多哩。星期天就是萬聖節了。如果你有興致，我想請你去住兩三天。」

所以三天後，我就坐在他西德產的小汽車右座，向南方出發了。十月底的一個半下午，小陽春停在最美的焦距上，濕度至小，能見度至大，風景呈現最清晰的輪廓。出了卡拉馬如（Kalamazoo），密歇根南部的大平原撫得好空好闊，浩浩乎如一片陸海，偶然的農莊和叢樹散佈如列嶼。在這樣響噹噹的晴朗裡，這樣高速這樣平穩地馳騁，令人幻覺是在駕駛遊艇。一切都退得很遠，騰出最開敞的空間，讓你迴旋。秋，確是奇妙的季節。每個人都幻覺自己像兩萬呎高的卷雲那麼輕，一大張卷雲捲起來稱一稱也不過幾磅。又像空氣那麼透明，連憂愁也是薄薄的，用裁紙刀這麼一裁就裁開了。公路，像一條有魔術的白地氈，在車頭前面不斷舒展，同時在車尾不斷捲起。

如是捲了二十幾哩，西德的小車在一面小湖旁停了下來。密歇根原是千湖之州，五大湖之間尚有無數小澤。像其他的小澤一樣，面前的這個湖藍得染人肝肺。立在湖邊，對著滿滿的湖水，似乎有一隻幻異的藍眼瞳在施術催眠，令人意識到一種不安的美。所以說秋是難解的。秋是一種不可置信而居然延長了這麼久的奇蹟，總令人覺得有點不妥。就像此刻，秋色四面，上面是土耳其玉的天穹，下面是普魯士藍的清澄，風起時，滿楓林的葉子滾動香熟的燦陽，髣髴打翻了一匣子的瑪瑙。莫奈和席思禮死了，印象主義的畫面永生。

這只是剎那的感覺罷了。下一刻，我發現勞悌芬在喊我。他站在一株大黑橡下面。赤褐如焦的橡葉叢底，露出一間白漆木板釘成的小屋。走進去，才發現是一爿小雜貨店。陳設古樸可笑，饒有殖民時期風味。西洋杉鋪成的地板，走過時軋軋有聲。這種小鋪子在城市裡是已經絕跡了。店主是一個滿臉斑點的胖婦人。勞悌芬向她買了十幾根紅白相間的竿竿糖，滿意地和我走出店來。

橡葉蕭蕭，風中甚有寒意。我們趕回車上，重新上路。勞悌芬把糖袋子遞過來，任我抽了兩根。糖味不太甜，有點薄荷在裡面，嚼起來倒也津津可口。勞悌芬解釋說：

「你知道，老太婆那家小店，開了十幾年了。生意不好，也不關門。讀初中起，我就認得她了，也不覺得她的糖有什麼好吃。後來去卡拉馬如上大學，每次回家，一定找她聊天，同時買點糖吃，讓她高興高興。現在居然成了習慣，每到週末，就想起薄荷糖來了。」

「是滿好吃。再給我一根。你也是，別的男孩一到週末就約 chic 去了，你倒去看祖母。」

勞悌芬紅著臉傻笑。過了一會，他說：

「女孩子麻煩。她們喝酒，還做好多別的事。」

「我們班上的好像都很乖。例如路絲——」

「嗯，滿嘴的存在主義什麼的，好煩。還不如那個老婆婆坦白！」

「你不像其他的美國男孩子。」

勞悌芬聳聳肩，接著又傻笑起來。一輛貨車擋在前面，他一踩油門，超了過去。把一袋糖吃光，就到了勞悌芬的家了。太陽已經遍西。夕照正當紅漆的倉庫，特別顯得明豔映頰。勞悌芬把車停在兩層的木屋前，和他父親的旅行車並列在一起。一個豐碩的婦人從屋裡探頭出來，大呼說：

「Steve！我曉得是你，怎麼這樣晚才回來！風好冷，快進來吧！」

勞悌芬把我介紹給他的父母，和弟弟侯伯（Herbert）。終於大家在晚餐桌邊坐定。這才發現，他的父親不過五十歲，已然滿頭白髮，可是白得整齊而潔淨，反而爲他清瘦的面容增添光輝。侯伯是一個很漂亮的，伶手俐腳的小伙子。但形成晚餐桌上暖洋洋的氣氛的，還是他的母親。她是一個胸脯寬闊，眸光親切的婦人，笑起來時，啓露白而齊的齒光，映得滿座粲然。她一直忙著傳遞盤碟。看見我飲牛奶時狐疑的臉色，她說：

「味道有點怪，是不是？這是我們自己的母牛擠的奶，原奶，和超級市場上買到的不同。等會你再嚐嚐我們自己的搾蘋果汁看。」

「你們好像不喝酒。」我說。

「爸爸不要我們喝，」勞悌芬看了父親一眼。「我們只喝牛奶。」

「我們是清教徒，」他父親瞇著眼睛說。「不喝酒，不抽菸。從我的祖父起就是這樣子。」

接著他母親站起來，移走滿桌子殘肴，爲大家端來一碟碟南瓜餅。

「Steve，」他母親說。「明天晚上湯普森家的孩子們說了要來鬧節的。『不招待，就作怪』，余先生聽說過吧？糖倒是準備了好幾包。就缺一盞南瓜燈。地下室有三四隻空南瓜，你等會去挑一隻雕一雕。我要去擠牛奶了。」

等他父親也吃罷南瓜餅，起身去牛欄裡幫他母親擠奶時，勞悌芬便到地下室去。不久，他捧了一隻臉盆大小的空乾南瓜來，開始雕起假面來。他在上端先開了兩隻菱形的眼睛，再向中部挖出一隻鼻子，最後，又挖了一張新月形的闊嘴，嘴角向上。接著也把假面推到我的面前，問我像不像。相了一會，我說：

「嘴好像太小了。」

於是他又把嘴向兩邊開得更大。然後他說：

「我們把它放到外面去吧。」

我們推門出去。他把南瓜臉放在走廊的地板上，從夾克的大口袋裡掏出一截白蠟燭，塞到蒂眼裡，企圖把它燃起。風又急又冷，一吹，就熄了。徒然試了幾次，他說：

「算了，明晚再點吧。我們早點睡。明天還要去打野兔子呢。」

第二天下午，我們果然揹著獵槍，去打獵了。這在我說來，是有點滑稽的。我從來沒有打獵的經驗。軍訓課上，是射過幾發子彈，但距離紅心不曉得有好遠。勞悌芬卻興致勃勃，堅持要去。

「上個週末沒有回家。再上個週末，幫爸爸駕收割機收黃豆。一直沒有機會到後面的林子裡去。」

勞悌芬穿了一件粗帆布的寬大夾克，長及膝蓋，闊腰帶一束，顯得五呎十吋上下的身材，分外英挺。他把較舊式的一把獵槍遞給我，說：

「就湊合著用一下吧。一九五八年出品，本來是我弟弟用的。」看見我猶豫的顏色，他笑笑說：「放鬆一點。只要不向我身上打就行。很有趣的，你不妨試試看。」

我原有一肚子的話要問他。可是他已經領先向屋後的橡樹林欣然出發了。我端著槍跟上去。兩人繞過黃白相間的耿西牛群的牧地，走上了小木橋彼端的小土徑，在猶青的亂草叢中蜿蜒而行。天氣依然爽朗朗地晴。風已轉弱，陽光不轉瞬地凝視著平野，但空氣拂在肌膚上，依然冷得人神志清醒，反應敏銳。舞了一天一夜的斑斕樹葉，都懸在空際，浴在陽光金黃的好脾氣中。這樣美好而完整的靜謐，用一發獵槍子彈給炸碎了，豈不可惜。

「一隻野兔也不見呢。」我說。

「別慌。到前面的橡樹叢裡去等等看。」

我們繼續往前走。我努力向野草叢中搜索，企圖在勞悌芬之前發現什麼風吹草動；如此，我雖未必能打中什麼，至少可以提醒我的同伴。這樣想著，我就緊緊追上了勞悌芬。驀地，我的獵伴舉起槍來，接著耳邊炸開了一聲脆而短的驟響。一樣毛茸茸的灰黃的物體從十幾碼外的黑橡樹上墜了下來。

「打中了！打中了！」勞悌芬向那邊奔過去。

「是什麼？」我追過去。

等到我趕上他時，他正揮著槍柄在追打什麼。然後我發現草坡下，勞悌芬腳邊的一個橡樹窟窿裡，一隻松鼠尚在抽搐。不到半分鐘，牠就完全靜止了。

「死了。」勞悌芬說。

「可憐的小傢伙。」我搖搖頭。我一向喜歡松鼠。以前在愛奧華唸書的時候，我常愛從紅磚的古樓上，俯瞰這些長尾多毛的小動物，在修得平整的草地上嬉戲。我尤其愛看牠們躬身而立，捧食松果的樣子。勞悌芬撿起松鼠。牠的右腿滲出血來，修長的尾巴垂著死亡。勞悌芬拉起一把草，把血斑拭去說：

「牠掉下來，帶著傷，想逃到樹洞裡去躲起來。這小東西好聰明。帶去給我父親剝皮也好。」

他把死松鼠放進夾克的大口袋裡，重新端起了槍。

「我們去那邊的樹林子裡再找找看。」他指著半哩外的一片赤金和鮮黃。想起還沒有慶賀獵人，我說：

「好準的槍法，剛才根本沒有看見你瞄準，怎麼牠就掉下來了。」

「我愛玩槍。在學校裡，我還是預備軍官訓練隊的上校呢。每年冬季，我都帶侯伯去北部的半島打鹿。這一向眼睛差了。隱形眼鏡還沒有戴慣。」

這才注意到勞悌芬的眸子是灰濛濛的，中間透出淡綠色的光澤。我們越過十二號公路。岑寂的秋色裡，去芝加哥的車輛迅疾地掃過，曳著輪胎磨地的嘶嘶，和掠過你身邊時的風聲。一輛農場的拖拉機，滾著齒槽深凹的大輪子，施施然輾過，車尾揚著一面小紅旗。勞悌芬對車上的老叟揮揮手。

「是湯普森家的丈人。」他說。

「車上插面紅旗子幹嘛？」

「哦，是州公路局規定的。農場上的拖拉機之類，在公路上穿來穿去，開得太慢，怕普通車輛從後面撞上去。掛一面紅旗，老遠就看見了。」

說著，我們一腳高一腳低走進了好大一片剛收割過的田地。阡陌間歪歪斜斜地還留著一行行的殘梗，零零星星的豆粒，落在乾燥的土塊裡。勞悌芬隨手折起一片豆莢，把莢剝開，淡黃的豆粒滾入了他的掌心。

「這是湯普森家的黃豆田。嚐嚐看，很香的。」

我接過他手中的豆子，開始嚐起來。他折了更多的豆莢，一片一片地剝著。兩人把嚼不碎的豆子吐出來。無意間，我哼起「高粱肥，大豆香，遍地黃金少災殃……」

「嘿，那是什麼？」勞悌芬笑起來。

「二次大戰時大家都唱的一首歌……那時我們都是小孩子。」說著，我的鼻子酸了起來。兩人走出了大豆田，又越過一片尚未收割的玉蜀黍。勞悌芬停下來，笑得很神祕。過了一會，他說：

「你聽聽看，看能聽見什麼。」

我當眞聽了一會。什麼也沒有聽見。風已經很微。偶爾，玉蜀黍的乾穗穀，和鄰株磨出一絲窸窣。勞悌芬的淺灰綠瞳子向我發出問詢。

我茫然搖搖頭。

他又闊笑起來。

「玉米田，多耳朵。有祕密，莫要說。」

我也笑起來。

「這是雙關語，」他笑道。「我們英語管玉米穗叫耳朵。好多笑話都從它編起。」

接著兩人又默然了。經他一說，果然覺得玉蜀黍稈上掛滿了耳朵。成千的耳朵都在傾聽，但下午的遺忘覆蓋一切，什麼也聽不見。一枚硬殼果從樹上跌下來，兩人嚇了一跳。勞悌芬俯身拾起來，黑褐色的硬殼已經乾裂。

「是山胡桃呢。」他說。

我們繼續向前走。雜樹林子已經在面前。不久，我們發現自己已在樹叢中了。厚厚的一層落葉鋪在我們腳下。卵形而有齒邊的是樺，瘦而多稜的是楓，橡葉則圓長而輪廓豐滿。我們踏著千葉萬葉已腐的，將腐的，乾脆欲裂的秋季向更深處走去，聽非常過癮也非常傷心的枯枝在我們體重下折斷的聲音。我們似乎踐在暴露的秋筋秋脈上。秋日下午那安靜的肅殺中，似乎，有一些什麼在我們裡面死去。最後，我們在一截斷樹幹邊坐下來。一截合抱的黑橡樹幹，橫在枯枝敗葉層層交疊的地面，龜裂的老皮形成陰鬱的圖案，記錄霜的齒印，雨的淚痕。黑眼眶的樹洞裡，覆蓋著紅葉和黃葉，有的仍有潮意。

兩人靠著斷幹斜臥下來，獵槍擱在斷柯的杈枒上。樹影重重疊疊覆在我們上面，蔽住更上面的藍穹。落下來的鏽紅蝕褐已經很多，但仍有很多的病葉，彌留在枝柯上面，猶堪支撐一座兩丈多高的鑲黃嵌赤的圓頂。無風的林間，不時有一張葉子飄飄蕩蕩地墜下。而地面，縱橫的枝葉間，會傳來一聲不甚可解的窸窣，說不出是足撥的或是腹遊的路過。

「你看，哪是什麼？」我轉向勞悌芬。他順我指點的方向看去。那是幾棵銀樺樹間一片凹下去的地面，裡面的樺葉都壓得很平。

「好大的坑。」我說。

「是鹿，」他說。「昨夜大概有鹿來睡過。這一帶有鹿。如果你住在湖邊，就會看見牠們結隊去喝水。」

接著他躺了下來，枕在黑皮的樹幹上，穿著方頭皮靴的腳交疊在一起。他仰面凝視葉隙透進來的碎藍色。如是仰視著，他的臉上覆蓋著紛沓的遊移的葉影，紅的朦朧疊著黃的模糊。他的鼻子投影在一邊的面頰上，因爲太陽已沉向西南方，被樺樹的白幹分割著的西南方，牽著一線金熔熔的地平。他的闊胸脯微微地起伏。

「Steve，你的家園多安靜可愛。我眞羡慕你。」

仰著的臉上漾開了笑容。不久，笑容靜止下來。

「是很可愛啊，但不會永遠如此。我可能給徵到越南去。」

「那樣，你去不去呢？」我說。

「如果徵到我，就必須去。」

「你——怕不怕？」

「哦，還沒有想過。美國的公路上，一年也要死五萬人呢。我怕不怕？好多人趕著結婚。我同樣地怕結婚。年紀輕輕的，就認定一個女孩，好沒意思。」

「你沒有女朋友嗎？」我問。

「沒有認眞的。」

我茫然了。躺在面前的是這樣的一個軀體，結實，美好，充溢的生命一直到指尖和趾尖。就是這樣的一個軀體，沒有愛過，也未被愛過，未被情慾燃燒過的一截空白。有一個東方人是他的朋友。冥冥中，在一個遙遠的戰場上，將有更多的東方人等著做他的仇敵。一個遙遠的戰場，那裡的樹和雲從未聽說過密歇根。

這樣想著，忽然發現天色已經晚了。金黃的夕暮淹沒了林外的平蕪。烏鴉叫得原野加倍地空曠。有誰在附近焚燒落葉，空中漫起灰白的煙來，嗅得出一種好聞的焦味。

「我們回去吃晚飯吧。」勞悌芬說。

那年的秋季特別長，似乎，萬聖節來得也特別遲。但到了萬聖節，白晝已經很短了。太陽一下去，天很快就黑了，比聖經的封面還黑。吃過晚飯，勞悌芬問我累不累。

「不累。一點兒也不累。從來沒有像這樣好興致。」

「我們開車去附近逛逛去。」

「好啊——今晚不是萬聖節前夕嗎？你怕不怕？」

「怕什麼？」勞悌芬笑起來。「我們可以捉兩個女巫回來。」

「對！捉回來，要她們表演怎樣騎掃帚！」

全家人都哄笑起來。勞悌芬和我穿上厚毛衫與夾克。推門出去，在寒顫的星光下，我們鑽進西德的小車。車內好冷，皮墊子冰人臀股，一切金屬品都冰人肘臂。立刻，車窗上就呵了一層翳翳的霧氣。車子上了十二號公路，速度驟增，成排的榆樹向兩側急急閃避，白腳的樹幹反映著首燈的光，但榆樹的巷子外，南密歇根的平原罩在一件神祕的黑巫衣裡。勞悌芬開了暖氣。不久，我的膝頭便感到暖烘烘了。

「今晚開車特別要小心，」勞悌芬說。「有些小孩子會結隊到鄰近的村莊去搗蛋。小孩子邊走邊說笑，在公路邊上，很容易發生車禍。今年，警察局在報上提醒家長，不要讓孩子穿深色的衣服。」

「你小時候有沒有鬧過節呢？」

「怎麼沒有？我跟侯伯鬧了好幾年。」

「怎麼一個搗蛋法？」

「哦，不給糖吃的話，就用爛泥糊在人家門口。或在窗子上畫個鬼，或者用粉筆在汽車上塗些髒話。」

「倒是滿有意思的。」

「現在漸漸不作興這樣了。父親總說，他們小時候鬧得比我們還兇。」

說著，車已上了跨越大稅路的陸橋。橋下的車輛四向來去地疾駛著，首燈閃動長長的光芒，向芝加哥，向陀里多。

「是印地安納的超級稅道。我家離州界只有七哩。」

「我知道。我在這條路上開過兩次的。」

「今晚已經到過印地安納了。我們回去吧。」

說著，勞悌芬把車子轉進一條小支道，繞路回去。

「走這條路好些，」他說。「可以看看人家的節景。」

果然遠處霎著幾星燈火。駛近時，才發現是十幾戶人家。走廊的白漆欄杆上，皆供著點燃的南瓜燈，南瓜如面，幾何形的眼鼻展覽著布拉克和畢卡索，說不清是恐怖還是滑稽。有的廊上，懸著騎帚巫的怪異剪紙。打扮得更怪異的孩子們，正在拉人家的門鈴。燈火自樓房的窗戶透出來，映出潔白的窗帷。

接著勞悌芬放鬆了油門。路的右側隱約顯出幾個矮小的人影。然後我們看出，一個是王，戴著金黃的皇冠，持著權杖，披著黑色的大氅。一個是后，戴著銀色的后冕，曳著淺紫色的衣裳。後面一個武士，手執斧鉞，不過四五歲的樣子。我們緩緩前行，等小小的朝廷越過馬路。不曉得爲什麼，武士忽然哭了起來。國王勸他不聽，氣得罵起來。還是好心的皇后把他牽了過去。

勞悌芬和我都笑起來。然後我們繼續前進。勞悌芬哼起「出埃及」中的一首歌，低沉之中帶點淒婉。我一面聽，一面數路旁的南瓜燈。最後勞悌芬說：

「那一盞是我們家的南瓜燈了。」

我們把車停在鐵絲網成的玉蜀黍圓倉前面。勞悌芬的母親應鈴來開門。我們進了木屋，一下子，便把夜的黑和冷和神祕全關在門外了。

「湯普森家的孩子們剛來過，」他的媽媽說。「愛弟裝亞述王，簡妮裝貴妮薇兒，佛萊德跟在後面，什麼也不像，連『不招待，就作怪』都說不清楚。」

「表演些什麼？」勞悌芬笑笑說。

「簡妮唱了一首歌。佛萊德什麼都不會，硬給哥哥按在地上翻了一個觔斗。」

「湯姆怎麼沒來？」

「湯姆嗎？湯姆說他已經大了，不搞這一套了。」

那年的秋季特別長，似乎可以那樣一直延續下去。那一夜，我睡在勞悌芬家樓上，想到很多事情。南密歇根的原野向遠方無限地伸長，伸進不可思議的黑色的遺忘裡。地上，有零零落落的南瓜燈。天上，秋夜的星座在人家的屋頂上電視的天線上在光年外排列百年前千年前第一個萬聖節前就是那樣的陣圖。我想得很多，很亂，很不連貫。高粱肥。大豆香。從越戰想到韓戰想到八年的抗戰。想冬天就要來了空中嗅得出雪來今年的冬天我仍將每早冷醒在單人床上。大豆香。想大豆在密歇根香著在印地安納在俄亥俄香著的大豆在另一個大陸有沒有在香著？勞悌芬是個好男孩我從來沒有過弟弟。這部翻譯小說，愈寫愈長愈沒有情節而且男主角愈益無趣，雖然氣氛還算逼眞。南瓜餅是好吃的，比蘋果餅好吃些。高粱肥。大豆香。大豆香後又怎麼樣？我實在再也吟不下去了。我的床向秋夜的星空升起，升起。大豆香的下句是什麼？

那年的秋季特別長，所以說，我一整夜都浮在一首歌上。那些尚未收割的高粱，全失眠了。這麼說，你就完全明白了，不是嗎？那年的秋季特別長。

——一九六六年十月二十四日追憶・選自純文學版《望鄉的牧神》

給莎士比亞的一封回信

莎士比亞先生：

年初拜讀您在斯特拉福投郵的大札，知悉您有意來中國講學，眞是驚喜交加，感奮莫名！可是我的欣悅並沒有維持多久。年來爲您講學的事情，奔走於學府與官署之間，舌敝脣焦，一點也不得要領。您的全集，皇皇四十部大著，果眞居則充棟，出則汗人，搬來運去，實在費事，但在某些人的眼中，份量並沒有這樣子重，因此屢遭退件，退稿。我眞是不好意思寫這封回信，不過您既已囑咐了我，我想我還是應該把和各方接洽的前後經過，向您一一報告於後。

首先，我要說明，我們這兒的文化機構，雖然也在提倡所謂文藝，事實上心裡是更重視科學的。舉個例，我們這兒的文學教授們，只有在「長期發展科學」的名義下，才能申請到文學研究的津貼；好像雕蟲末技的文學，要沾上科學之光，才算名正言順，理直氣壯。您不是研究太空或電子的科學家，因此這兒對您的申請，坦白地說，並不那樣感到興趣。我們是一個講究學歷和資格的民族：在科舉的時代，講究的是進士，在科學的時代，講究的是博士。所以當那些審查委員們在「學歷」一欄下，發現您只有中學程度，在「通曉語文」一欄中，只見您「拉丁文稍解，希臘文不通」的時候，他們就面有難色了。也真是的，您的學歷表也未免太寒傖了一點；要是您當日也曾去牛津或者劍橋什麼的註上一冊，情形就不同了。當時我還爲您一再辯護，說您雖然沒上過大學，全世界還沒有一家大學敢說不開您一課。那些審查委員聽了我的話，毫不動容，連眉毛也不抬一根，只說：「那不相干。我們只照規章辦事。既然繳不出文憑，就免談了。」

後來我靈機一動，想到您的作品，就把您的四十部大著，一股腦兒繳了上去。隔了好久，又給一股腦兒退了回來，理由是「不獲通過」。我立刻打了一個電話去，發現那些審查委員還沒散會，便親自趕去那官署向他們請教。

「尊友莎君的呈件不合規定。」一個老頭子答道。

「哦——爲什麼呢？」

「他沒有著作。」

「莎士比亞沒有著作？」我幾乎跳了起來。「他的詩和劇本不算著作嗎？」

「詩，劇本，散文，小說，都不合規定。我們要的是『學術著作』。」（他把「學術」兩字特別加強，但因爲他的鄉音很重，聽起來像在說「瞎說豬炸」。）

「瞎說豬炸？什麼是——」

「正正經經的論文。譬如說，名著的批評，研究，考證等等，才算是瞎說豬炸。」

「您老人家能舉個例嗎？」我異常謙恭地說。

他也不回答我，只管去卷宗堆裡搜尋，好一會才從一個卷宗裡抽出一疊表格來。「哪，像這些。漢姆萊特的心理分析，論漢姆萊特的悲劇精神，從佛洛伊德的觀點論漢姆萊特和他母親的關係，漢姆萊特著作年月考，Thou 和 You 在漢姆萊特劇中的用法，漢姆萊特史無其人說……」

「我明白您的意思了。假如莎士比亞寫一篇十萬字的論文，叫漢姆萊特腳有雞眼考……」

「那我們就可以考慮考慮了。」他說。

「可是，說了半天，漢姆萊特就是莎士比亞的作品呀。與其讓莎士比亞去論漢姆萊特的雞眼，爲什麼不能讓他乾脆繳上漢姆萊特原書呢？」

「那怎麼行？漢姆萊特是一本無根無據的創作，作不得數的。漢姆萊特腳有雞眼考就有根有據了，根據的就是漢姆萊特。有根據，有來歷，才是瞎說豬炸。」

顯然，您要來我們這兒講學的事情，無論是在學歷上或著作上，都是不能通過的。在「曾獲何種榮譽」一欄裡，我也沒有辦法爲您填上什麼。您那個時候還沒有諾貝爾，普利澤，巴林根等等獎金，也不時興頒贈什麼榮譽博士學位。您的外文起碼得很，根本不可能去國外講學，或者出席國際筆會之類的大場面。桂冠呢，您那時候倒是有的，可惜您無緣一戴。

對了，說到獎金，我也曾爲您申請過的，不過您千萬不要見怪，我在這方面的企圖也不成功。有一個獎金委員會的理由是：「主題曖昧，意識模糊」。另一個委員會的評語是：「主題不夠積極性，沒有表現人性的光明面」。還有一個評審會的意見，也大同小異，不外是說您的作品「缺乏時代意識，沒有現實感；又太浪漫，不合古典的三一律」等等。我想，他們的批評，在他們自己看來，也是誠懇的。例如，有一位文學批評的權威，就指責您不該在李耳王中讓那些不孝的女兒反叛父親，又說漢姆萊特王子不夠積極和堅決，同時劇終忠奸雙方玉石俱毀，也顯得用意含混，不足為訓。還有人說，羅密歐與朱麗葉的殉情未免過分誇張愛情，對青少年們恐怕會產生不良的影響。至於那卷十四行集，也有人說它太消極，而且有濃厚的個人主義的色彩云云。

至於大作在此間報紙副刊或雜誌上發表，機會恐怕也不太多。我們的編輯先生所歡迎的，還是以武俠，黑幕，或者女作家們每一張稿紙洒一瓶香水的「長篇哀豔悱惻奇情悲劇小說」為主。我想，您來這兒講學的事，十有九成是吹了。沒有把您的囑咐辦妥，我感到非常的抱歉。不過我相信您不會把這些放在心上的。您所要爭取的，是千古，不是目前，是全人類的崇敬，不是幾夥外行的喋喋不休，對嗎？涼風起自天末，還望您善自珍重。後會有期，說不定我會去西敏寺拜望您的。敬祝

健康

余光中　拜上

——一九六七年十一月四日．選自純文學版《望鄉的牧神》

下游的一日

那天在觀音山下一個尼姑也沒有見到。修女，倒是有好幾位。就坐在第一排，白巾白袍，像一行文靜的「洋百合」。湛湛的江水，巨幅長玻璃外自在地流，藍悠悠，幾隻水禽在晚秋的豔陽中閃著白羽。這是琺瑯瓷油成的亮晴天，空中有許多藍，藍中有許多金，有誰要晴朗的樣品，這就是。玻璃的這邊，他聽見自己的聲音，經過麥克風放大而顯得有些變質的自己的聲音，在一座線條清晰，多鋁多玻璃的大廳上，激起一派回響。他誦的大半是出國前的一些作品。那裡面當然也是他自己，只是已經有一點陌生罷了。才五六年，那一個自己，竟然已經有一點像標本了。他幾乎想坐下來好好想一想，好像靈魂上發現了一條皺紋，需要將它燙平。不過臺上人是沒有這種自由的。臺上人一恍惚，就會造成一段荒謬的冷場。忽然他發現有一雙眼睛正投向窗外，被外面的風景映起反光。那是一雙年輕的眼睛，裡面有很多水，水面有很多光；他羨慕她有機會在這種晴得虛幻的日子，一面聽講，一面出神。他也經過大二的日子，知道肉體參加眾人，讓神魂飛到遠方去的那種情味。可是其他的眼睛都向他集中，像許多敏感的觸鬚在合編一張網，要捕捉他的眼睛。這是帶有一點催眠的意味的。眼與眼的對視，久了，就超出靈魂所能負擔的程度，因爲眞相總是可畏的。一位音樂家（是帕嘉尼尼嗎？）在行經魚屍並列的市場時，忽然想起他當晚有場演奏會。如果這不是一個笑話，那位音樂家的孤絕感，也未免太尼采了吧。他感覺中的聽眾，卻像希臘神話中的百眼獸，眈眈，睽睽，令人心悸。他當然並不怕那些聽眾。再大的百眼獸。他自信也能馴服，甚且逗它發笑。他怕的毋寧是雙眼獸：目光停留在一張臉上，變成一比一的對視，情形就大不同了。

雙眼獸是有靈魂的。百眼獸有沒有靈魂，就很成問題了。百眼獸對他的要求，是表演。所謂演講，本來就是一半講，一半演，演得那頭百眼獸彷若催眠，否則，被催眠的就是他自己了。站在臺上的，當然也是他自己，至少是他許多自己中的一個，那個自己爲他贏得許多掌聲，許多笑靨，許多眼睛的驟然發光。可是那並不是他最喜歡的自己。兩年來，他幾乎記不得做過多少次的馴獸師了。獸有大有小，愈大的愈像獸，而愈像獸的，馴起來，也就愈加刺激，富於冒險的意味。不過那種經驗總是很寂寞的，因爲你總是以一對百，甚至以一當千。對他們，你是一個熟悉的名字，啓開一些封面，他們就可以審視你靈魂的標本，你的祕密是公開的；對於你，他們永遠是未知數，他們，只是許多陌生的總和。坐在暗處的，固然寂寞，但站在亮中的，另有一種寂寞，寂寞得緊張，而且疲倦。

此刻，潛在他意識深處的，是一個含糊的，有點隱隱發痛的慾望。在自己聲音間歇的空隙，那蠢蠢的慾望在搔癢他的靈魂，說：「爲什麼不選一雙柔和的眼睛，僅僅是一雙，而且對它說：『這樣好的天氣，這樣貴的陽光，跟我一同出去吧，去細密的相思樹下，或是去江邊，聽我說一些上游的故事。你是大一吧？是嗎，我猜得不錯。從你的眼睛，從你流盼時清爽的眼神，我猜得出你是新人。我也曾是大一的新人，在一所也是教會的大學。我敢打賭，那時候，我比你更寂寞，更容易受傷，更充滿矛盾，對外面的世界，更加神往。江邊眞是美好，這陽光，像透明的黃玉，在這種不可置信的完美中，你該坐在一塊隕星似的怪石上，想一些上游的事情。』」

這只是刹那間朦朧的慾望罷了，他當然不能走下臺去，拾起那雙眼睛。事實上，當他的眼光再度從手中的書頁向下面掃掠，那雙眼睛，不，連那張臉也不見了。下一瞬，他只看見一隻眈眈而視的百眼獸。這種失落感，在他，已經是尋常事了。記憶裡，有許多許多臉，不一定都怎麼美麗，但是有靈氣，有個性，有反應迅速的光彩。他記得那些臉，像太陽記得盛開的向日葵們。當然不全似向日葵，因爲有的典麗清雅，像蓮，有的俊逸倜儻，像水仙。因爲曾經出現在他粉筆的射程內的，有嫘祖的女兒，也有海倫的後裔。回國已經兩年，偶爾，在變幻的晚雲上，或是囚在亞熱帶濕悶的雨季，他會記起那些臉來，輪廓分明眼神奕奕褐髮飄動的那些臉……倪丹啊，文葩啊，史悌芬啊，他會對自己默默吟唸。不過他是生存在這樣的一個世界，留下來的固然不少，但失落的無疑更多更多。那些臉啊那些臉，嫘祖的和海倫的臉，一張繼一張，在時間之流上飄浮而去，一朵接一朵，如蓮。「當然，我不是捕蝶人，」他這樣對自己分辯。「只是每飛走一隻燕子，便減掉一點春天。」上星期六他經過一方水池，見一朵孤蓮在秋日的金陽裡抵抗十月底的涼風，不禁立定了怔怔而視，直到他打出一個噴嚏。

他仍然在朗誦自己的作品。他聽見自己帶一點江南腔的不標準國語，在大廳晴明的空間盪起回音。據說那就是他的聲調，在收音機和錄音帶上都是那樣，帶那麼一點磁性，節奏矜持而舒緩，但音色頗爲圓熟。這一點，他是頗引爲自豪的。小說家華麗瑜——性急而豪快的「學妹」——就一直嫌他說話太慢，而他，總覺得她口齒太快，心還沒到，舌已先搖。想到華麗瑜，他忽然若有所失。前天還接到她一封國際郵簡：「怎麼樣？泡在島上做猢猻王，不想出來蹓蹓？萬聖節快到了，楓葉和橡葉燒成一片。還記得五大湖區的秋天嗎？」這眞是從何說起。他怎會忘記那種成熟之美，渾然而厚的那種大陸性氣候？他怎會忘記那種純然透明的空氣，一腳踏出戶外，撲面就是一陣開胃的草香，你覺得髮根一下子浸在冷得醒鼻的風裡，清潔的肺浮在空中，翼然如雲，而陽光燦燦，怎麼水晶球裡瀉著黃金？眞的，萬聖節又要到了，明天就是萬聖節的前夕。想著，他果眞翻到十年前留學時所寫的，一首歌吟萬聖節的作品，朗誦起來。於是有濃郁的土香升起，摻著一股南瓜的氣味。

陽曆，是萬聖節，陰曆，正是重陽日。他告訴自己，今天是他的生日。對於每個人，自己來到這世界的那一天，總是帶一點神祕，且有催眠的力量。對於他自己，重九這日子更是如此。根據西方的迷信，詩神亞波羅，酒神戴奧奈塞司，天神宙斯，巫師墨林，眾神之使者赫爾彌斯，都以冬至這一天爲生日。難怪格瑞夫斯的第七個孩子生在冬至，詩人竟得意到賦詩以慶，寫了那篇〈冬至喻璜兒〉。自己竟然誕生在重九，他也暗暗感到自豪。因爲這也是詩和酒的日子，菊花的日子，茱萸的日子。登高臨風，短髮落帽，老詩人悲秋亦自悲的日子。他曾經自稱「茱萸的孩子」，遺憾的是，已故的母親不能欣賞這樣的句子。終於又是重九了，在這無所謂秋天不秋天的島上。怎麼忽忽竟已是第十九個重九了？在大陸，這樣爛熟的小陽春，風景一定停留在美的焦點，人們向海拔更高處攀去。可是登高不爲望遠，爲避難，爲了逃一個大劫，他這樣提醒自己。於是自豪之中，又感到深沉的哀傷。他的生日就是這樣：名義是登高臨遠，慷慨逍遙，但腳下是不幸，是受苦受難的大地。他那一代的孩子，在一種隱喻的意義上說來，都似乎誕生在重九那一天，那逃難的日子。兩次大戰之間的孩子，抗戰的孩子，在太陽旗的陰影下咳嗽的孩子，咳嗽，而且營養不良。南京大屠城的日子，櫻花武士的軍刀，把詩的江南詞的江南砍成血腥的屠場。記憶裡，他的幼年很少玩具。只記得，隨母親逃亡，在高淳，被日軍的先遣部隊追上。佛寺大殿的香案下，母子相倚無寐，槍聲和哭聲中，挨過最長的一夜和一個上午，直到殿前，太陽徽的騎兵隊從古刹中揮旗前進。到現在他仍清晰記得，火光中，凹凸分明，陰影森森，莊嚴中透出獰怒的佛像。火光抖動，每次都牽動眉間和鼻溝的黑影，於是他的下顎向母親臂間陷得更深。其後幾個月，一直和佔領軍捉迷藏，回溯來時的路，向上海，記不清走過多少阡陌，越過多少公路，只記得太湖裡沉過船，在蘇州發高燒，劫後和橋的街上，踩滿地的瓦礫，屍體，和死寂得狗都不叫的月光。

「月光光，月是冰過的砒霜。月如砒，月如霜，落在誰的傷口上？」誦完最後一首詩，那百眼獸便騷動起來，掌聲四起，像一群受驚的野雁。終於響聲落定，外面的風景溢進窗來。女孩子們的笑聲，呼聲，溢向戶外，投向石院中豐盛的陽光。

女孩子們被聖心的鐘聲召走後，一位身材修長的修女開始帶他參觀這座女子大學，且用夾英文的三明治中文，向他娓娓介紹建築的風格。濃密的相思樹叢裡略帶鴿灰調子的白色校舍，在半下午的豔陽中顯得分外乾淨悅目。向陽和背光的各式牆面，交錯形成雅趣的幾何構圖。這是一座新型的現代建築，設計人的品味顯然傾向純淨主義，那樣豪爽地大量使用玻璃，引進幾乎是氾濫的光。眞的，現代建築是雕刻的延長。整座校舍像一顆坦然開放的心，開向天光。當光沛然瀉下，靈魂乃勃然升起。

「這是島上最迷人的建築了。」他讚歎說。

「謝謝你，」修女說。「這座建築物處處埋伏著心機。每轉一個彎，你就發現一個不同的雕塑品。我來這裡已經兩年，到現在，還沒有完全看清楚。」

「恐怕天使也要迷路呢。」

她笑了一下，接著又爲他推開一扇門。

「在某種意義上說來，」他得意洋洋，大發議論。「建築家的心靈和作曲家的心靈是很相似的。前者在設計的過程中，必須同時顧到一個立體的各部份在不同的角度所呈現的形象，正如後者在經營一個交響曲時，必須在聽覺的想像中，聽見那麼多不同的樂器各自的和綜合的聲音……」

「根據你的說法，」她打斷他的宏論。「我們正走上這座塔樓最迷人的一彎旋律了。」

說著她領他步上一座迴旋梯，從樓底攀向三樓。四壁呈圓柱形，每走一步，就改一個方向，同時也升高一級，而每升數級，肘邊便開啓一道垂直而狹長的窗，引進現代的也是中世紀的光。但丁啊但丁。他的心境頓然內外皆通明。肉身和靈魂休止了戰爭。他正想說：「這樣的無阻無礙令我驚惶。」忽然發現他們已經在戶外，莫遮莫攔的空間匍匐在他們腳下，那樣虛無而燦爛的空間，風，吹過，光，瀉過，圓圓的藍在四周運轉。他緊張地側過臉來，準備看見，同時又害怕看見什麼有翼的東西。

「你看，對岸的一草一木都這麼清清楚楚。」她說。

何只是清楚！簡直是透明。他覺得，只要他肯看，他可以看見任何東西，和它們背面的一切。他甚至覺得，他能夠看見自己的頭頂和腳底，立在光中，他看得見自己的四十個影子。他興奮得想告訴她，今天是他的生日，而她一定是一個天使，帶他到這樣高的地方。一定，有什麼劫難就這樣躱過。可是他忍住了不說，因爲在藍渺藍茫的中央，似乎有什麼啓示在向他開放，只向他開放，而一落言詮，一切恐立刻會消逝。

接著他意識到，她說這裡已經是河的下游，順流而下，不遠處便是海口。事實上，他只有一隻耳朵在聽她說話。另一隻，聽見的是上游的水聲，是過去，是過去十八年的水聲，風聲。因爲都市在上游，那百萬人蟻聚蜂擁的都市，令人興奮，無聊，窒息，每到雨季就令人霉腐，風季，就令人作噩夢，那都市。因爲他的家，他的妻，他的小女孩們在上游，那城市，因爲他的老師和學生在上游，他的學生，他的讀者和聽眾，朋友和敵人。日落時，他仍將回到那裡，因爲不能不回去。天網恢恢，疏而不失。因爲有一個老人坐在夕照裡，等他的兒子。一個女人臥在床上，等她的丈夫。一窩白皙的女孩在夢中，夢見她們的爸爸。因爲有敵人等他們爭論的對手，有更多的朋友等他去輸血，輸信仰，輸希望。因爲有眾多的讀者，聽眾，學生，無形的，有形的，那些百眼獸，在等待牠們的馴獸師，獸醫，飼料。因爲有一群猛烈的編輯埋伏在那裡，一撲而上，準備舐食他的腦髓和心。有一把梳子，要收割他的落髮。一柄剃刀，要刈盡他憂煩的髭鬚。幾百畝的稿紙，要派克二十一去開墾。因爲，血肉之軀，日日夜夜，誰能抵抗那許多電話，限時信，通知通知通知？危機四伏的日曆，戰戰兢兢走過去，像走過一個佈雷區。

初來島上，那都市還是頗有田園風的小城。那時，紅色計程車的蟹族尙未橫行，單車騎士還有點瀟洒的古典意味，他和同班的年輕騎士可以並轡疾馳，直到碧潭的橋下。回家的路上，他慣於停下來，爲了貪看白鷺的那種白，稻田的那種青青。而一早，送報人便竄進所有的巷子，「像松鼠賽跑」。夜裡，按摩者的笛音由遠而近，由近而渺，似乎告訴他，詩人並不是唯一無寐的心。那時，他髫髭初生，和剃刀還不很親近，領帶可畏如吊索，女同學面前不肯戴眼鏡。一切皆在未定之天，那樣寂寞，那樣年輕。

一輛火車正迤迤駛過對岸，曳著抒情的煙，向入海口的方向。那是他六年前往返駛行的一條路，每星期往返一次，而觀音山就像仰臥的觀音，在車窗外四起的暮色中伴他而行。這些事，在島上發生的這一切細故瑣事，當他在新大陸高速夢遊的歲月，皆已輪廓模糊，今日忽然像對準了焦點的鏡面，一草一木，秋毫悉現，延伸在他的面前。一剎那，他彷若立在時間的此岸，一覽百里地眺視彼岸的風景。而碧澄澄的時間仍向前流著，向前面的海口，即使這樣完美渾圓的一日，也將毫無痛楚地流去。不久他又將回到那城市，再度投入那大磨子，讓四肢百骸七情六慾接受與生俱來的重噸輾磨。天網恢恢。人網恢恢。肺癌織成的煙網，塵網，細菌之網亦恢恢。美麗的城市啊美麗得多麼危險！他慶幸河流有入海口也有兩岸，城市有中心也有四郊。他慶幸有一個生日，至少有一個生日能這樣度過，這顆心能跳出時間的磁場，這個靈魂能升到天使的高度，這個日子竟如此甘冽可口，像用一根細長乾淨的麥管，向一隻藍玻璃杯中吸金紅的橙汁。他知道，像所有佳日的夕暮一樣，回城的車中，一種悔恨加心怯之情，必定當面向他襲來，像剛剛參加過一位情人的葬禮。

——一九六八年十一月十一日・選自純文學版《焚鶴人》

丹佛城

——新西域的陽關

城，是一片孤城。山，是萬仞石山。城在新的西域。西域在新的大陸。新大陸在一九六九年初秋。你問：誰是張騫？所有的白楊都在風中搖頭，蕭蕭。但即使新大陸也不太新了。四百年前，還是紅番各族出沒之地，俠隱和阿拉帕火的武士縱馬揚戈，呼嘯而過。然後來了西班牙人。然後來了聯邦的騎兵。忽然發一聲喊：「黃金，黃金，黃金！」便召來洶湧的淘金潮，喊熱了荒冷的西部。於是憑空矗起了奧馬哈，丹佛，雷諾。最後來的是我，來教淘金人的後人如何淘如何採公元前東方的文學——另一種金礦，更貴，更深。這件事，不想就不想，一想，就教人好生蹊蹺。

一想起西域，就覺得好遠，好空。新西域也是這樣。科羅拉多的面積七倍於臺灣，人口不到臺灣的七分之一。所以西出陽關，不，我是說西出丹佛，立刻車少人稀。事實上，新西域四向競走的現代驛道，只是千里漫漫的水泥荒原，只能行車，不可行人。往往，駛了好幾十里，敻不見人，鹿，兔，臭鼬之類倒不時掠過車前。西出陽關，何只不見故人，連紅人也見不到了。

只見山。在左。在右。在前。在後。在腳下。在額頂。只有山永遠在那裡，紅人搬不走，淘金人也淘它不空。在丹佛城內，沿任何平行的街道向西，遠景盡處永遠是山。西出丹佛，方覺地勢漸險，已驚怪石當道，才一分神，早陷入眾峰的重圍了。於是蔽天塞地的落磯大山連嶂競起，交蒼接黛，一似岩石在玩疊羅漢的遊戲。而要判斷最後是哪一尊羅漢最高，簡直是不可能的。因爲三盤九彎之後，你以爲這下子總該登峰造極了吧，等到再轉一個坡頂，才發現後面，不，上面還有一峰，在一切藉口之外傲然拔起，聳一座新的挑戰。這樣，山外生山，石上擎石，逼得天空也讓無可讓了。因爲這是科羅拉多，新西域的大石帝國，在這裡，石是一切。落磯山是史前巨恐龍的化石，蟠蟠蜿蜿，矯乎千里，龍頭在科羅拉多，猶有回首攫天吐氣成雲之勢，龍尾一擺，伸出加拿大之外，昂成阿拉斯加。對於大石帝國而言，美利堅合眾國只是兩面山坡拼成，因爲所謂大陸分水嶺（Continental Divide），鼻梁一樣，不偏不頗切過科羅拉多的州境。我說這是大石帝國，因爲石中最崇高的一些貴族都簇擁在這裡，成爲永不退朝的宮廷。海拔一萬四千英尺以上的雪峰，科羅拉多境內，就擁有五十四座，鬱鬱壘壘，億萬兆噸的花崗岩片麻岩在重重疊疊的青蒼黯黮之上，擎起眩人眼眸的皚皚，似乎有一個冷冷的聲音在上面說：最白的即是最高。也就難怪丹佛的落日落得特別的早，四點半鐘出門，天就黑下來了。西望落磯諸峰，橫障著多少重多少重的翠屏風啊！西行的車輛，上下盤旋爲勞，一過下午三點，就落進一層深似一層的山影中了。

樹，是一種愛攀山的生命，可是山太高時，樹也會爬不上去的。秋天的白楊，千樹成林，在熟得不能再熟的豔陽下，迎著已寒的山風翻動千層的黃金，映人眉眼，使燦爛的秋色維持一種動態美。世彭戲呼之爲「搖錢樹」，化俗爲雅，且饒諧趣。譬如白楊，爬到八千多呎，就集體停在那裡，再也爬不上去了。再高，就只有針葉直幹的松杉之類能夠攀登。可是一旦高逾萬二三千呎，越過了所謂「森林線」（timber line），即高貴挺拔的柏樹也不勝苦寒，有時整座森林竟會禿斃在嶺上，蒼白的樹幹平行戟立得觸目驚心，車過時，像檢閱一長列死猶不仆的殭屍。

入山一深，感覺就顯得有點異樣。空氣稀薄，呼吸爲難，好像整座落磯山脈就壓在你胸口。同時耳鳴口乾，頭暈目澀，暫時產生一種所謂「高眩」（vertigo）的症狀。耶誕之次日，葉珊從西岸飛來山城，飲酒論詩，談天說地，相與周旋了七夕才飛去。一下噴射機，他就百症俱發，不勝暈山之苦。他在柏克麗住了三年，那裡的海拔只有七十五呎，一聽我說丹佛的高度是五二八〇，他立刻心亂意迷，以後數日，一直眼花落井，有若夢遊。乃知枕霞餐露，騎鶴聽松等等傳說，也許可以期之費長房王子喬之屬，像我們這種既拋不掉身分證又缺不了特效藥的凡人，實在是難可與等期啊。費長房王子喬杳不可追，倒也罷了。來到大石帝國之後，竟常常想念兩位亦仙亦凡的人物：一位是李白，另一位是米芾。不提蘇軾，當然有欠公平，可是高處不勝寒的人，顯然是不宜上落磯山的。至於韓愈那樣「小雞」氣，上華山而不敢下，竟觳觫坐地大哭，「恐高症」顯然進入三期，不來科羅拉多也罷。李白每次登高，都興奮得很可笑也很可愛。在峨眉山頂，「余亦能高詠」的狂士，居然「不敢高聲語，恐驚天上人」，眞是憨得要命吧。只是跟這樣的人一起駕車，安全實在可憂。我來丹佛，駕車違警的傳票已經拿過四張。換了李白，斗酒應得傳票百張。至於米芾那石癲，見奇石必衣冠而拜，也是心理分析的特佳對象。我想他可能患有一種「岩石意結」（rock complex），就像屈原可能患有「花狂」（floramania）一樣。石奇必拜，究竟是什麼用意呢？拜它的清奇高古呢，還是拜它的頭角崢嶸，拜它的堅貞不移呢，還是拜它的神骨仙姿？總之這樣的石癡石癖，與登落磯大山，一定大有可觀，說不定眞會伏地不起，蟬蛻而成拜石教主呢。

說來說去，登高之際，生理的不適還在其次，心理的不安恐怕更難排除。人之爲物，卑瑣自囿得實在可憫。上了山後，於天爲近，於人爲遠，一面興奮莫名，飄飄自賞，一面又惶恐難喻，悚然以驚，悵然以疑。這是因爲登高凌絕，靈魂便無所逃於赤裸的自然之前，而人接受偉大和美的容量是有限的，一次竟超過這限度，他就有不勝重負之感。將一握畏怯的自我，毫無保留地擲入大化，是可懼的。一滴水落入海中，是加入，還是被併吞？是加入的喜悅，還是被吞的恐懼？這種不勝之感，恐怕是所謂「恐閉症」的倒置吧。也許這種感覺，竟是放大了的「恐閉症」也說不定，因爲入山既深，便成山囚，四望莫非怪石危壁，可堪一驚。因爲人實在已經被文明嬌養慣了，一旦拔出紅塵十丈，市聲四面，那種奇異的靜便使他不安。所以現代人的狼狽是雙重的：在工業社會裡，他感到孤絕無援，但是一旦投入自然，他照樣難以欣然神會。

而無論入山見山或者入山渾不見山，山總在那裡是一件事實。也許踏破名山反而不如悠然見南山。時常，在丹佛市的鬧街駛行，一脈青山，在車窗的一角悠然浮現，最能動人清興。我在寺鐘女子學院的辦公室在崔德堂四樓。斜落而下的鱗鱗紅瓦上，不時走動三五隻灰鴿子，嘀嘀咕咕一下午的慵倦和溫柔。偶爾，越過高高的橡樹頂，越過風中的聯邦星條旗和那邊惠德麗教堂的聯鳴鐘樓，落磯諸峰起伏的山勢，似眞似幻地湧進窗來。在那樣的距離下，雄渾的山勢只呈現一勾幽渺的輪廓，若隱若現若一弦琴音。最最壯麗是雪後，晚秋的太陽分外燦明，反映在五十哩外的雪峰上，皎白之上晃盪著金紅的霞光，那種精巧靈致的形象，使一切神話顯得可能。

每到週末，我的車首總指向西北，因爲世彭在丹佛西北廿五哩的科羅拉多大學教書，他家就在落磯山黛青的影下。那個山城就叫波德（Boulder），也就是龐然大石之義。一下了超級大道，才進市區，嵯峨峻峭的山勢，就逼在街道的盡頭，舉起那樣沉重的蒼青黛綠，俯臨在市鎮的上空，壓得你抬不起眼睫。愈行愈近，山勢愈益聳起，相對地，天空也愈益縮小，終於巨岩爭立，絕壁削面而上，你完完全全暴露在眈眈的巉巇之中。每次進波德市，我都要猛吸一口氣，而且坐得直些。

到了山腳下的楊宅，就像到了家裡一樣，不是和世彭飲酒論戲（他是科大的戲劇教授），便是和他好客的夫人惟全擺開楚河漢界，下一盤象棋。晚餐後，至少還有兩頓消夜，最後總是以鬼故事結束。子夜後，市鎮和山都沉沉睡去，三人才在幢幢魅影之中，怵然上樓就寢。他們在樓上的小書房裡，特爲我置了一張床，我戲呼之爲「陳蕃之榻」。戲劇教授的書房，不免掛滿各式面具。京戲的一些，雖然怒目橫眉，倒不怎麼嚇人，唯有一張歌舞伎的臉譜，石灰白的粉面上，一對似笑非笑的細眼，紅唇之間嚼著一抹非齒非舌的墨黑的什麼，嫵媚之中隱隱含著猙獰。只要一進門，她的眼睛就停在我的臉上，瞇得我背脊發麻。所以第一件事就是把她取下來，關到抽屜裡去。然後在落磯山隱隱的鼾息裡，告訴自己這已經夠安全了，才勉強裹緊了毛氈入睡。第二天清晨，拉開窗帷，一大半是山，一小半是天空。而把天擠到一邊去的，是屹屹於眾山之上和白霧之上的奧都本峰，那樣逼人眉睫，好像一伸臂，就染得你滿手的草碧苔青。從波德出發，我們常常深入落磯山區。九月間，到半山去看白楊林子，在風裡炫耀黃金，回來的途中，繫一枝白楊在汽車的天線上，算是俘擄了幾片秋色。中秋節的午夜，我們一直開到山頂，在盈耳的松濤中，俯瞰三千呎下波德的夜市。也許是心理作用，那夜的月色特別清亮，好像一抖大衣，便能抖落一地的水銀。山的背後是平原是沙漠是海，海的那邊是島，島的那邊是大陸，舊大陸上是長城是漢時關秦時月。但除了寂寂的清輝之外，頭頂的月什麼也沒說。抵抗不住高處的冷風，我們終於躲回車中，盤盤旋旋，開下山來。

月下的山峰，景色的奇幻，只有雪中的山峰可以媲美。先是世彭說了一個多月，下雪天一定要去他家，圍著火鍋飲酒聽戲，然後踏雪上山，看結滿堅冰的湖和山澗。他早就準備了酒，花生，和一大鍋下酒菜，偏偏天不下雪。然後十月初旬的一個早晨，在異樣的寂靜中醒來，覺得室內有一種奇幻的光。然後發現那只是一種反射，一層流動的白光浮漾在天花板上。四周闃寞寞，下面的街上更無一點車聲。心知有異，立刻披衣起床。一拉窗帷，那樣一大幅皎白迎面給我一摑，打得我猛抽一口氣。好像是誰在一揮杖之間，將這座鋼鐵爲筋水泥爲骨的丹佛城吹成了童話的魔境，白天白地，冷冷的溫柔覆蓋著一切。所有的樹都枝柯倒懸如垂柳，不勝白天鵝絨的重負。而除了幾縷灰煙從人家煙囪的白煙斗裡嫋嫋升起之外，茫然的白毫無遺憾的白將一切的一切網在一片惘然的忘記之中，目光盡處，落磯山峰已把它重噸的沉雄和蒼古羽化爲幾兩重的一盤奶油蛋糕，好像一隻花貓一舐就可以舐淨那樣。白。白。白。白外仍然是白外仍然是不分郡界不分州界的無疵的白，那樣六角的結晶體那樣小心翼翼的精靈圖案一吋一吋地接過去接成千哩的虛無什麼也不是的美麗，而新的雪花如億萬張降落傘似地繼續在降落，降落在落磯山的蛋糕上那邊教堂的鐘樓上降落在人家電視的天線上最後降落在我沒戴帽子的髮上。當我衝上街去張開雙臂幾乎想大嚷一聲結果只喃喃地說：冬啊冬啊你眞的來了我要抱一大捧回去裝在航空信封裡寄給她一種溫柔的思念美麗的求救信號說我已經成爲山之囚後又成爲雪之囚白色正將我圍困。雪花繼續降落，躡手躡腳，無聲地依附在我的大衣上。雪花繼續降落，像一群伶俐的精靈在跟我捉迷藏，當我發動汽車，用雨刷子來回驅逐擋風玻璃上的積雪。

最過癮是在第二天，當積雪的皚皚重負壓彎了楓榆和黑橡的枝椏，且造成許多斷柯。每條街上都多少縱橫著一些折枝，汽車迂迴繞行其間，另有一種雅趣。行過兩線分駛的林蔭大道，下面濺起炙炙響的雪水，上面不時有零落的雪塊自高高的枝椏上滑下，砰然落在車頂，或墮在擋風玻璃上，揚起一陣飛旋的白霰。這種美麗的奇襲最能激人豪興，於是在加速的駛行中我吆喝起來，亢奮如一個馬背的牧人。也曾在五湖平原的密西根凍過兩個冰封的冬季，那裡的雪更深，冰更厚，卻沒有這種奇襲的現象，因爲中西部下雪，總在感恩節的附近，到那時秋色已老，葉落殆盡，但餘殘枝，因此雪的負荷不大。丹佛城高一哩，所謂高處不勝寒，一到九月底十月初，就開始下起雪來，有的樹黃葉未落，有的樹綠葉猶繁，乃有折枝滿林斷柯橫道的異景。等到第三天，積雪成冰，枝枝椏椏就變成一叢叢水晶的珊瑚，風起處，琅琅相擊有聲。冰柱從人家的屋簷上倒垂下來，揚杖一揮，乒乒乓乓便落滿一地的碎水晶。我的白車車首也懸滿冰柱，看去像一隻亂髭鬖鬖的大號白貓，狼狽而可笑。

高處不勝寒，孤峙在新西域屋頂上的丹佛城，入秋以來，已然受到九次風雪的襲擊。雪大的時候，丹佛城瑟縮在零下的氣溫裡，如臨大敵，有人換上雪胎，有人在車胎上加上鐵鏈，轔轔轆轆，有一種重坦克壓境的聲威。州公路局的掃雪車全部出動，對空降的冬之白旅展開防衛戰，在除雪之外，還要向路面的頑雪堅冰噴沙撒鹽，維持數十萬輛汽車的交通。我既不換雪胎，更不能忍受鐵鏈鏗鏗對耳神經的迫害，因此幾度陷在雪泥深處，不得不借路人之力，或者招來龐然如巨型螳螂的拖車，克服美麗而危險的「白禍」。當然，這種不設防的汽車，只能繞著丹佛打轉。上了萬呎的雪山，沒有雪胎鐵鏈，守關人就要阻止你前進。眞正大風雪來襲的時候，地面積雪數呎，空中雪揚成霧，百哩茫茫，公路局就要在險隘的關口封山，於是一切車輛，從橫行的黃貂魚到猛烈的美洲豹到排天動地而來體魄修偉像一節火車車廂的重噸大卡車，都只能偃然冬蟄了。

就在第九次風雪圍攻丹佛的開始，葉珊從西海岸越過萬仞石峰飛來這孤城。可以說，他是騎在雪背上來的，因爲從丹佛國際機場接他出來不到兩分鐘，那樣輕巧的白雨就那樣優優雅雅舒舒緩緩地下下來了。葉珊大爲動容，說自從別了愛奧華，已經有三年不見雪了。我說愛奧華的那些往事提他做什麼，現在來了山國雪鄉，讓我們好好聊一聊吧。當晚鍾玲從威斯康辛飛來，我們又去接她，在我的樓上談到半夜，才冒著大雪送她回旅店。那時正是耶誕期間，「現代語文協會」在丹佛開年會，英文，法文，德文，意大利文，西班牙文，甚至中文日文的各種語文學者，來開會的多到八千人，一時咬牙切齒，喃喃嘁嘁，好像到了拜波之塔一樣。第二天，葉珊正待去開會，我說，「八千學者，不缺你一個，你不去，就像南極少了一頭企鵝，誰曉得！」葉珊爲他的疏懶找到一個遁辭，心安理得，果然不甚出動，每天只是和我孵在一起，到了晚上，便燃起鍾玲送我的茉莉蠟燭，一更，二更，三更，直聊到舌花謝盡眼花燦爛才各自爬回床去。臨走前夕，爲了及時送他去乘次晨七時的飛機，我特地買了一架華美無比的西德鬧鐘，放在他枕邊。不料到時它完全不鬧，只好延到第二天走。憑空多出來的一天，雪霽雲開，碧空金陽的晴冷氣候，爽朗得像一個北歐佳人。我載葉珊南下珂泉，去瞻仰有名的「眾神樂園」。車過梁實秋閒一多的母校，葉珊動議何不去翻查兩位前賢的「底細」，我笑笑說：「你算了吧。」第二天清晨，鬧鐘響了，我的客人也走了。地上一排空酒瓶子，是他七夕的成績。而雪，仍然在下著。

等到劉國松挾四十幅日月雲煙也越過大哉落磯飛落丹佛時，第九場雪已近尾聲了。身爲畫家，國松既不吸菸，也不飲酒，甚至不勝啤酒，比我更清教。我常笑他不雲不雨，不成氣候。可是說到饕餮，他又勝我許多。於是風自西北來，吹來世彭灶上的飯香，下一刻，我們的白車便在丹佛波德間的公路上疾駛了。到波德正是半下午的光影，雲翳寒日，已然西傾。先是前幾天世彭和我踹著新雪上山，在皚皚照人的絕壁下，說這樣的雪景，國松應該來膜拜一次才對。現在畫家來了，我們就推他入畫。車在勢蟠龍蛇黛黑糾纏著皎白的山道上盤旋上升，兩側的冰壁上淡淡反映冷冷的落暉。寂天寞地之中，千山萬山都陷入一種清癯而古遠的冷夢，像在追憶冰河期的一些事情。也許白髮的朗士峰和勞倫斯峰都在回憶，六千萬年以前，究竟是怎樣孔武的一雙手，怎樣肌腱勃怒地一引一推，就把它們擰得這樣皺成一堆，鳥在其中，兔和松鼠和紅狐和山羊在其中，松柏和針樅和白楊在其中，科羅拉多河阿肯索河誕生在其中。道旁的亂石中，山澗都已結冰，偶然，從一個冰窟窿底，可以隱隱窺見，還沒有完全凍死的澗水在下面琤琤琮琮地奔流，向暖洋洋的海。一個戴遮耳皮帽的紅衣人正危立在懸崖上，向亂石堆中的幾隻啤酒瓶練靶，槍聲瑟瑟，似乎炸不響凝凍的寒氣，只擦出一條尖細的顫音。

轉過一個石崗子，眼前豁然一亮，萬頃皚皚將風景推拓到極遠極長，那樣空闊的白顫顫地刷你的眼睛。在猛吸的冷氣中，一瞬間，你幻覺自己的睫毛都凍成了冰柱。下面，三百呎下平砌著一面冰湖，從此岸到彼岸，一撫十哩的湖面是虛無的冰，冰，冰上是空幻的雪，此外一無所有，沒有天鵝，也沒有舞者。只有冷然的音樂，因爲風在說，這裡是千山啊萬山的心臟，一片冰心，浸在白玉的壺裡。如此而已，更無其他。忽然，國松和世彭發一聲喊，揮臂狂呼像叫陣的印地安人，齊向湖面奔去。雪，還在下著。我立在湖岸，把兩臂張到不可能的長度，就在那樣空無的冰空下，一剎間，不知道究竟要擁抱天，擁抱湖，擁抱落日，還是要擁抱一些更遠更空的什麼，像中國。

——一九七〇年一月於丹佛．選自純文學版《焚鶴人》

山盟

山，在那上面等他。從一切曆書以前，峻峻然，巍巍然，從五行和八卦以前，就在那上面等他了。樹，在那上面等他。從漢時雲秦時月從戰國的鼓聲以前，就在那上面。就在那上面等他了，虯虯蟠蟠，那原始林。太陽，在那上面等他。赫赫洪洪荒荒。太陽就在玉山背後。新鑄的古銅鑼。噹地一聲轟響，天下就亮了。

這個約會太大，大得有點像宗教。一邊是，山，森林，太陽，另一邊，僅僅是他。山是島的貴族，正如樹是山的華裔。登島而不朝山，是無禮。這山盟，一爽竟爽了二十年。其間他曾經屢次渡海，膜拜過太平洋和巴士海峽對岸，多少山。在科羅拉多那山國一閉就閉了兩年，海拔一英里之上，高高晴晴冷冷，是六百多天的鄉愁。一萬四千英尺以上的不毛高峰，狼牙交錯，白森森將他禁錮在裡面，遠望也不能當歸，高歌也不能當泣。他成了世界上最高的浪子，石囚。只是山中的歲月，太長，太靜了，連搖滾樂的電吉他也不能一聲劃破。那種高高在上的岑寂，令他不安。一場大劫正蹂躪著東方，多少族人在水裡，火裡，唯獨他學桓景登高避難，過了兩個重九還不下山。

春秋佳日，他常常帶了四個小女孩去攀落磯山。心驚膽戰，腳麻手酸，好不容易爬到峰巔。站在一叢叢一簇簇的白尖白頂之上，反而悵然若失了。爬啊爬啊爬到這上面來了又怎麼樣呢？四個小女孩在新大陸玩得很高興。她們只曉得新大陸，不曉得舊大陸。「問君西遊何時還？畏途巉巖不可攀。」忽然他覺得非常疲倦。體魄魁梧的崑崙山，在遠方喊他。母親喊孩子那樣喊他回去，那崑崙山系，所有橫的嶺側的峰，上面所有的神話和傳說。落磯山美是美雄偉是雄偉，可惜沒有回憶沒有聯想不神祕。要神祕就要峨嵋山五台山普陀山武當山青城山華山廬山泰山，多少寺多少塔多少高僧，隱士，豪俠。那一切固然令他神往，可是最最縈心的，是噶達素齊老峰。那是崑崙山之根，黃河之源。那不是朝山，是回家，回到一切的開始。有一天應該站在那上面，下面攤開整幅青海高原，看黃河，一條初生的臍帶，向星宿海吮取生命。他的魂魄，就化成一隻鵰，向山下撲去。浩大圓渾的空間，旋，令他目眩。

那只是，想想過癮罷了。山不轉路轉，路不轉人轉。七四七才是一隻越洋大鵬，把他載回海島。一九七二年。崑崙山仍在神話和雲裡。黃河仍在詩經裡流著。島有島神，就先朝島上的名山吧。

上山那一天，正碰上寒流，氣溫很低。他們向冷上加冷的高處出發。朱紅色的小火車衝破寒霧，在漸漸上升的軌道上奔馳起來，不久，嘉義城就落在背後的平原上了。兩側的甘蔗田和香蕉變成相思樹和竹林。過了竹崎，地勢漸高漸險，軌旁的林木也漸漸挺直起來，在已經夠陡的坡上，將自己拔向更高的空中。最後，車窗外升起鐵杉和扁柏，像十里蒼蒼的儀隊，在路側排開。也許怕風景不夠柔媚，偶爾也亮起幾樹流霞一般明豔的重複櫻花，只是驚喜的一瞥，還不夠爲車道鑲一條花邊。

路轉峰迴，小火車嗚嗚然在狹窄的高架橋上馳過。隔著車窗，山谷愈來愈深，空空茫茫的雲氣裡，腳下遠遠地，只浮出幾叢樹尖，下臨無地，好令人心悸。不久，黑黝黝的山洞一口接一口來吞噬他們的火車。他們嚥進了山的盲腸裡，汽笛的驚呼在山的內臟裡迴盪復迴盪。阿里山把他們吞進去吞進去又吐出來，算是朝山之前的小小磨練。後來才發現，山洞一共四十九條，窄橋一共八十九座。一關關闖上去，很有一點西遊記的味道。

過了十字路，山勢益險，饒它是身材窈窕的迷你紅火車，到三千多呎的高坡上，也迴身乏術了。不過，難不倒它。行到絕處，車尾忽然變成車頭，以退爲進，瀟瀟灑灑，循著Z字形 **zigzagzig** 那樣倒溜冰一樣倒上山去。同時森林愈見濃密，枝葉交疊的翠蓋下，難得射進一隙陽光。濃影所及，車廂裡的空氣更覺得陰冷逼人。最後一個山洞把他們吐出來，洞外的天藍得那樣徹底，阿里山，已經在腳下了。

終於到了阿里山賓館，坐在餐廳裡。巨幅玻璃窗外，古木寒山，連綿不絕的風景匍匐在他的腳下。風景時時在變，白雲怎樣迴合群峰就怎樣浮浮沉沉像嬉戲的列島。一隊白鴿在谷口飛翔，有時退得遠遠的，有時浪沫一樣地忽然捲回來。眺者自眺，飛者自飛。目光所及，橫臥的風景手卷一般展過去展過去展開米家靄靄的煙雲。他不知該餐腳下的翠微，或是，回過頭來，滿桌的人間煙火。山中清純如釀的空氣，才吸了幾口，飢意便在腹中翻騰起來。他餓得可以餐赤松子之霞，飲麻姑之露。

「爸爸，不要再看了。」佩佩說。

「再不吃，獐肉就要冷了。」咪也在催。

回過頭來，他開始大嚼山珍。

午後的陽光是一種黃橙橙的幸福，他和矗立的原始林和林中一切鳥一切蟲自由分享。如果他有那樣一把剪刀，他眞想把山上的陽光剪一方帶回去，掛在他們廈門街的窗上，那樣，雨季就不能圍困他了。金暉落在人肌膚上，乾爽而溫暖，可是四周的空氣仍然十分寒冽，吸進肺去，使人神清意醒，有一種要飄飄升起的感覺。當然，他並沒有就此飛逸，只是他的眼神隨昂昂的杉柏從地面拔起，拔起百尺的尊貴和肅穆之上，翠纛青蓋之上，是藍空，像傳說裡要我們相信的那樣酷藍。

而且靜。海拔七千英尺以上那樣的，萬籟沉澱到底，闃寂的隔音。値得歌頌的，聽覺上全然透明的靈境。森林自由自在地行著深呼吸。柏子閒閒落在地上。綠鳩像隱士一樣自管自地吟嘯。所以耳神經啊你就像琴弦那麼鬆一鬆吧今天輪到你休假。沒有電鈴會奇襲你的沒有電話沒有喇叭會施刑。沒有車要躲燈要看沒有繁複的號碼要記沒有鐘錶。就這麼走在光潔的青板石道上，聽自己清清楚楚的足音，也是一種悅耳的音樂。信步所之，要慢，要快，或者要停。或者讓一隻螞蟻橫過，再繼續向前。或者停下來，讀一塊開裂的樹皮。

或者用驚異的眼光，久久，向殭斃的斷樹樁默然致敬。整座阿里山就是這麼一所戶外博物館，到處暴露著古木的殘骸。時間，已經把它們雕成神奇的藝術。雖死不朽，醜到極限竟美了起來。據說，大半是日治時代伐餘的紅檜巨樹，高貴的軀幹風中雨中不知矗立了千年百年，砉的斧斤過後，不知在什麼懷鄉的遠方為棟為樑，或者淩遲寸磔，散作零零星星的家具器皿。留下這一盤盤一壔壔碩老無朋的樹根，夭矯頑強，死而不仆，而日起月落秦風漢雨之後，虯蟠糾結，筋骨盡露的指爪，章魚似地，猶緊緊抓住當日哺乳的后土不放。霜皮龍鱗，肌理縱橫，頑比鏽銅廢鐵，這些久殭的無頭尸體早已風化為樹精木怪。風高月黑之夜，可以想見滿山蠢蠢而動，都是這些殘缺的山魈。

幸好此刻太陽猶高，山路猶有人行。豔陽下，有的樹樁削頂成台，寬大可坐十人。有的扭曲迴旋，畸陋不成形狀。有的枯木命大，身後春意不絕，樹中之王一傳而至二世，再傳而至三世，發為三代同堂，不，同根的奇觀。先主老死枯槁，蝕成一個巨可行牛的空洞；父王的殭屍上，卻亭亭立著青翠的王子。有的昂然龐然，像一個象頭，鼻牙嵯峨，神氣儼然。更有一些斷首缺肢的巨檜，獰然戟刺著半空，猶不甘忘卻，誰知道幾世紀前的那場暴風雨，劈空而來，橫加於他的雷殛。

正嗟歎間，忽聞重物曳引之聲，沉甸甸地，輾地而來。異聲愈來愈近，在空山裡激盪相磨，很是震耳。他外文系出身，自然而然想起凱茲奇爾的仙山中，隆隆滾球爲戲的那群怪人。大家都很緊張。小女孩們不安地抬頭看他。轆聲更近了。隔著繁密的林木，看見有什麼走過來。是——兩個人。兩個血色紅潤的山胞，氣喘咻咻地拖著直徑幾約兩呎的一截木材，轆著青石板路跑來。怪不得一路上盡是細枝横道，每隔尺許便置一條。原來拉動木材，要靠它們的滑力。兩個壯漢哼哼哈哈地曳木而過，臉上臂上，閃著亮油油的汗光。

姐妹潭一掬明澄的寒水，淺可見底。迷你小潭，傳說著阿里山上兩姐妹殉情的故事。管他是不是眞的呢，總比取些道貌可憎的名字好吧。

「你們四姐妹都丟個銅板進去，許個願吧。」

「看你做爸爸的，何必這麼歐化？」

「看你做媽媽的，何必這麼缺乏幻想。管他。山神有靈，會保祐她們的。」

珊珊、幼珊、佩珊，相繼投入銅幣。眼睛閉起，神色都很莊重，丟罷，都綻開滿意的笑容。問她們許些什麼大願時，一個也不肯說。也罷。輪到最小的季珊，只會嬉笑，隨隨便便丟完了事。問她許的什麼願，她說，我不知道，姐姐丟了，我就要丟。

他把一枚銅幣握在手邊，走到潭邊，面西而立，心中暗暗禱道：「希望有一天能把這幾個小姐妹帶回家去，帶回她們眞正的家，去踩那一片博大的后土。新大陸，她們已經去過兩次，玩過密西根的雪，涉過落磯山的溪，但從未被長江的水所祝福。希望，有一天能回到后土上去朝山，站在全中國的屋脊上，說，看啊，黃河就從這裡出發，長江就在這裡吃奶。要是可能，給我七十歲或者六十五，給我一間草廬，在廬山，或是峨嵋山上，給我一根藤杖，一卷七絕，一個琴僮，幾位棋友，和許多猴子許多雲許多鳥。不過這個願許得太奢侈了。阿里山神啊，能爲我接通海峽對面，五嶽千峰的大小神明嗎？」

姐妹潭一展笑靨，接去了他的銅幣。

「爸爸許得最久了。」幼珊說。

「到了那一天，無論你們嫁到多遠的地方去，也不管我的事了。」他說。

「什麼意思嗎？」

「只有猴子做我的鄰居。」他說。

「哎呀好好玩！」

「最後，我也變成一隻——千年老猿。像這樣。」他做出欲攫季珊的姿態。

「你看爸爸又發神經了。」

慈雲寺缺乏那種香火莊嚴禪房幽深的氣氛。島上的寺廟大半如此，不說也罷。倒是那所「阿里山森林博物館」，規模雖小，陳設也簡陋單調，離國際水準很遠，卻樸拙天然，令人覺得可親。他在那裡面很低徊了一陣。才一進館，頸背上便吹來一股肅殺的冷氣。昂過頭去。高高的門楣上，一把比一把獰惡，排列著三把青鋒逼人的大鋼鋸。森林的劊子手啊，鐵杉與紅檜都受害於你們的狼牙。堂下陳列著阿里山五木的平削標本，從淺黃到深灰，色澤不一，依次是鐵杉、巒大杉、臺灣杉、紅檜、扁柏。露天走廊通向陳列室。阿里山上的飛禽走獸，從雲豹、麂、山貓、野山羊、黃鼠狼到白頭鼯鼠，從綠鳩、蛇鷹到黃魚鴞，莫不展現牠們生命的姿態。一個玻璃瓶裡，浮著一具小小的桃花鹿胚胎，白色的胎衣裡，鹿嬰的眼睛還沒有睜開。令他低徊的，不是這些，是沿著走廊出來，堂上龐然供立，比一面巨鼓還要碩大的，一截紅檜木的橫剖面。直徑寬於一隻大鷹的翼展，堂堂的木面豎在那裡，比人還高。樹木高貴的族長，它生於宋神宗熙寧十年，也就是西元一〇七七年。中華民國元年，也就是明治四十五年，日本人採伐它，千里迢迢，運去東京修造神社。想行刑的那一天，鬚髯臨風，傾天柱，倒地根，這長老長嘯仆地的時候，已經有八百三十五歲的高齡了。一個生命，從北宋延續到清末，成爲中國歷史的證人。他伸出手去，撫摸那偉大的橫斷面。他的指尖溯帝王的朝代而入，止於八百多個同心圓的中心。多麼神祕的一點，一個崇高的生命便從此開始。那時蘇軾正是壯年，宋朝的文化正盛開，像牡丹盛開在汴梁，歐陽修墓土猶新，黃庭堅周邦彥的靈感猶暢。他的手指按在一個古老的春天上。美麗的年輪輪迴著太陽的光圈，一圈一圈向外推開，推向元，推向明，推向清。太美了。太奇妙了。這些黃褐色的曲線，不是年輪，是中國臉上的皺紋。推出去，推向這海島的歷史。哪，也許是這一圈來了葡萄牙人的三桅戰船。這一年春天，紅毛鬼闖進了海峽。這一年，國姓爺的樓船渡海東來。大概是這一圈殺害了吳鳳。有一年龍旗降下升起太陽旗。有一年他自己的海輪來泊在基……不對不對，那是最外的一圈之外了，哪，大約在這裡。他從古代的夢中，醒來，用手指劃著虛空。

「爸爸，你在幹什麼呀？」季珊抬頭看著他。

他抓住她的小手指，從外向內數，把她的指尖按在第十六圈上。

「公公就是這一年，」他說。

「公公這一年怎麼啦？」她問。

走回賓館，太陽就下山了。宋朝以前就是這樣子，漢以前周以前就是這太陽，神農和燧人以前。在那尊巨紅檜的心中，春來春去，畫了八百圈年輪的長老，就是這太陽。在他眼中，那紅檜，和島上一切的神木，都像小孩子一樣幼稚吧。后羿留給我們的，這太陽。

此刻他正向谷口落下去，像那巨紅檜小時候看見的那樣，緩緩落了下去。千樹萬樹，在無風的岑寂中肅立西望，參加一幕壯麗無比的葬禮。火葬燒著半邊天。宇宙在降旗。一輪橙紅的火球降下去，降下去，圓得完美無憾的火球啊怪不得一切年輪都是他的摹仿因爲太陽造物以他自己的形象。

快要燒完了。日輪半陷在暗紅的灰燼裡，愈沉愈深。山口外，猶有殿後的霞光在抗拒四周的夜色，橫陳在地平線上的，依次是驚紅駭黃悵青惘綠和深不可泳的詭藍漸漸沉溺於蒼黛。怔望中，反托在空際的林影全黑了下來。

最後，一切都還給縱橫的星斗。

但是太陽會收復世界的，在玉山之巓。在崦嵫山裡這隻火鳳凰會鑄冶新的光芒。高處不勝苦寒。他在兩條厚毛毯裡，瑟縮猶難入夢，盤盤旋旋的山路，還在腿上作痲。夜，太靜了。毛黑茸茸的森林似乎有均勻的鼾息。不要錯過日出不要，他一再提醒自己。我要親自看神怎樣變戲法，那隻火鳳凰怎樣突破蛋黃怎樣飛起來，不要錯過不要。他似乎枕在一座活火山上，有一種美麗的不安。夢是一床太短的被，無論如何也蓋不完滿。約會女友的前夕，從前，也有過這症狀。無以名之，叫它做幸福症吧。睡吧睡吧不要眞錯過了不要。

走到祝山頂上，已經是六點半了。雖然是華氏四十度的氣溫，大家都喘著氣，微有汗意。臉上都紅彤彤的，「阿里山的姑娘」，他戲呼她們。天色透出魚肚白，群峰睡意尚未消盡。霧氣在下面的千壑中聚集。沒有風。只有一隻鳥，在新鮮的靜寂中試投著牠的清音。啾啾唧啾啾唧囀囀唧唧。屏息的期待中，東方的天壁已經炙紅了一大片。「快起來了，快起來了。」他回過頭去，觀日樓下的廣場上，已然麕集了百多位觀眾，在迎接太陽的誕生。已經凍紅的臉上，更反映著熊熊的霞光。

「上來了！」

「上來了！」

「太陽上來了上來了！」

浩闊的空間引爆出一陣集體的歡呼。就在同時，巍峨的玉山背後，火山猝發一樣迸出了日頭，赤金晃晃，千臂投手向他們投過來密密集集的標槍。失聲驚呼的同時，一陣刺痛，他的眼睛也中了一槍。簇簇的光，簇新簇新的光，剛剛在太陽的丹爐裡煉成，蝟集他一身。在清虛無塵的空中飛啊飛啊飛了八分鐘，撲倒他身上這簇光並未變冷。巨銅鑼玉山上捶了又捶，神的噪音金熔熔的讚美詩火山熔漿一樣滾滾而來，觀禮的凡人全擎起雙臂忘了這是一種無條件降服的儀式在海拔七千呎以上。一座峰接一座峰在接受這樣燦爛的祝福，許多綠髮童子在接受那長老摩挲頭顱。不久，福建和浙江也將天亮。然後是湖北和四川。廬山與衡山。秦嶺與巴山。然後是漠漠的青海高原。溯長江溯黃河而上噫吁戲危乎高哉天蒼蒼野茫茫的崑崙山天山帕米爾的屋頂。太陽撫摸的，有一天他要用腳踵去膜拜。

可是他不能永遠這樣許下去，這長願。四個小女孩在那邊喊他。小紅火車在高高的站上喊他，因爲嘉義在下面的平原上喊小紅火車。該回家了，許多聲音在下面那世界喊他。許多街許多巷子許多電話電鈴許多開會的通知限時信。許多電梯許多電視天線在許多公寓的屋頂。許多許多表格在陰暗的許多抽屜等許多圖章的打擊。第二手的空氣。第三流的水。無孔不入無堅不摧，文明的讚美詩，噪音。什麼才是家呢？他屬於下面那世界嗎？

火車引吭高呼。他們下山了。六千呎。五千五。五千。他的心降下去，四十九個洞。八十九座橋。煞車的聲音起自鐵軌，令人心煩。把阿里山還給雲豹。還給鷹和鳩。還給太陽和那些森林。荷蘭旗。日本旗。森林的綠旌綠幟是不降的旗。四十九個洞。千年億年。讓太陽在上面畫那些美麗的年輪。

——一九七二年二月廿八日・選自九歌版《聽聽那冷雨》

聽聽那冷雨

驚蟄一過，春寒加劇。先是料料峭峭，繼而雨季開始，時而淋淋漓漓，時而淅淅瀝瀝，天潮潮地溼溼，即連在夢裡，也似乎把傘撐著。而就憑一把傘，躲過一陣瀟瀟的冷雨，也躲不過整個雨季。連思想也都是潮潤潤的。每天回家，曲折穿過金門街到廈門街迷宮式的長巷短巷，雨裡風裡，走入霏霏令人更想入非非。想這樣子的臺北淒淒切切完全是黑白片的味道，想整個中國整部中國的歷史無非是一張黑白片子，片頭到片尾，一直是這樣下著雨的。這種感覺，不知道是不是從安東尼奧尼那裡來的。不過那一塊土地是久違了，二十五年，四分之一的世紀，即使有雨，也隔著千山萬山，千傘萬傘。二十五年，一切都斷了，只有氣候，只有氣象報告還牽連在一起。大寒流從那塊土地上彌天捲來，這種酷冷吾與古大陸分擔。不能撲進她懷裡，被她的裾邊掃一掃吧也算是安慰孺慕之情。

這樣想時，嚴寒裡竟有一點溫暖的感覺了。這樣想時，他希望這些狹長的巷子永遠延伸下去，他的思路也可以延伸下去，不是金門街到廈門街，而是金門到廈門。他是廈門人，至少是廣義的廈門人，二十年來，不住在廈門，住在廈門街，算是嘲弄吧，也算是安慰。不過說到廣義，他同樣也是廣義的江南人，常州人，南京人，川娃兒，五陵少年。杏花春雨江南，那是他的少年時代了。再過半個月就是清明。安東尼奧尼的鏡頭搖過去，搖過去又搖過來。殘山剩水猶如是。皇天后土猶如是。紜紜黔首紛紛黎民從北到南猶如是。那裡面是中國嗎？那裡面當然還是中國永遠是中國。只是杏花春雨已不再，牧童遙指已不再，劍門細雨渭城輕塵也都已不再。然則他日思夜夢的那片土地，究竟在哪裡呢？

在報紙的頭條標題裡嗎？還是香港的謠言裡？還是傅聰的黑鍵白鍵馬思聰的跳弓撥弦？還是安東尼奧尼的鏡底勒馬洲的望中？還是呢，故宮博物院的壁頭和玻璃櫥內，京戲的鑼鼓聲中太白和東坡的韻裡？

杏花。春雨。江南。六個方塊字，或許那片土就在那裡面。而無論赤縣也好神州也好中國也好，變來變去，只要倉頡的靈感不滅美麗的中文不老，那形象，那磁石一般的向心力當必然長在。因爲一個方塊字是一個天地。太初有字，於是漢族的心靈他祖先的回憶和希望便有了寄託。譬如憑空寫一個「雨」字，點點滴滴，滂滂沱沱，淅瀝淅瀝淅瀝，一切雲情雨意，就宛然其中了。視覺上的這種美感，豈是什麼 rain 也好 pluie 也好所能滿足？翻開一部《辭源》或《辭海》，金木水火土，各成世界，而一入「雨」部，古神州的天顏千變萬化，便悉在望中，美麗的霜雪雲霞，駭人的雷電霹雹，展露的無非是神的好脾氣與壞脾氣，氣象臺百讀不厭門外漢百思不解的百科全書。

聽聽，那冷雨。看看，那冷雨。嗅嗅聞聞，那冷雨，舔舔吧那冷雨。雨在他的傘上這城市百萬人的傘上雨衣上屋上天線上雨下在基隆港在防波堤在海峽的船上，清明這季雨。雨是女性，應該最富於感性。雨氣空濛而迷幻，細細嗅嗅，清清爽爽新新，有一點點薄荷的香味，濃的時候，竟發出草和樹沐髮後特有的淡淡土腥氣，也許那竟是蚯蚓和蝸牛的腥氣吧，畢竟是驚蟄了啊。也許地上的地下的生命也許古中國層層疊疊的記憶皆蠢蠢而蠕，也許是植物的潛意識和夢吧，那腥氣。

第三次去美國，在高高的丹佛他山居了兩年。美國的西部，多山多沙漠，千里乾旱，天，藍似安格羅．薩克遜人的眼睛，地，紅如印第安人的肌膚，雲，卻是罕見的白鳥。落磯山簇簇耀目的雪峰上，很少飄雲牽霧。一來高，二來乾，三來森林線以上，杉柏也止步，中國詩詞裡「盪胸生層雲」，或是「商略黃昏雨」的意趣，是落磯山上難睹的景象。落磯山嶺之勝，在石，在雪。那些奇岩怪石，相疊互倚，砌一場驚心動魄的雕塑展覽，給太陽和千里的風看。那雪，白得虛虛幻幻，冷得清清醒醒，那股皚皚不絕一仰難盡的氣勢，壓得人呼吸困難，心寒眸酸。不過要領略「白雲迴望合，青靄入看無」的境界，仍須回來中國。臺灣濕度很高，最饒雲氣氤氳雨意迷離的情調。兩度夜宿溪頭，樹香沁鼻，宵寒襲肘，枕著潤碧濕翠蒼蒼交疊的山影和萬籟都歇的岑寂，仙人一樣睡去。山中一夜飽雨，次晨醒來，在旭日未升的原始幽靜中，衝著隔夜的寒氣，踏著滿地的斷柯折枝和仍在流瀉的細股雨水，一逕探入森林的祕密，曲曲彎彎，步上山去。溪頭的山，樹密霧濃，蓊鬱的水氣從谷底冉冉升起，時稠時稀，蒸騰多姿，幻化無定，只能從霧破雲開的空處，窺見乍現即隱的一峰半壑，要縱覽全貌，幾乎是不可能的。至少入山兩次，只能在白茫茫裡和溪頭諸峰玩捉迷藏的遊戲，回到臺北，世人問起，除了笑而不答心自閑，故作神祕之外，實際的印象，也無非山在虛無之間罷了。雲繚煙繞，山隱水迢的中國風景，由來予人宋畫的韻味。那天下也許是趙家的天下，那山水卻是米家的山水。而究竟，是米氏父子下筆像中國的山水，還是中國的山水上紙像宋畫。恐怕是誰也說不清楚了吧？

雨不但可嗅，可觀，更可以聽。聽聽那冷雨。聽雨，只要不是石破天驚的颱風暴雨，在聽覺上總是一種美感。大陸上的秋天，無論是疏雨滴梧桐，或是驟雨打荷葉，聽去總有一點凄涼，凄情，凄楚，於今在島上回味，則在凄楚之外，更籠上一層凄迷了。饒你多少豪情俠氣，怕也禁不起三番五次的風吹雨打。一打少年聽雨，紅燭昏沉。兩打中年聽雨，客舟中，江闊雲低。三打白頭聽雨在僧廬下，這便是亡宋之痛，一顆敏感心靈的一生：樓上，江上，廟裡，用冷冷的雨珠子串成。十年前，他曾在一場摧心折骨的鬼雨中迷失了自己。雨，該是一滴濕漓漓的靈魂，窗外在喊誰。

雨打在樹上和瓦上，韻律都清脆可聽。尤其是鏗鏗敲在屋瓦上，那古老的音樂，屬於中國。王禹偁在黃岡，破如椽的大竹爲屋瓦。據說住在竹樓上面，急雨聲如瀑布，密雪聲比碎玉，而無論鼓琴，詠詩，下棋，投壺，共鳴的效果都特別好。這樣豈不像住在竹筒裡面，任何細脆的聲響，怕都會加倍誇大，反而令人耳朵過敏吧。

雨天的屋瓦，浮漾溼溼的流光，灰而溫柔，迎光則微明，背光則幽黯，對於視覺，是一種低沉的安慰。至於雨敲在鱗鱗千瓣的瓦上，由遠而近，輕輕重重輕輕，夾著一股股的細流沿瓦槽與屋簷潺潺瀉下，各種敲擊音與滑音密織成網，誰的千指百指在按摩耳輪。「下雨了。」溫柔的灰美人來了，她冰冰的纖手在屋頂拂弄著無數的黑鍵啊灰鍵，把晌午一下子奏成了黃昏。

在古老的大陸上，千屋萬戶是如此。二十多年前，初來這島上，日式的瓦屋亦是如此。先是天黯了下來，城市像罩在一塊巨幅的毛玻璃裡，陰影在戶內延長復加深。然後涼涼的水意瀰漫在空間，風自每一個角落裡旋起，感覺得到，每一個屋頂上呼吸沉重都覆著灰雲。雨來了，最輕的敲打樂敲打這城市，蒼茫的屋頂，遠遠近近，一張張敲過去，古老的琴，那細細密密的節奏，單調裡自有一種柔婉與親切，滴滴點點滴滴，似幻似眞，若孩時在搖籃裡，一曲耳熟的童謠搖搖欲睡，母親吟哦鼻音與喉音。或是在江南的澤國水鄉，一大筐綠油油的桑葉被嚙於千百頭蠶，細細瑣瑣屑屑，口器與口器咀咀嚼嚼。雨來了，雨來的時候瓦這麼說，一片瓦說千億片瓦說，說輕輕地奏吧沉沉地彈，徐徐地叩吧撻撻地打，間間歇歇敲一個雨季，即興演奏從驚蟄到清明，在零落的墳上冷冷奏輓歌，一片瓦吟千億片瓦吟。

在日式的古屋裡聽雨，聽四月，霏霏不絕的黃梅雨，朝夕不斷，旬月綿延，濕黏黏的苔蘚從石階下一直侵到他舌底，心底。到七月，聽颱風颱雨在古屋頂上一夜盲奏，千噚海底的熱浪沸沸被狂風挾來，掀翻整個太平洋只爲向他的矮屋簷重重壓下，整個海在他的蝸殼上嘩嘩瀉過。不然便是雷雨夜，白煙一般的紗帳裡聽羯鼓一通又一通，滔天的暴雨滂滂沛沛撲來，強勁的電琵琶忐忐忑忑忐忐忑忑，彈動屋瓦的驚悸騰騰欲掀起。不然便是斜斜的西北雨斜斜，刷在窗玻璃上，鞭在牆上打在闊大的芭蕉葉上，一陣寒瀨瀉過，秋意便瀰漫日式的庭院了。

在日式的古屋裡聽雨，春雨綿綿聽到秋雨瀟瀟，從少年聽到中年，聽聽那冷雨。雨是一種單調而耐聽的音樂是室內樂是室外樂，戶內聽聽，戶外聽聽，冷冷，那音樂。雨是一種回憶的音樂，聽聽那冷雨，回憶江南的雨下得滿地是江湖下在橋上和船上，也下在四川在秧田和蛙塘下肥了嘉陵江下溼布穀咕咕的啼聲。雨是潮潮潤潤的音樂下在渴望的唇上舐舐那冷雨。

因爲雨是最最原始的敲打樂從記憶的彼端敲起。瓦是最最低沉的樂器灰濛濛的溫柔覆蓋著聽雨的人，瓦是音樂是雨傘撐起。但不久公寓的時代來臨，臺北你怎麼一下子長高了，瓦的音樂竟成了絕響。千片萬片的瓦翩翩，美麗的灰蝴蝶紛紛飛走，飛入歷史的記憶。現在雨下下來下在水泥的屋頂和牆上，沒有音韻的雨季。樹也砍光了，那月桂，那楓樹，柳樹和擎天的巨椰，雨來的時候不再有叢葉嘈嘈切切，閃動溼溼的綠光迎接。鳥聲減了啾啾，蛙聲沉了閣閣，秋天的蟲吟也減了唧唧。七十年代的臺北不需要這些，一個樂隊接一個樂隊便遺散盡了。要聽雞叫，只有去詩經的韻裡尋找。現在只剩下一張黑白片，黑白的默片。

正如馬車的時代去後，三輪車的時代也去了。曾經在雨夜，三輪車的油布篷掛起，送她回家的途中，篷裡的世界小得多可愛，而且躲在警察的轄區以外。雨衣的口袋越大越好，盛得下他的一隻手裡握一隻纖纖的手。臺灣的雨季這麼長，該有人發明一種寬寬的雙人雨衣，一人分穿一隻袖子，此外的部份就不必分得太苛。而無論工業如何發達，一時似乎還廢不了雨傘。只要雨不傾盆，風不橫吹，撐一把傘在雨中仍不失古典的韻味。任雨點敲在黑布傘或是透明的塑膠傘上，將骨柄一旋，雨珠向四方噴濺，傘緣便旋成了一圈飛簷。跟女友共一把雨傘，該是一種美麗的合作吧。最好是初戀，有點興奮，更有點不好意思，若即若離之間，雨不妨下大一點。眞正初戀，恐怕是興奮得不需要傘的，手牽手在雨中狂奔而去，把年輕的長髮和肌膚交給漫天的淋淋漓漓，然後向對方的唇上頰上嚐涼涼甜甜的雨水。不過那要非常年輕且激情，同時，也只能發生在法國的新潮片裡吧。

大多數的雨傘想不會爲約會張開。上班下班，上學放學，菜市來回的途中，現實的傘，灰色的星期三。握著雨傘，他聽那冷雨打在傘上。索性更冷一些就好了，他想。索性把溼溼的灰雨凍成乾乾爽爽的白雨，六角形的結晶體在無風的空中迴迴旋旋地降下來，等鬚眉和肩頭白盡時，伸手一拂就落了。二十五年，沒有受故鄉白雨的祝福，或許髮上下一點白霜是一種變相的自我補償吧。一位英雄，禁得起多少次雨季？他的額頭是水成岩削成還是火成岩？他的心底究竟有多厚的苔蘚？廈門街的雨巷走了二十年與記憶等長，一座無瓦的公寓在巷底等他，一盞燈在樓上的雨窗子裡，等他回去，向晚餐後的沉思冥想去整理青苔深深的記憶。前塵隔海。古屋不再。聽聽那冷雨。

——一九七四年春分之夜・選自九歌版《聽聽那冷雨》

輯二

沙田山居

從我的樓上望出去，馬鞍上奇拔而峭峻，屏於東方，使朝暾姍姍其來遲，鹿山巍然而逼近，魁梧的肩膂遮去半壁西天，催黃昏早半小時來臨，一個分神，夕陽便落進他的僧袖裡去了一爐晚霞，黃銅燒成赤金又化作紫灰與青煙壯哉崦嵫的神話，太陽的葬禮。

尺素寸心

接讀朋友的來信，尤其是遠自海外猶帶著異國風雲的航空信，確是人生一大快事，如果無須回信的話。回信，是讀信之樂的一大代價。久不回信，屢不回信，接信之樂必然就相對減少，以至於無，這時，友情便暫告中斷了，直到有一天在贖罪的心情下，你毅然回起信來。蹉跎了這麼久，接信之樂早變成欠信之苦。我便是這麼一位累犯的罪人，交遊千百，幾乎每一位朋友都數得出我的前科來的。英國詩人奧登曾說，他常常擱下重要的信件不回，躲在家裡看他的偵探小說。王爾德有一次對韓黎說：「我認得不少人，滿懷光明的遠景來到倫敦，但是幾個月後就整個崩潰了，因爲他們有回信的習慣。」顯然王爾德認爲，要過好日子，就得戒除回信的惡習。可見怕回信的人，原不只我一個。

回信，固然可畏，不回信，也絕非什麼樂事。書架上經常疊著百多封未回之信，「債齡」或長或短，長的甚至在一年以上，那樣的壓力，也絕非一個普通的罪徒所能負擔的。一疊未回的信，就像一群不散的陰魂，在我罪深孽重的心底幢幢作祟。理論上說來，這些信當然是要回的。我可以坦然向天發誓，在我清醒的時刻，我絕未存心不回人信。問題出在技術上。給我一整個夏夜的空閒，我該先回一年半前的那封信呢，還是七個月前的這封？隔了這麼久，恐怕連謝罪自譴的有效期也早過了吧？在朋友的心目中，你早已淪爲不值得計較的妄人。「莫名其妙！」是你在江湖上一致的評語。

其實，即使終於鼓起全部的道德勇氣，坐在桌前，準備償付信債於萬一，也不是輕易能如願的。七零八落的新簡舊信，漫無規則地充塞在書架上，抽屜裡，有的回過，有的未回，「只在此山中，雲深不知處」，要找到你決心要回的那一封，耗費的時間和精力，往往數倍於回信本身。再想像朋友接信時的表情，不是喜出望外，而是餘怒重熾，你那一點決心就整個崩潰了。你的債，永無清償之日。不回信，絕不等於忘了朋友，正如世上絕無忘了債主的負債人。在你惶恐的深處，惡魔的盡頭，隱隱約約，永遠潛伏著這位朋友的怒眉和冷眼，不，你永遠忘不了他。你眞正忘掉的，而且忘得那麼心安理得，是那些已經得你回信的朋友。

有一次我對詩人周夢蝶大發議論，說什麼「朋友寄贈新著，必須立刻奉覆，道謝與慶賀之餘，可以一句『定當細細拜讀』作結。如果拖上了一個星期或個把月，這封賀信就難寫了，因爲到那時候，你已經有義務把全書讀完，書既讀完，就不能只說些泛泛的美詞。」夢蝶聽了，爲之絕倒。可惜這個理論，我從未付之行動，一定喪失了不少友情。倒是有一次自己的新書出版，興匆匆地寄贈了一些朋友。其中一位過了兩個月才來信致謝，並說他的太太、女兒，和太太的幾位同事爭讀那本大作，直到現在還不曾輪到他自己，足見該書的魅力如何云云。這一番話是真是假，令我存疑至今。如果他是說謊，那眞是一大天才。

據說胡適生前，不但有求必應，連中學生求教的信也親自答覆，還要記他有名的日記，從不間斷。寫信，是對人週到，記日記，是對自己週到。一代大師，在著書立說之餘，待人待己，竟能那麼的周密從容，實在令人欽佩。至於我自己，筆札一道已經招架無力，日記，就更是奢侈品了。相信前輩作家和學人之間，書翰往還，那種優遊條暢的風範，應是我這一輩難以追摹的。梁實秋先生名滿天下，尺牘相接，因緣自廣，但是廿多年來，寫信給他，沒有一次不是很快就接到回信，而筆下總是那麼詼諧，書法又是那麼清雅，比起當面的談笑風生，又別有一番境界。我素來怕寫信，和梁先生通信也不算頻。何況《雅舍小品》的作者聲明過，有十一種信件不在他收藏之列，我的信，大概屬於他所列的第八種吧。據我所知，和他通信最密的，該推陳之藩。陳之藩年輕時，和胡適、沈從文等現代作家書信往還，名家手蹟收藏甚富，梁先生戲稱他爲 man of letters ，到了今天，該輪到他自己的書信被人收藏了吧。

朋友之間，以信取人，大約可以分成四派。第一派寫信如拍電報，寥寥數行，草草三二十字，很有一種筆挾風雷之勢。只是苦了收信人，驚疑端詳所費的功夫，比起寫信人紙上馳騁的時間，恐怕還要多出數倍。彭歌、劉紹銘、白先勇，可稱代表。第二派寫信如美女繡花，筆觸纖細，字跡秀雅，極盡從容不迫之能事，至於內容，則除實用的功能之外，更兼抒情，娓娓說來，動人清聽。宋淇、夏志清可稱典型。尤其是夏志清，怎麼大學者專描小小楷，而且永遠用廉便的國際郵簡？第三派則介於兩者之間，行乎中庸之道，不溫不火，舒疾有致，而且字大墨飽，面目十分爽朗。顏元叔、王文興、何懷碩、楊牧、羅門，都是「樣版人物」。尤其是何懷碩，總是議論縱橫，而楊牧則字稀行闊、偏又愛用重磅的信紙，那種不計郵費的氣魄，眞足以笑傲江湖。第四派毛筆作書，滿紙煙雲，體在行草之間，可謂反潮流之名士，羅青屬之。當然，氣魄最大的應推劉國松、高信疆，他們根本不寫信，只打越洋電話。

——一九七六年五月·選自純文學版《青青邊愁》

花鳥

客廳的落地長窗外，是一方不能算小的陽臺，黑漆的欄杆之間，隱約可見谷底的小村，人煙曖曖。當初發明陽臺的人，一定是一位樂觀外向的天才，才會突破家居的局限，把一個幻想的半島推向戶外，向山和海，向半空晚霞和一夜星斗。

陽台而無花，猶之牆壁而無畫，多麼空虛。所以一盆盆的花，便從下面那世界搬了上來。也不知什麼時候起，欄杆三面竟已偎滿了花盆，但這種美麗的移民一點也沒有計劃，歐陽修所謂的「淺深紅白宜相間，先後仍須次第栽」，是完全談不上的。這麼十幾盆栽，有的是初來此地，不畏辛勞，擠三等火車抱回來的，有的是同事離開中大的遺愛，也有的，是買了車後供在後座帶回來的。無論是什麼來歷，我們都一般看待。花神的孩子，名號不同，容顏各異，但迎風招展的神態都是動人的。

朝西一隅，是莖藤四延和欄杆已綢繆難解的紫藤，開的是一串串粉白帶淺紫的花朵。右邊是一盆桂苗，高只近尺，花時竟也有高潔清雅的異香，隨風漾來。近鄰是兩盆茉莉和一盆玉蘭。這兩種香草雖不得列於離騷狂吟的芳譜，她們細膩而幽邃的遠芬，卻是我無力抵抗的。開窗的夏夜，她們的體香迴泛在空中，一直遠飄來書房裡，嗅得人神搖搖而意惚惚，不能久安於座，總忍不住要推紗門出去，親近親近。比較起來，玉蘭修長的白瓣香得溫醇些，茉莉的叢蕊似更醉鼻饜心，總之都太迷人。

再過去是兩盆海棠。淺紅色的花，油綠色的葉，相配之下，別有一種民俗畫的色調，最富中國韻味，而秋海棠葉的象徵，從小已印在心頭。其旁還有一盆鐵海棠，虬蔓鬱結的刺莖上，開出四瓣對稱的深紅小花。此花生命力最強，暴風雨後，只有他屹立不搖，顏色不改。再向右依次是繡球花，蟹爪蘭，曇花，杜鵑。蟹爪蘭花色洋紅而神態凌厲，有張牙奮爪作勢攫人之意，簡直是一隻花魘，令我不敢親近。曇花已經綻過三次，一次還是雙葩對開，眞是吉夕素仙。夏秋之間，一夕盛放，皎白的千層長瓣，眼看她恣縱迅疾地展開，幽幽地吐出粉黃嬌嫩的簇蕊，卻像一切奇蹟那樣，在目迷神眩的異光中，甫啓即閉了。一年含蓄，只爲一夕的揮霍，大概是芳族之中最羞澀最自謙最沒有發表慾的一妹了。

在這些空中半島，啊不，空中花園之上，我是兩園丁之一，專掌澆水，每日夕陽沉山，便在晚霞的浮光裡，提一把白柄藍身的噴水壺，向眾芳施水。另一位園丁當然是陽台的女主人，專司殺蟲施肥，修剪枝葉，翻掘盆土。有時蓓蕾新發，野雀常來偷食，我就攘臂衝出去，大聲驅逐。而高台多悲風，腳下那山谷只敞對海灣，海風一起，便成了老子所謂「虛而不屈，動而愈出」的一具風箱。於是便輪到我一盆盆搬進屋來。寒流來襲，亦復如此。女園丁笑我是陶侃運甓。美，也是有代價的。

無風的晴日，盆花之間常依偎一隻白漆的鳥籠。裡面的客人是一隻灰翼藍身的小鸚鵡，我爲牠取名藍寶寶。走近去看，才發現翅膀不是全灰，而是灰中間白，並帶一點點藍；頸背上是一圈圈的灰紋，兩翼的灰紋則弧形相掩，飾以白邊，狀如魚鱗。翼尖交疊的下面，伸出修長幾近半身的尾巴，毛色深孔雀藍，常在籠欄邊拂來拂去。身體的細毛藍得很輕淺，很飄逸。胸前有一片白羽，上覆渾圓的小藍點，點數經常在變，少則兩點，長全時多至六點，排成弧形，像一條項鍊。

藍寶寶的可愛，不只外貌的嬌美。如果你有耐性，多跟牠做一會伴，就會發現牠的語言天才。牠參加我們的生活成爲最受寵愛的「小家人」才半年，韓惟全由美遊港，在我們家小住數日，首先發現牠在牙牙學語，學我們的人語。起先我們不信，以爲牠時發時歇的伊唔唼喋，不過是禽類的嘵嘵自語，無意識的饒舌罷了。經惟全一提醒，藍寶寶的斷續鳥語，在側耳細聽之下，居然有點人話的意思。只是有時囁嚅吞吐，似是而非，加以人腔鳥調，句逗含混不清，那意境在人禽之間，恐怕連公冶長再世，也難以體會，更無論聖芳濟了。

幸運的時候，藍寶寶會吐出三兩個短句：「小鳥過來」，「幹什麼」？「知道了」，「臭鳥不乖」，還有節奏起伏的「小鳥小鳥小小鳥」。小小曲喙的發音設備，畢竟和人嘴不可「同日而語」，所以人語的唇音齒音等等，藍寶寶雖有娓娓巧舌，仍是摹擬難工的。聽說要小鸚鵡認眞學話，得先施以剪舌的手術，剪了之後就不會那麼「大舌頭」了。此舉是否見效，我不知道，但為了推行人語而違反人道，太無聊也太殘忍了，我是絕對不肯的。無所不載無所不容的這世界，屬於人，也屬於花、鳥、蟲、魚；人類之間，禁止別人發言或強迫人人千口一辭，也就夠威武的了，又何必向禽獸去行人政呢？因此，盆中的鐵海棠，女園丁和我都任其自然，不加扭曲，而藍寶寶呢，會講幾句人話，固然能取悅於人，滿足主人的虛榮心，我們也任其自由發展，從不刻意去教牠。寫到這裡，又聽見藍寶寶在陽台上叫了。不過這一次牠是和外面的野雀呼應酬答，是在鳥語。

那樣的啁啾，該是羽類的世界語吧。而無論藍寶寶是在陽台上或是屋裡，只要左近傳來鳩呼或雀噪，牠一定脆音相應，一逗一答，一呼一和，旁聽起來十分有趣，或許在飛禽的世界裡，也像人世一樣，南腔北調，有各種複雜的方言，可惜我們莫能分辨，只好一概稱為鳥語。

平時說到鳥語，總不免想起「生生燕語明如翦，嚦嚦鶯聲溜的圓」之類的婉婉好音，絕少想到鳥語之中，也有極其可怖的一類。後來參觀底特律的大動物園，進入了籠高樹密的鳥苑，綠重翠疊的陰影裡，一時不見高棲的眾禽，只聽到四周怪笑吃吃，驚歎咄咄，厲呼磔磔，盈耳不知究竟有多少巫師隱身在幽處施法念咒，眞是聽覺上最駭人的一次經驗。看過希區考克的悚慄片「鳥」，大家驚疑之餘，都說眞想不到鳥類會有這麼「邪惡」。其實人類君臨這個世界，品嘗珍饈，饕餮萬物，把一切都視為當然，卻忘了自己經常捕囚或烹食鳥類的種種罪行有多麼殘忍了。兀鷹食人，畢竟先等人自斃；人食乳鴿，卻是一籠一籠地蓄意謀殺。

想到此地，藍光一閃，一片青雲飄落在我的肩上，原來是有人把藍寶寶放出來了。每次出籠，牠一定振翅疾飛，在屋裡迴翔一圈，然後棲在我肩頭或腕際。我的耳邊、頸背、頦下，是牠最愛來依偎探討的地方。最溫馴的時候，牠會憩在人的手背，低下頭來，用小喙親吻人的手指，一動也不動地，討人歡喜。有時牠更會從嘴裡吐出一粒「雀粟」來，邀你共享，據說這是牠表示友誼的親切舉動，但你儘可放心，牠不會強人所難的，不一會，牠又逕自啄回去了。有時牠也會輕咬你的手指頭，並露出牠可笑的花舌頭。興奮起來，牠還會不斷地向你磕頭，頸毛鬆開，瞳仁縮小，嘴裡更是呢呢喃喃，不知所云。不過所謂「小鳥依人」，只是片面的，只許牠來親人，不許你去撫牠。你才一伸手，牠立刻回過身來面對著你，注意你的一舉一動，不然便是藍羽一張，早已飛之冥冥。

不少朋友在我的客廳裡，常因這一閃藍雲的猝然降臨而大吃一驚。女作家心岱便是其中的一位。說時遲那時快，藍寶寶華麗的翅膀一收，已經棲在她手腕上了。心岱驚魂未定，只好強自鎮靜，聽我們向她誇耀小鳥的種種。後來她回到臺北，還在「聯合副刊」發表〈藍寶〉一文，以記其事。

我發現，許多朋友都不知道養一隻小鸚鵡有多麼有趣，又多麼簡單。小鸚鵡的身價，就牠帶給主人的樂趣說來，是非常便宜的。在臺灣，每隻約售六、七十元，在香港只要港幣六元，美國的超級市場裡也常有出售，每隻不過五、六元美金。在丹佛時，我先後養過四隻，其中黃底灰紋的一隻毛色特別嬌嫩，算是珍品，則是花十五元美金買來的。買小鸚鵡時，要注意兩件事情。年齡要看額頭和鼻端，額上黑紋愈密，鼻上色澤愈紫，則愈幼小，要買，當然要初生的稚嬰，才容易和你親近。至於健康呢，則要翻過身來看牠的肛門，周圍的細白絨毛要乾，才顯得消化良好。小鸚鵡最怕瀉肚子，一瀉就糟。

此外的投資，無非是一隻鳥籠，兩枝棲木，一片魚骨，和極其迷你的水缸粟缽而已。魚骨的用場，是供牠啄食，以吸取充分的鈣質。那麼小的肚子，耗費的粟量當然有限，再窮的主人也供得起的。有時為了調劑，不妨餵一點青菜和果皮，讓牠啄個三五口，也就夠了。熟了以後，可以放出籠來，任牠自由飛憩，不過門窗要小心關好，否則牠愛向亮處飛，極易奪門而去。我養過的近十頭小鸚鵡之中，就有兩頭是這麼無端飛掉的。有了這種傷心的教訓，我只在晚上才敢把鳥放出籠來。

小鳥依人，也會纏人，過分親狎之後，也有煩惱的。你吃蘋果，牠便飛來奇襲，與人爭食。你特別削一小片餵牠，牠只淺嘗三兩口，仍縱回你的口邊，定要和你分享大塊。你看報，牠便來嚼食紙邊，吃得津津有味。你寫字呢，牠便停在紙上，研究你寫些什麼，甚至以為筆尖來回揮動是在逗牠玩樂，便來追咬你的筆尖。要趕牠回籠，可不容易。如果牠玩得還未盡興，則無論你如何好言勸誘或惡聲威脅，都不能使牠俯首歸心。最後只有關燈的一招，在黑暗裡，牠是不敢飛的。於是你伸手擒來，毛茸茸軟溫溫的一團，小心臟抵著你的手心猛跳，吱吱的抗議聲中，你已經把牠置回籠裡。

藍寶寶是大埔的菜市上六元買來的，在我所有的「禽緣」裡，牠是最乖巧最可愛的一隻，現在，即使有誰出六千元，我也不肯捨棄牠的。前年夏天，我們舉家回臺北去，只好把藍寶寶寄在宋淇府上，勞宋夫人做了半個月的「鳥媽媽」。記得交託之時，還鄭重其事，擬了一張「養鳥須知」的備忘錄，懸於籠側，文曰：

一　小米一缽，清水半缸，間日一換，不食煙火，儼然羽仙。

二　風口日曝之處，不宜放置鳥籠。

三　無須爲鳥沐浴，造化自有安排。

四　智商髫鬌兩歲稚嬰。略通人語，頗喜傳訛。閨中隱私，不宜多言，愼之愼之。

——一九七七年五月・選自純文學版《青青邊愁》

開卷如開芝麻門

「人生識字憂患始，姓名麤記可以休。」項羽這種英雄人物，當然不喜歡讀書。劉邦也不喜歡讀書，甚至也不喜歡讀書人。不過劉邦會用讀書人，項羽有范增而不會用，漢勝楚敗，也是一大原因。蘇軾這兩句詩倒也不盡是戲言，因爲一個人把書讀認眞了，就忍不住要說眞話，而說眞話常有嚴重的後果。這一點，坐牢貶官的蘇軾當然深有體會。而在社會主義的新社會裡，一個人甚至不必舞文弄墨說什麼眞話，就憑他讀過幾本書的「成份」，已經憂患無窮了。

這種「讀書有罪」的意識加於讀書人的身分壓力，在資本主義的社會裡，也感覺得到。海外的知識分子裡，也有一些人只因自己讀過幾本書而忸怩不安，甚至感到罪孽深重。爲了減輕心頭的壓力，他們盡量低抑自己知識分子的形象，或者搬弄幾個十九世紀的老名詞來貶低其他的知識分子，以示彼此有別。

其實在目前的社會，知識分子與非知識分子之間，早已愈來愈難「劃清界限」。義務教育愈來愈普及，大眾媒介也多少在推行社會教育，而各行各業的在職訓練也不失爲一種專才教育，所以年輕人裡要找絕對的非知識分子，已經很難了。且舉一例，每年我回台北，都覺得計程車司機的知識水準在逐漸提高。從駱駝祥子到三輪車夫，從三輪車夫到今日的計程車司機，這一行在這一方面顯然頗有變化。其他行業，或多或少，也莫不如此。中國大陸，從以前的批鬥學者、紅而不專、焚書鎖書、白卷主義，到目前的鼓吹尊重知識分子，要幹部學文化，要人民學禮貌，要學者出國深造等等，也都顯示了反知主義的重大錯誤。到今天，我們都應該承認，無論在什麼社會，要是把讀過書的人劃爲一個特殊的階級，使他和其他的人對立起來，甚至加以羞辱、壓抑，絕非健康之舉。

讀書其實只是交友的延長。我們交友，只能以時人爲對象，而且朋友的數量畢竟有限。但是靠了書籍，我們可以廣交異時和異地的朋友；要說擇友，那就更自由了。一個人的經驗當然以親身得來的最爲眞切可靠，可是直接的經驗畢竟有限。讀書，正是吸收間接的經驗。生活至上論者說讀書是逃避現實，其實讀書是擴大現實，擴大我們的精神世界。就算是我們的親身經驗，也不妨多聽聽別人對相似的經驗有什麼看法，以資印證。相反地，我認爲不讀書的人才逃避現實，因爲他只生活在一種空間。英國文豪約翰生說：「寫作的唯一目的，是幫助讀者更能享受或忍受人生。」倒過來說，讀書的目的也在加強對人生的享受，如果你得意；或是對人生的忍受，如果你失意。

在知識爆炸的現代，書，是絕對讀不完的，如果讀書不得其法，則一味多讀也並無意義。古人矜博，常說什麼「於學無所不窺」，什麼「一物不知，君子之恥」。西方在文藝復興時代，也多通人，即所謂 Renaissance Man 。十六世紀末年，培根在給伯利勳爵的信中竟說：「天下學問皆吾本分。」現代的學者，誰敢講這種話呢？學問的專業化與日俱進，書愈出愈多，知識愈積愈厚，所以愈到後代，愈不容易做學問世界的亞歷山大了。

不過，知識爆炸不一定就智慧增高。我相信，今人的知識一定勝過古人，但智慧則未必。新知識往往比舊知識豐富、正確，但是眞正的智慧卻難分新舊。知識，只要收到就行了。智慧卻需要再三玩味，反覆咀嚼，不斷印證。如果一本書愈讀愈有味，而所獲也愈豐，大概就是智慧之書了。據說《天路歷程》的作者班揚，生平只熟讀一部書——《聖經》。米爾頓是基督教的大詩人，當然也熟讀《聖經》，不過他更博覽群書。其結果，班揚的成就也不比米爾頓遜色多少。眞能善讀一本智慧之書的讀者，離眞理總不會太遠，無論知識怎麼爆炸，也會得魚忘筌的吧。

叔本華說：「只要是重要的書，就應該立刻再讀一遍。」他所謂的重要的書，正是我所謂的智慧之書。要考驗一本書是否不朽，最可靠的試金石當然是時間。古人的經典之作已經有時間爲我們鑑定過了；今人的呢，可以看看是否禁得起一讀再讀。一切創作之中，最耐讀的恐怕是詩了。就我而言，「峨眉山月半輪秋」和「岐王宅裡尋常見」，我讀了幾十年，幾百遍了，卻並未讀厭；所以趙翼的話「至今已覺不新鮮」是說錯了。其次，散文、小說、戲劇，甚至各種知性文章等等，只要是傑作，自然也都耐讀。奇怪的是，詩最短，應該一覽無遺，卻時常一覽不盡。相反地，卷帙浩繁，令人讀來廢寢忘餐的許多偵探故事和武俠小說，往往不能引人看第二遍。凡以情節取勝的作品，眞相大白之後也就完了。眞正好的小說，很少依賴情節。詩最少情節，就連敘事詩的情節，也比小說稀薄，所以詩最耐讀。

朱光潛說他拿到一本新書，往往先翻一兩頁，如果發現文字不好，就不讀下去了。我要買書時，也是如此。這種態度，不能斥爲形式主義，因爲一個人必須想得清楚，才能寫得清楚；反之，文字夾雜不清的人，思想一定也混亂。所以文字不好的書，不讀也罷。有人立刻會說，文字清楚的書，也有一些淺薄得不值一讀。當然不錯，可是文字既然清楚，淺薄的內容也就一目了然，無可久遁。倒是偶爾有一些書，文字雖然不夠清楚，內容卻有其份量，未可一概抹煞。某些哲學家之言便是如此。不過這樣的哲學家，我也只能稱爲有份量的哲學家，無法稱爲清晰動人的作家。如果有一位哲學家的哲學與唐君毅的相當或相近，而文字卻比較清暢，我寧可讀他的書，不讀唐書。一位作家如果在文字表達上不爲讀者著想，那就有一點「目無讀者」，也就不能怪讀者可能「目無作家」了。朱光潛的試金法，頗有道理。

凡是值得讀的智慧之書，都值得精讀，而且再三誦讀。古人所謂的「一目十行」，只是修辭上的誇張。「一目十行」只有兩種情形：一是那本書不値得讀，二是那個人不會讀書。精讀一本書或一篇作品，也有兩種情形。一是主動精讀，那當然自由得很。二是被迫精讀，那就是以該書或該文爲評論、翻譯或教課的對象。要把一本書論好、譯好、教好，怎能不加精讀？所以評論家（包括編者、選家、註家）、翻譯家、教師等等都是很特殊的讀者，被迫的精讀者。這種讀者一方面爲勢所迫，只許讀通，不許讀錯；一方面較有專業訓練，當然讀得更精。禁得起這批特殊讀者再三精讀的書，想必是佳作。禁得起他們讀上幾十年幾百年的書，一定成爲經典了。普通的讀者呢，當然也有他們的影響力，但是往往接受特殊讀者的「意見領導」。

世界上的書太多了，就算是智慧之書也讀不完，何況愈到後代，書的累積也愈大。一個人沒有讀過的書永遠多於讀過的書，淺嘗之作也一定多於精讀之作。不要說陌生人寫的書了，就連自己朋友寫的書，也沒有辦法看完，不是不想看完，而是根本沒有時間，何況歷代還有那麼多的好書，早就該看而一直沒看的，正帶著責備的眼色等你去看。對許多人說來，永遠只有很少的書曾經精讀，頗多的書曾經略讀，更多的書只是道聽塗說，而絕大多數的書根本沒聽說過。

略讀的書單獨看來似乎沒有多大益處，但一加起來就不同了。限於時間和機緣，許許多多的好書只能略加翻閱，不能深交。不過這種點頭之交（nodding acquaintance）十分重要，因爲一旦需要深交，你知道該去那裡找他。很多深交都是這麼從初交變成的。略讀之網撒得愈廣愈好。眞正會讀書的人，一定深諳略讀之道，即使面對千百好書，也知道遠近緩急之分。要點在於：妄人常把略讀當成深交，智者才知道那不過是點頭淺笑。有些書不但不宜精讀，且亦不必略讀，只能備讀，例如字典。據說有人讀過《大英百科全書》；這簡直是以網汲水，除了迂闊之外，不知道還能證明什麼？

有些人略讀，作爲精讀的妥協，許多大學者也不免如此。有些人只會略讀，因爲他們沒有精讀的訓練或毅力。更有些人略讀，甚至掠讀，只爲了附庸風雅。這種態度當然會產生弊端，常被識者所笑。我倒覺得附庸風雅也不全是壞事，因爲有人爭附風雅，正顯得風雅當道，風雅有「善勢力」，逼得一般人都來攀附，未必心服，卻至少口服。換了是野蠻當道，野蠻擁有惡勢力，如文革時期，大家燒書丟書都來不及，還有誰敢附庸風雅呢？

附庸風雅的人多半是後知後覺，半知半覺，甚或是不知不覺，但是他們不去學野蠻，卻來學風雅，也總算見賢思齊，有心向善，未可厚非。有人附庸風雅，才有人來買書，有人買書，風雅才能風雅下去。據我看來，附庸風雅的人不去圖書館借書，只去書店買書。新書買來了，握在手裡，提在口頭，陳於架上，才有文化氣息。書香，也不能不靠銅臭。

當然，買書的人並非都在附庸風雅。文化要發達，書業要旺盛，實質上要靠前述的那一小撮核心分子的特殊讀者來推波助瀾。一般讀者正是那波瀾，至於附庸風雅的人，就是波瀾激起的浪花，更顯得波瀾之壯闊多姿。大致說來，有錢人不買書，就算「買點文化」來做客廳風景，也是適可而止。反過來呢，愛書的人往往買不起文化，至少不能放手暢買，到精神的奢侈得以饜足的程度。

亞歷山大恨世界太小，更無餘地可以征服，牛頓卻歎學海太大，只能在岸邊拾貝。書海，也就是學海了。逛大書店，對華美豪貴的精裝巨書手撫目迷，「意淫」一番，充其量只像加州的少年在灘邊踏板衝浪罷了，至於海，是帶不回家的。我在香港，每個月大概只買三百元左右的書刊，所收台港兩地的贈書恐怕也值三百元。這樣子的買文化，只能給我「過屠門而磨牙」的感覺，連小康也沾不上，遑論豪奢？要我放手暢買的話，十萬元也不嫌多。

看書要舒服，當然要買硬封面的精裝本，但價格也就高出許多。軟封面的平裝本，尤其是膠背的一種，反彈力強得惱人，攤看的時候總要用手去鎭壓。遇到翻譯或寫評時需要眾書並陳，那就不知要動員多少東西鎭壓這一批不馴之徒。檯燈、墨水瓶、放大鏡、各種各樣的字典和參考書，一時紛然雜陳，爭據桌面，眞是牽一髮而動全身。這時，眞恨不得我的書桌大得像一張乒乓球桌，或是其形如扇，而我坐在扇柄的焦點。我曾在倫敦的卡萊爾故居，見到文豪生前常用的一張扶手椅，左邊的扶手上裝著一具閱讀架，可以把翻開的書本斜倚在架上，架子本身也可作九十度的推移，椅前還有一只厚墊可以擱腳。不過，這只能讓人安坐久讀，卻不便寫作時並覽眾書。

有時新買了一冊漂亮的貴書回來，得意摩挲之餘，不免也有一點犯罪感，好像是娶了一個妾，不但對不起原有的滿架藏書，也有點對不起太太。書房裡一架架的藏書，有許多本我非但不曾精讀，甚至略讀也說不上，辜負了眾美，卻又帶了一位回來，豈不成了阿拉伯的油王？至於太太呢，她也有自己的嗜好呀，例如玉器，卻捨不得多買。要是她也不時這麼放縱一下，又怎麼辦呢？而我，前幾天不是才買過一批書嗎，怎麼又要買了？我的理由，例如文化投資，研究必備等等，當然都光明正大。幸好太太也不是未開發的頭腦，每次見我牽了新歡進門，最多縱容地輕歎一聲，也就姑息下去了。其實對我自己說來，不斷買書，雖然可以不斷滿足佔有慾而樂在其中，但是煩惱也在其中。爲學問著想，我看過的書太少；爲眼睛著想，我看過的書又太多了。這矛盾始終難解，太太又不斷恫嚇我說，再這麼鷺鷥一般彎頸垂頭在書頁的田埂之上，要防頸骨惡化，脊骨退化，並舉幾個朋友做反面教材。

除了這些威脅的陰影之外，最大的問題是書的收藏。每個讀書人的藏書，都是用時不夠，藏時嫌多。我在台北的藏書原有兩千多冊，去港九年蒐集的書也有一千多冊了，不但把辦公室和書房堆得滿坑滿谷，與人爭地，而且採行擴充主義，一路侵入客廳、飯廳、臥室、洗衣間，只見東一堆，西一疊，各佔山頭，有進無退，生存的空間飽受威脅。另一現象，是不要的書永遠在肘邊，要找的呢，就忽然神祕失蹤，到你不要時又自動出現。我對太太說，總有一天我們車尾的行李箱也要用來充書庫了。問題是，這幾千本書目前雖可用「雙城記」分藏在台北和香港，將來我遷回台北，這「兩地書」卻該怎麼合併？

然而書這東西，寧願它多得成災，也不願它少得寂寞。從封面到封底，從序到跋，從扉頁的憧憬到版權的現實，書的天地之大，絕不只於什麼黃金屋和顏如玉。那美麗的扉頁一開，眞有「芝麻開門」的神祕誘惑，招無數心靈進去探寶。古人爲了一本借來的書限期到了，要在雪地裡長途跋涉去還給原主。在書荒的抗戰時代，我也曾爲了喜歡一本借來的天文學入門，在搖曳如夢的桐油燈下逐夜抄錄。就在那時，陸蠡爲了追討日本兵沒收去的書籍，而受刑致死。在書劫的文革時期，除了那本紅小書隨風飛揚如楓林之外，一切封資修的毒草害書，不是抄走，便是鎖起，或者被焚於比秦火更烈的火裡。無數的讀書人都訣別了心愛的藏書，可驚的是，連帝俄的作家都難逃大劫。請看四川詩人流沙河的〈焚書〉吧：

留你留不得，
藏你藏不住。
今宵送你進火爐，
永別了，
契訶夫！

夾鼻眼鏡山羊鬍，
你在笑，我在哭。
灰飛煙滅光明盡，
永別了，
契訶夫！

——一九八三年六月於廈門街・選自洪範版《記憶像鐵軌一樣長》

沙田山居

書齋外面是陽台，陽台外面是海，是山，海是碧湛湛的一彎，山是青鬱鬱的連環。山外有山，最遠的翠微淡成一裊青煙，忽焉似有，再顧若無，那便是，大陸的莽莽蒼蒼了。日月閒閒，有的是時間與空間。一覽不盡的青山綠水，馬遠夏圭的長幅橫披，任風吹，任鷹飛，任眇眇之目舒展來回，而我在其中俯仰天地，呼吸晨昏，竟已有十八個月了。十八個月，也就是說，重九的陶菊已經兩開，中秋的蘇月已經圓過兩次了。

海天相對，中間是山，即使是秋晴的日子，透明的藍光裡，也還有一層輕輕的海氣，疑幻疑眞，像開著一面玄奧的迷鏡，照鏡的不是人，是神。海與山綢繆在一起，分不出，是海侵入了山間，還是山誘俘了海水，只見海把山圍成了一角角的半島，山呢，把海圍成了一汪汪的海灣。山色如環，困不住浩淼的南海，畢竟在東北方缺了一口，放檣桅出去，風帆進來。最是晴艷的下午，八仙嶺下，一艘白色渡輪，迎著酣美的斜陽悠悠向大埔駛去，整個吐露港平鋪著千頃的碧藍，就爲了反襯那一影耀眼的潔白。起風的日子，海吹成了千畝藍田，無數的百合此開彼落。到了夜深，所有的山影黑沉沉都睡去，遠遠近近，零零落落的燈全睡去，只留下一陣陣的潮聲起伏，永恒的鼾息，撼人的節奏撼我的心血來潮。有時十幾盞漁火赫然，浮現在闃黑的海面，排成一彎弧形，把漁網愈收愈小，圍成一叢燦燦的金蓮。

海圍著山，山圍著我。沙田山居，峰迴路轉，我的朝朝暮暮，日起日落，月望月朔，全在此中度過，我成了山人。問余何事棲碧山，笑而不答，山已經代我答了。其實山並未回答，是鳥代山答了，是蟲，是松風代山答了。山是禪機深藏的高僧，輕易不開口的。人在樓上倚欄干，山列坐在四面如十八尊羅漢疊羅漢，相看兩不厭。早晨，我攀上佛頭去看日出，黃昏，從聯合書院的文學院一路走回來，家，在半山腰上等我，那地勢，比佛肩要低，卻比佛肚子要高些。這時，山什麼也不說，只是爭噪的鳥雀洩漏了他愉悅的心境。等到眾鳥棲定，山影茫然，天籟便低沉下去，若斷若續，樹間的歌者才歇下，草間的吟哦又四起。至於山坳下面那小小的幽谷，形式和地位都相當於佛的肚臍，深凹之中別有一番諧趣。山谷是一個愛音樂的村女，最喜歡學舌擬聲，可惜太害羞，技巧不很高明。無論是鳥鳴犬吠，或是火車在谷口揚笛路過，她都要學叫一聲，落後半拍，應人的尾音。

從我的樓上望出去，馬鞍山奇拔而峭峻，屏於東方，使朝暾姍姍其來遲。鹿山巍然而逼近，魁梧的肩臂遮去了半壁西天，催黃昏早半小時來臨，一個分神，夕陽便落進他的僧袖裡去了。一爐晚霞，黃銅燒成赤金又化作紫灰與青煙，壯哉崦嵫的神話，太陽的葬禮。陽台上，坐看晚景變幻成夜色，似乎很緩慢，又似乎非常敏捷，才覺霞光烘頰，餘曛在樹，忽然變生咫尺，眈眈的黑影已伸及你的肘腋，夜，早從你背後襲來。那過程，是一種絕妙的障眼法，非眼睫所能守望的。等到夜色四合，黑暗已成定局，四圍的山影，重甸甸陰森森的，令人肅然而恐。尤其是西屏的鹿山，白天還如佛如僧，藹然可親，這時竟收起法相，龐然而踞，黑毛茸蒙如一尊暗中伺人的怪獸，隱然，有一種潛伏的不安。

千山磅礴的來勢如壓，誰敢相撼？但是雲煙一起，莊重的山態便改了。霧來的日子，山變成一座座的列嶼，在白煙的横波迴瀾裡，載浮載沉。八仙嶺果眞化作了過海的八仙，時在波上，時在瀰漫的雲間。有一天早晨，舉目一望，八仙和馬鞍和遠遠近近的大小眾峰，全不見了，偶爾雲開一線，當頭的鹿山似從天隙中隱隱相窺，去大埔的車輛出沒在半空。我的陽台脫離了一切，下臨無地，在洶湧的白濤上自由來去。谷中的雞犬從雲下傳來，從夐遠的人間。我走去更高處的聯合書院上課，滿地白雲，師生衣袂飄然，都成了神仙。我登上講壇說道，煙雲都穿窗探首來旁聽。

起風的日子，一切雲雲霧霧的朦朧氤氳全被拭淨，水光山色，纖毫悉在鏡裡。原來對岸的八仙嶺下，歷歷可數，有這許多山村野店，水滸人家。半島的天氣一日數變，風驟然而來，從海口長驅直入，腳下的山谷頓成風箱，抽不盡滿壑的咆哮翻騰。蹂躪著羅漢松與蘆草，掀翻海水，吐著白浪，風是一群透明的猛獸，奔踹而來，呼嘯而去。

海潮與風聲，即使撼天震地，也不過爲無邊的靜加註荒情與野趣罷了。最令人心動而神往的，卻是人爲的騷音。從清早到午夜，一天四十多班，在山和海之間，敲軌而來，鳴笛而去的，是九廣鐵路的客車，貨車，豬車。曳著黑煙的飄髮，蟠蜿著十三節車廂的修長之軀，這些工業時代的元老級交通工具，仍有舊世界迷人的情調，非協和的超音速飛機所能比擬。山下的鐵軌向北延伸，延伸著我的心弦。我的中樞神經，一日四十多次，任南下又北上的千隻鐵輪輪番敲打，用鋼鐵火花的壯烈節奏，提醒我，藏在谷底的並不是洞裡桃源，住在山上，我亦非桓景，即使王粲，也不能不下樓去：

欄干三面壓人眉睫是青山
碧螺黛迤邐的邊愁欲連環
疊嶂之後是重巒，一層淡似一層
湘雲之後是楚煙，山長水遠
五千載與八萬萬，全在那裡面……

——選自純文學版《青青邊愁》（一九八五年四月）

夜讀叔本華

體系博大思慮精純的哲學名家不少，但是文筆清暢引人入勝的卻不多見。對於一般讀者，康德這樣的哲學大師永遠像一座牆峭塹深的名城，望之十分壯觀，可惜警衛嚴密，不得其門而入。這樣的大師，也許體系太大，也許思路太玄，也許只顧言之有物，不暇言之動聽，總之好處難以句摘。所以翻開任何諺語名言的詞典，康德被人引述的次數遠比培根、尼采、羅素、桑泰耶納一類哲人為少。叔本華正屬於這澄明透徹易於句摘的一類。他雖然不以文采斐然取勝，但是他的思路清晰，文字乾淨，語氣堅定，讀來令人眼明氣暢，對哲人寂寞而孤高的情操無限神往。夜讀叔本華，一杯苦茶，獨斟千古，忍不住要轉譯幾段出來，和讀者共賞。我用的是企鵝版英譯的《叔本華小品警語錄》（Arthur Schopenhauer: *Essays and Aphorisms*）：

作家可以分為流星、行星、恆星三類。第一類的時效只在轉瞬之間：你仰視而驚呼：

「看哪！」——他們卻一閃而逝。第二類是行星，耐久得多。他們離我們較近，所以亮度往往勝過恆星，無知的人以爲那就是恆星了。但是他們不久也必然消逝；何況他們的光輝不過借自他人，而所生的影響只及於同時的行人（也就是同輩）。只有第三類不變，他們堅守著太空，閃著自己的光芒，對所有的時代保持相同的影響，因爲他們沒有視差，不隨我們觀點的改變而變形。他們屬於全宇宙，不像別人那樣只屬於一個系統（也就是國家）。正因爲恆星太高了，所以他們的光輝要好多年後才照到世人的眼裡。

叔本華用天文來喻人文，生動而有趣。除了說恆星沒有視差之外，他的天文大致不錯。叔本華的天文倒令我聯想到徐霞客的地理。徐霞客在遊太華山日記裡寫道：「未入關，百里外即見太華屼出雲表；及入關，反爲岡隴所蔽。」太華山就像一個偉人，要在夠遠的地方才見其巨大。世人習於貴古賤今，總覺得自己的時代沒有偉人。梵谷離我們夠遠，我們才把他看清，可是當日阿羅的市民只看見一個瘋子。

風格正如心靈的面貌，比肉體的面貌更難作假。摹仿他人的風格，等於戴上一副假面具；不管那面具有多美，它那死氣沉沉的樣子很快就會顯得索然無味，使人受不了，反而歡迎其醜無心的眞人面貌。學他人的風格，就像是在扮鬼臉。

作家的風格各如其面，寧眞而醜，勿假而妍。這比喻也很傳神，可是也會被平庸或懶惰的作家用來解嘲。這類作家無力建立或改變自己的風格，只好繃著一張沒有表情或者表情不變的面孔，看到別的作家表情生動而多變，反而說那是在扮鬼臉。頗有一些作家喜歡標榜「樸素」。其實樸素應該是「藏巧」，不是「藏拙」，應該是「藏富」，不是「炫窮」。拚命說自己樸素的人，其實是在炫耀美德，已經不太樸素了。

「不讀」之道才眞是大道。其道在於全然漠視當前人人都熱中的一切題目。不論引起轟動的是政府或宗教的小冊子，是小說或者是詩，切勿忘記，凡是寫給笨蛋看的東西，總會吸引廣大讀者。讀好書的先決條件，就是不讀壞書：因爲人壽有限。

這一番話說得斬釘截鐵，痛快極了。不過，話要說得痛快淋漓，總不免帶點武斷，把眞理的一筆帳，四捨五入，作斷然的處理。叔本華漫長的一生，在學界和文壇都不得意。他的傳世傑作《意志與觀念的世界》在他三十一歲那年出版，其後反應一直冷淡，十六年後，他才知道自己的滯銷書大半是當作廢紙賣掉了的。叔本華要等待很多很多年，才等到像華格納、尼采這樣的知音。他的這番話爲自己解嘲，痛快的背後難免帶點酸意。其實曲高不一定和寡，也不一定要久等知音，披頭的歌曲可以印證。不過這只是次文化的現象，至於高文化，最多只能「小眾化」而已。轟動一時的作品，雖經報刊鼓吹，市場暢售，也可能只是一個假象，「傳後率」

不高。判別高下，應該是批評家的事，不應任其商業化，取決於什麼排行榜。這其間如果還有幾位文教記者來推波助瀾，更據以教訓滯銷的作家要反省自己孤芳的風格，那就是僭越過甚，誤會採訪就是文學批評了。

——原載一九八五年六月二日《聯合報》副刊・選自九歌版《憑一張地圖》

我的四個假想敵

二女幼珊在港參加僑生聯考，以第一志願分發台大外文系。聽到這消息，我鬆了一口氣，從此不必擔心四個女兒統統嫁給廣東男孩了。

我對廣東男孩當然並無偏見，在港六年，我班上也有好些可愛的廣東少年，頗討老師的歡心，但是要我把四個女兒全都讓那些「靚仔」、「叻仔」擄掠了去，卻捨不得。不過，女兒要嫁誰，說得灑脫些，是她們的自由意志，說得玄妙些呢，是因緣，做父親的又何必患得患失呢？何況在這件事上，做母親的往往位居要衝，自然而然成了女兒的親密顧問，甚至親密戰友，作戰的對象不是男友，卻是父親。等到做父親的驚醒過來，早已腹背受敵，難挽大勢了。

在父親的眼裡，女兒最可愛的時候是在十歲以前，因為那時她完全屬於自己。在男友的眼裡，她最可愛的時候卻在十七歲以後，因為這時她正像畢業班的學生，已經一心向外了。父親和男友，先天上就有矛盾。對父親來說，世界上沒有東西比稚齡的女兒更完美的了，唯一的缺點就是會長大，除非你用急凍術把她久藏，不過這恐怕是違法的，而且她的男友遲早會騎了俊馬或摩托車來，把她吻醒。

我未用太空艙的凍眠術，一任時光催迫，日月輪轉，再揉眼時，怎麼四個女兒都已依次長大，昔日的童話之門砰地一關，再也回不去了。四個女兒，依次是珊珊、幼珊、佩珊、季珊。簡直可以排成一條珊瑚礁。珊珊十二歲的那年，有一次，未滿九歲的佩珊忽然對來訪的客人說：「喂，告訴你，我姐姐是一個少女了！」在座的大人全笑了起來。

曾幾何時，惹笑的佩珊自己，甚至最幼稚的季珊，也都在時光的魔杖下，點化成「少女」了。冥冥之中，有四個「少男」正偷偷襲來，雖然躡手躡足，屏聲止息，我卻感到背後有四雙眼睛，像所有的壞男孩那樣，目光灼灼，心存不軌，只等時機一到，便會站到亮處，裝出僞善的笑容，叫我岳父。我當然不會應他。那有這麼容易的事！我像一棵果樹，天長地久在這裡立了多年，風霜雨露，樣樣有份，換來果實纍纍，不勝負荷。而你，偶爾過路的小子，竟然一伸手就來摘果子，活該蟠地的樹根絆你一跤！

而最可惱的，卻是樹上的果子，竟有自動落入行人手中的樣子。樹怪行人不該擅自來摘果子，行人卻說是果子剛好掉下來，給他接著罷了。這種事，總是裡應外合才成功的。當初我自己結婚，不也是有一位少女開門揖盜嗎？「堡壘最容易從內部攻破」，說得眞是不錯。不過彼一時也，此一時也。同一個人，過街時討厭汽車，開車時卻討厭行人。現在是輪到我來開車。

好多年來，我已經習於和五個女人爲伍，浴室裡瀰漫著香皂和香水氣味，沙發上散置皮包和髮捲，餐桌上沒有人和我爭酒，都是天經地義的事。戲稱吾廬爲「女生宿舍」，也已經很久了。做了「女生宿舍」的舍監，自然不歡迎陌生的男客，尤其是別有用心的一類。但是自己轄下的女生，尤其是前面的三位，已有「不穩」的現象，卻令我想起葉慈的一句話：

一切已崩潰，失去重心。

我的四個假想敵，不論是高是矮，是胖是瘦，是學醫還是學文，遲早會從我疑懼的迷霧裡顯出原形，一一走上前來，或迂迴曲折，囁嚅其詞，或開門見山，大言不慚，總之要把他的情人，也就是我的女兒，對不起，從此領去。無形的敵人最可怕，何況我在亮處，他在暗裡，又有我家的「內奸」接應，眞是防不勝防。只怪當初沒有把四個女兒及時冷藏，使時間不能拐騙，社會也無由污染。現在她們都已大了，回不了頭；我那四個假想敵，那四個鬼鬼祟祟的地下工作者，也都已羽毛豐滿，什麼力量都阻止不了他們了。先下手爲強，這件事，該乘那四個假想敵還在襁褓的時候，就予以解決的。至少美國詩人納許（Ogden Nash, 1902-71）勸我們如此。他在一首妙詩〈由女嬰之父來唱的歌〉（Song to Be Sung by the Father of Infant Female Children）之中，說他生了女兒吉兒之後，惴惴不安，感到不知什麼地方正有個男嬰也在長大，現在雖然還渾渾噩噩，口吐白沫，卻注定將來會搶走他的吉兒。於是做父親的每次在公園裡看見嬰兒車中的男嬰，都不由神色一變，暗暗想道：「會不會是這傢伙！」想著想著，他「殺機陡萌」（My dreams, I fear, are infanticiddle），便要解開那男嬰身上的別針，朝他的爽身粉裡撒胡椒粉，把鹽撒進他的奶瓶，把沙撒進他的菠菜汁，再扔頭優游的鱷魚到他的嬰兒車裡陪他遊戲，逼他在水深火熱之中掙扎而去，去娶別人的女兒。足見詩人以未來的女婿爲假想敵，早已有了前例。

不過一切都太遲了。當初沒有當機立斷，採取非常措施，像納許詩中所說的那樣，眞是一大失策。如今的局面，套一句史書上常見的話，已經是「寇入深矣」！女兒的牆上和書桌的玻璃墊下，以前的海報和剪報之類，還是披頭，拜絲，大衛·凱西弟的形象，現在紛紛都換上男友了。至少，灘頭陣地已經被入侵的軍隊佔領了去，這一仗是必敗的了。記得我們小時，這一類的照片仍被列爲機密要件，不是藏在枕頭套裡，貼著夢境，便是夾在書堆深處，偶爾翻出來神往一番，那有這麼二十四小時眼前供奉的？

這一批形跡可疑的假想敵，究竟是哪年哪月開始入侵廈門街余宅的，已經不可考了。只記得六年前遷港之後，攻城的軍事便換了一批口操粵語的少年來接手。至於交戰的細節，就得問名義上是守城的那幾個女將，我這位「昏君」是再也搞不清的了。只知道敵方的砲火，起先是瞄準我家的信箱，那些歪歪斜斜的筆跡，久了也能猜個七分；繼而是集中在我家的電話，「落彈點」就在我書桌的背後，我的文苑就是他們的沙場，一夜之間，總有十幾次腦震盪。那些粵音平上去入，有九聲之多，也令我難以研判敵情。現在我帶幼珊回了廈門街，那頭的廣東部隊輪到我太太去抵擋，我在這頭，只要留意台灣健兒，任務就輕鬆多了。

信箱被襲，只如戰爭的默片，還不打緊。其實我寧可多情的少年勤寫情書，那樣至少可以練習作文，不致在視聽教育的時代荒廢了中文。可怕的還是電話中彈，那一串串警告的鈴聲，把戰場從門外的信箱擴至書房的腹地，默片變成了身歷聲，假想敵在實彈射擊了。更可怕的，卻是假想敵眞的闖進了城來，成了有血有肉的眞敵人，不再是假想了好玩的了，就像軍事演習到中途，忽然眞的打起來了一樣。眞敵人是看得出來的。在某一女兒的接應之下，他佔領了沙發的一角，從此兩人呢喃細語，囁嚅密談，即使脈脈相對的時候，那氣氛也濃得化不開，窒得全家人都透不過氣來。這時幾個姐妹早已迴避得遠遠的了，任誰都看得出情況有異。萬一敵人留下來吃飯，那空氣就更爲緊張，好像擺好姿勢，面對照相機一般。平時鴨塘一般的餐桌，四姐妹這時像在演啞劇，連筷子和調羹都似乎得到了消息，忽然小心翼翼起來。明知道這僭越的小子未必就是眞命女婿，（誰曉得寶貝女兒現在是十八變中的第幾變呢？）心裡卻不由自主升起一股淡淡的敵意。也明知女兒正如將熟之瓜，終有一天會蒂落而去，卻希望不是隨眼前這自負的小子。

當然，四個女兒也自有不乖的時候，在惱怒的心情下，我就恨不得四個假想敵趕快出現，把她們統統帶走。但是那一天眞要來到時，我一定又會懊悔不已。我能夠想像，人生的兩大寂寞，一是退休之日，一是最小的孩子終於也結婚之後。宋淇有一天對我說：「眞羡慕你的女兒全在身邊！」眞的嗎？至少目前我並不覺得，自己有什麼可羡之處。也許眞要等到最小的季珊也跟著假想敵度蜜月去了，才會和我存並坐在空空的長沙發上，翻閱她們小時的相簿，追憶從前，六人一車長途壯遊的盛況，或是晚餐桌上，熱氣蒸騰，大家共享的燦爛燈光。人生有許多事情，正如船後的波紋，總要過後才覺得美的。這麼一想，又希望那四個假想敵，那四個生手笨腳的小伙子，還是多吃幾口閉門羹，慢一點出現吧。

袁枚寫詩，把生女兒說成「情疑中副車」；這書袋掉得很有意思，卻也流露了重男輕女的封建意識。照袁枚的說法，我是連中了四次副車，命中率夠高的了。余宅的四個小女孩現在變成了四個小婦人，在假想敵環伺之下，若問我擇婿有何條件，一時倒恐怕答不上來。沉吟半晌，我也許會說：「這件事情，上有月下老人的婚姻譜，誰也不能竄改，包括韋固，下有兩個海誓山盟的情人，『二人同心，其利斷金』，我憑什麼要逆天拂人，梗在中間？何況終身大事，神祕莫測，事先無法推理，事後不能悔棋，就算交給廿一世紀的電腦，恐怕也算不出什麼或然率來。倒不如故示慷慨，僞作輕鬆，博一個開明父親的美名，到時候帶顆私章，去做主婚人就是了。」

問的人笑了起來，指著我說：「什麼叫做『僞作輕鬆』？可見你心裡並不輕鬆。」

我當然不很輕鬆，否則就不是她們的父親了。例如人種的問題，就很令人煩惱。萬一女兒發癡，愛上一個聳肩攤手口香糖嚼個不停的小怪人，該怎麼辦呢？在理性上，我願意「有婿無類」，做一個大大方方的世界公民。但是在感情上，還沒有大方到讓一個臂毛如猿的小伙子把我的女兒抱過門檻。現在當然不再是「嚴夷夏之防」的時代，但是一任單純的家庭擴充成一個小型的聯合國，也大可不必。問的人又笑了，問我可曾聽說混血兒的聰明超乎常人。我說：「聽過，但是我不稀罕抱一個天才的『混血孫』。我不要一個天才兒童叫我 Grandpa，我要他叫我外公。」問的人不肯罷休：「那麼省籍呢？」

「省籍無所謂，」我說。「我就是蘇閩聯姻的結果，還不壞吧？當初我母親從福建寫信回武進，說當地有人向她求婚。娘家大驚小怪，說『那麼遠！怎麼就嫁給南蠻！』後來娘家發現，除了言語不通之外，這位閩南姑爺並無可疑之處。這幾年，廣東男孩鍥而不捨，對我家的壓力很大，有一天閩粵結成了秦晉，我也不會感到意外。如果有個台灣少年特別巴結我，其志又不在跟我談文論詩，我也不會怎麼爲難他的。至於其他各省，從黑龍江直到雲南，口操各種方言的少年，只要我女兒不嫌他，我自然也歡迎。」

「那麼學識呢？」

「學什麼都可以。也不一定要是學者，學者往往不是好女婿，更不是好丈夫。只有一點：中文必須清通。中文不通，將禍延吾孫！」

客又笑了。「相貌重不重要？」他再問。

「你眞是迂闊之至！」這次輪到我發笑了。「這種事，我女兒自己會注意，怎麼會要我來操心？」

笨客還想問下去，忽然門鈴響起。我起身去開大門，發現長髮亂處，又一個假想敵來掠余宅。

——選自洪範版《記憶像鐵軌一樣長》（一九八七年）

輯二

日不落家

就這麼，一千六百年前的盛會，任右軍的右腕恣意運轉，頃刻竟成了永恆，想當日在山陰，良辰美景，群彥咸集，當真是四美齊具，二難並兼，正在仰觀宇宙之大，俯察品類之盛，敏感的王羲之，樂極生悲，卻痛惜生命之短，而我們這些廊上過客，也正是王羲之序末所期待的「後之賢者」，豈能無感於斯情斯文。

德國之聲

1

德國的音樂曾經是西方之最。從巴哈到貝多芬，從華格納到史特勞斯，那樣宏大的音樂，哪一個國家發得出來？人傑，是因爲地靈嗎？該邦的最高峰楚克希匹澤（Zugspitze）還不到三千公尺。萊茵河靜靜地流，並不怎麼雄偉，反而有幾分秀氣。黑森林的名氣大得嚇人，連我常吃的一種蛋糕也借重其大名，眞令人駭怪，那一帶不知該怎樣地暗無天日，出沒龍妖。到了跟前，那滿山的杜松黛綠盈眸，針葉之密，果然是如鬘如鬟，平行拔豎的樹幹，又密又齊，像是一排排的梳齒。但是要比壯碩修偉，怎麼高攀得上加州巨杉的大巫身材呢？

萊茵河雖然不怎麼浩蕩，但是「齊格非萊茵之旅」卻寫得那樣壯烈，每次聽到，我都會身不由己地熱血翻滾而英雄氣盛。只可惜史詩已成絕響了。我在西德租車旅行，曾向尋常的人家投宿。這種路旁人家總有空房三兩，丈夫多已退休，太太反正閒著，便接待過路車客，提供當晚一宿，次晨一餐，收費之廉，只有一般大旅館的三分或四分之一。在西德的鄉道上開車，看見路旁豎一小牌，寫著 Zimmer frei 的，便是這種人家了。在巴登巴登（Baden-Baden）南郊，我們住在格洛斯家。第二天早餐的時候，格洛斯太太的廚房裡正放著收音機，德文唱的流行曲似曾相識；側耳再聽，竟然學美國流行曲的曼妙吟歎，又有點像披頭的咕咕調。巴哈的後人每天就聽這樣的曲調嗎？尼采聽了會怎麼說呢？

2

我在西德駕車漫遊，從北端的波羅的海一直到南端的波定湖（Bodensee），兩千四百公里都馳在寂天寞地。西德的四線高速公路所謂 Autobahn 者，對於愛開快車如楊世彭那樣的人，眞不妨叫做烏托邦。這種路上沒有速限，不言而喻，是表示德國的車好，路好，而更重要的是：交通秩序好。超車，一定用左線。要是你擋住左線，後面的快車就會迅疾釘人，一聲不出，把你逼出局去。反光鏡中後車由小變大，甚至無中生有，只在一眨眼之間。我開一九〇E的賓士，時速常在一百三十公里，超我的車往往在左側一嘯而過。速度至少一百五十。正愕視間，它早已落荒而逃，被迫退右，讓一輛更急的快車飛掠而逝。儘管如此，我在這樣的烏托邦上開了八天，卻未見一樁車禍，甚至也未見有人違規。至於喇叭，一天也難得聽到兩聲。

3

西德的計程車像英國的一樣，開得很規矩，而且不放音樂。火車、電車、遊覽車上也絕無音樂。法國也是如此。西班牙的火車上，就愛亂播流行曲，與臺灣同工。西德的公共場所，包括車站、機場、餐廳，甚至街頭，例皆十分清靜。菸客罕見，喧嘩的人幾乎沒有，至於吵架就更未遇到。除了機場和車站，我也從未聽人用過擴音器。這種生活品質，不是國民所得和外匯存底所能標示。一個安安靜靜的社會，聽覺透明的鄰里街坊，是文化修練的結果。所謂默化，先得靜修才行。音樂大師輩出之地，正是最安寧的國家。

血色飽滿體格健壯的日爾曼民族，當然也愛熱鬧，不過他們會選擇場合，不會平白擾人。要看德國生活熱鬧豪放的一面，該去他們的啤酒屋。有名的 **Hofbrauhaus** 大堂上坐滿了一桌接一桌的酒客，男女老少都有，那麼不拘形跡地暢飲著史帕登、皮爾森、盧恩布勞。一面暢飲，一面闊談，更興奮的就推杯而起，一對對擺頭揚臂，跳起巴伐利亞的土風舞來。那樣親切開懷的大場面，讓人把日間的憂煩都在深長的啤酒杯裡滌盡，眞是下班生活的安全瓣了。不說別的，單看那些特大號的「咕嚕嗝」（**Krug**）酒杯，就已令人饞腸蠕蠢。最值得稱道的，是那樣歡娛的譃浪仍保有鄉土的親善，並不鬧事，而酒客雖然眾多，堂屋卻夠深廣，裡面的喧嘩不致外溢。這情形正如西歐各國的宗教活動，大半在教堂裡舉行，不像在臺灣的節慶，動輒吹吹打打，一路招搖過市，驚擾街鄰。

我在西德投宿，卻有一夜驚於噪音。那是在海德堡北郊的小鎮達森海姆（Dossenheim），我們住在三樓，不懂對街的人家何以入夜後叫嚷未定，不時還有劈拍之聲傳來。我說這一帶看來是中下層的住宅區，品質不高。我存則猜想那劈拍陣陣是在練靶。一夜狐疑，次晨到了早餐桌上，才知悉昨晚是西德跟阿根廷在爭奪足球世界盃的冠軍，想必全德國的人都守在電視機前觀戰，西德每進一球，便放炮仗慶祝。那樣的囂鬧倒也難怪了。

4

西德戰敗那一晚，我們雖然睡得遲些，第二天卻一早就給吵醒了。說吵醒，其實不對。我們是給教堂的鐘聲從夢裡悠悠搖醒的。醒於音樂當然不同醒於噪音，何況那音樂來自鐘聲，一波波搖漾著舒緩與恬靜，給人中世紀的幻覺。一天就那樣開始，總是令人欣喜的。德國許多小城的鐘樓，每過一刻鐘就鐺鐺鞳鞳聲震四鄰地播告光陰之易逝。時間的節奏要動用那樣隆重的標點，總不免令人驚心，且有點傷感。就算是中世紀之長吧，也禁不起它一遍遍地敲打。

那樣的鐘聲，在德國到處可聞。印象最深的，除了達森海姆之外，還有巴登巴登的邊鎮史坦巴赫（Steinbach，石溪之意）。北歐的仲夏，黃昏特別悠長，要等九點半以後落日才隱去，西天留下半壁霞光，把一片赤豔豔燒成斷斷續續的沉紫與滯蒼。那是斷腸人在天涯的時刻，和我存在車少人稀的長街上閒閒散步，合夫妻兩心之密切，竟也難抵暮色四起的淒涼。好像一切都陷落了，只留下一些紅瓦漸暗的屋頂在向著晚空。最後只留下教堂的鐘樓，灰紅的鐘面上閃著金色的羅馬數字，餘霞之中分外地幻異。忽然鐘響了起來，嚇了兩人一跳。萬籟皆寂，只聽那老鐘樓喉音沉洪地、鄭重而篤實地敲出節奏分明的十記。之後，全鎮都告陷落。這一切，當時有一顆青星，冷眼旁證。

最壯麗的一次是在科隆。那天開車進城，遠遠就眺見那威赫的雙塔，一對巨靈似的鎮守著科隆的天空，塔尖鋒芒畢露，塔脊稜角峥嶸。那氣凌西歐的大教堂，我存聽我誇過不曉多少次了，終於帶她一同來瞻仰。在露天茶座上正面仰望了一番，頸也痠了，氣也促了，便繞到南側面，隔著一片空蕩蕩的廣場，以較爲舒徐的斜度從容觀覽它的橫體。要把那一派鉤心鬥角的峻橋陡樓看出個系統來，不是三眼兩眼的事。正是星期六將盡的下午，黃昏欲來不來，天光欲歪不歪，家家的晚餐都該上桌了。忽然之間——總是突如其來的——巨靈在半空開腔了。又嚇了我們一跳。先是一鐘獨鳴，從容不迫而悠然自得。畢竟是歐洲赫赫有名的大教堂，晚鐘鏘鏘在上界宣布些什麼，全城高高低低遠遠近近的塔樓和窗子都仰面聆聽，所有的雲都轉過了臉來。不久有其他的鐘聞聲響應，一問一答，一唱一和，直到鐘樓上所有的洪鐘都加入晚禱，眾響成潮，捲起一波波的聲浪，金屬高亢而陽剛的和鳴相盪相激，匯成勢不可當的滔滔狂瀾，一下子就使全城沒了頂。我們的耳神經在鐘陣裡驚悸而又喜悅地震懾著，如一束迴旋的水草。鐘聲是金屬堅貞的禱告，銅喉銅舌的信仰，一記記，全向高處叩奏。高潮處竟似有長頸的銅號成排吹起，有軍容鼎盛之勢。

「號聲?」我存仔細再聽，然後笑道：「沒有啊，是你的幻覺。你累了。」

「開了一天車，本來是累了。這鐘聲太壯觀了，令我又興奮，又安慰，像有所啓示——」

「你說什麼？」她在洪流的海嘯裡用手掌托著耳朵，恍惚地說。

兩人相對傻笑。廣大而立體的空間激動著騷音，我們的心卻一片澄靜。二十分鐘後，鐘潮才漸漸退去，把科隆古城還給現代的七月之夜。我們從中世紀的沉酣中醒來。鴿群像音符一般，紛紛落回地面。萊茵河仍然向北流著，人在他鄉，已經是吃晚飯的時候了。

5

德國的鐘聲是音樂搖籃，處處搖我們入夢。現代的空間愈來愈窄，能在時間上往返古今，多一點彈性，還是好的。鐘聲是一程回顧之旅。但德國還有一種聲音令人回頭。從巴登巴登去佛洛伊登希塔特（Freudenstadt，歡樂城之意），我們穿越了整座黑森林，一路尋找有名的夢寐湖（Mummelsee）。過了霍尼斯格林德峰，才發現已過了頭。原來夢寐湖是黑森林私有的一面小鏡子，以杉樹叢爲墨綠的寶盒，人不知鬼不覺地藏在濃蔭的深處，現代騎士們策其賓士與寶馬一掠而過，怎會注意到呢？

我們在如幻如惑的湖光裡迷了一陣，才帶了一片冰心重上南征之路。臨去前，在湖邊的小店裡買了兩件會發聲的東西。一件是三尺多長的一條淺綠色塑膠管子，上面印著一圈圈的凹紋，舞動如輪的時候會咿嚶作聲，清雅可聽。我還以爲是誰這麼好興致，竟然在湖邊吹笛。於是以四馬克買了一條，一路上停車在林間，拿出來揮弄一番，淡淡的音韻，幾乎召來牧神和樹精，兩人相顧而笑，渾不知身在何處。

另一件卻是一盒錄音帶。我問店員有沒有 Volksmusik ，她就拿這一盒給我。名叫 Deutschland Schöne Heimat ，正是「德意志，美麗的家園」。我們一路南行，就在車上聽了起來。第二面的歌最有特色，詠歎的盡是南方的風土。手風琴悠揚的韻律裡，深邃而沉洪的男低音徐徐唱出「從阿爾卑斯山地到北海邊」，那聲音，富足之中潛藏著磁性，令人慶幸這十塊馬克花得值得。「黑森林谷地的磨坊」、「古老的海德堡」、「波定湖上的好日子」……一首又一首，滿足了我們的期待。我們的車頭一路向南，正指著水光瀲灩的波定湖，聽著 Lustige Tage am Bodensee 飛揚的調子，更增壯遊的逸興，加速中，黑森林的黛綠變成了波濤洶湧而來。是因為產生貝多芬與華格納的國度嗎？為什麼連江湖上的民謠也揚起激越的號聲與鼓聲呢？最後一首鼓號交鳴的「橫越德國」更動人豪情，而林木開處，佛洛伊登希塔特的紅頂白牆，漸已琳琅可望了。

6

德國還有一種聲音令人忘憂，鳥聲。粉牆紅瓦，有人家的地方一定有花，姹紫嫣紅，不是在盆裡，便是在架上。花外便是樹了。野栗樹、菩提樹、楓樹、橡樹、杉樹、蘋果樹、梨樹……很少看見屋宇鮮整的人家有這麼多樹，用這麼濃密的嘉蔭來祝福。有樹就有鳥。樹是無言的祝福，鳥，百囀千啾，便是有聲的頌詞了。絕對的寂靜未免單調，若添三兩聲鳴禽，便脈脈有情起來。

聽鳥，有兩種情境。一種是渾然之境，聽覺一片通明流暢，若有若無地意識到沒有什麼東西在逆耳忤心，卻未刻意去追尋是什麼在歌頌寂靜。另一種是專注之境，在悅耳的快意之中，仰向頭頂的翠影去尋找長尾細爪的飛蹤。若是找到了那「聲源」，瞥見牠轉頭鼓舌的姿態，就更教人高興。或是在綠蔭裡側耳靜待，等近處的啁啁弄舌告一段落，遠處的枝頭便有一隻同族用相似的節奏來回答。我們當然不知道是誰在問，誰在答，甚至有沒有問答，可是那樣一來一往再參也不透的「高談」，卻眞能令人忘機。

在漢堡的湖邊，在萊茵河與內卡（Neckar）河畔，在巴登巴登的天堂泉（Paradies）旁，在邁瑙島（Mainau）的錦繡花園裡，在那許多靜境裡，我們成了百禽的知音，不知其名的知音。至於一入黑森林，那更是大飽耳福，應接不暇了。

7

鳥聲令人忘憂，德國卻有一種聲音令人難以釋懷。在漢堡舉行的國際筆會上，東德與西德之間，近年雖然漸趨緩和，仍然摩擦有聲。這次去漢堡出席筆會的東德作家多達十三人，頗出我的意外。其中有一位叫漢姆林（Stephan Hermlin, 1915- ）的詩人，頗有名氣，最近更當選爲國際筆會的副會長。他在敘述東德文壇時，告訴各國作家說，東德前十名的作家沒有一位阿諛當局，也沒有一位不滿現政。此語一出，聽眾愕然，地主國西德的作家尤其不甘接受。許多人表示異議，而說得最坦率的，是小說家格拉斯（Günter Grass）。漢姆林並不服氣，在第二天上午的文學會裡再度登臺答辯。

德文本來就不是一種柔馴的語言，而用來爭論的時候，就更顯得鋒芒逼人了。德國人自己也覺得德文太剛，歌德就說：「誰用德文來說客氣話，一定是在說謊。」外國人聽德文，當然更辛苦了。法國文豪伏爾泰去腓特烈大帝宮中作客，曾想學說德語，卻幾乎給嗆住了。他說但願德國人多一點頭腦，少一點子音。

跟法文相比，德文的子音當然是太多了。例如「黑」吧，英文叫 black，頭尾都是爆發的所謂塞音，聽來有點剛強。西班牙文叫 negra，用大開口的母音收尾，就和緩許多。法文叫 noir，更加圓轉開放。到了德文，竟然成爲 schwarz，讀如「希勿阿爾茨」，前面有四個子音，後面有兩個子音，而且都是摩擦生風，就顯得有點威風了。在德文裡，S開頭的字都以Z起音，齒舌之間的摩擦音由無聲落實爲有聲，刺耳多了。另一方面，Z開頭的字在英文裡絕少，在德文裡卻是大宗，約爲英文的五十倍；非但如此，其讀音更變成英文的 ts，於是充耳平添了一片刺刺擦擦之聲。例如英文的成語 from time to time，到了德文裡卻成了 von Zeit zu Zeit，不但切磋有聲，而且峨然大寫，眞是派頭十足。

德文不但子音參差，令人讀來咬牙切齒，而且好長喜大，虛張聲勢，眞把人唬得一愣一愣。例如「黑森林」吧，英文不過是 Black Forest，德文就接青疊翠地連成一氣，成了 Schwarzwald，教人無法小覷了。從這個字延伸開來，巴登巴登到佛洛伊登希特塔之間的山道，可以暢覽黑森林風景的，英文不過叫 Black Forest Way，德國人自己卻叫做 Schwarzwaldhohestrasse。我們住在巴登巴登的那三天，每次開車找路，左兜右轉目眩計窮之際，這可怕的「千字文」常會閃現在一瞥即逝的路牌上，更令人惶惶不知所措。原來巴登巴登在這條「黑森林道」的北端，多少車輛尋幽探勝，南下馳騙，都要靠這長名來指引。這當然是我後來才弄清楚了的，當時瞥見，不過直覺它一定來頭不小而已。在德國的街上開車找路，那裡容得你細看路牌？那麼密而長的地名，目光還沒掃描完畢，早已過了，「視覺暫留」之中，誰能確定中間有沒有 sch，而結尾那一截究竟是 bach, berg 還是 burg 呢？

尼采在〈善惡之外〉裡就這麼說：「一切沉悶，黏滯，笨拙得似乎隆重的東西，一切冗長而可厭的架式，千變萬化而層出不窮，都是德國人搞出來的。」尼采自己是德國人，尚且如此不耐煩。馬克吐溫說得更絕：「每當德國的文人跳水似地一頭鑽進句子裡去，你就別想見到他了，一直要等他從大西洋的那一邊再冒出來，嘴裡啣著他的動詞。」儘管如此，德文還是令我興奮的，因爲它聽來是那麼陽剛，看來是那麼浩浩蕩蕩，而所有的名詞又都那麼高冠崔巍，啊，眞有派頭！

8

在德國，我還去過兩個以聲音聞名於世的地方，兩個地方，卻沒有聽到聲音，或者可以說，無聲之聲勝於有聲，更令人爲之低徊。

其一是在巴登巴登的南郊里赫登塔爾（Lichtental），臨街的一個小山坡上，石級的盡頭把我們帶到一座三層白漆樓房的門前。牆上的紀念銅牌在時光的侵略下，仍然看得出刻著兩行字：「一八六五年至一八七四年約翰尼斯・布拉姆斯曾居此屋。」這正是巴城有名的**Brahmshaus**。

布拉姆斯屋要下午三點才開放，我們進得門去，只見三五遊客。樓梯和二樓的地板都吱吱有聲，當年，在大師的腳下，也是這樣的不諧和碎音陪襯他宏大而迴旋的交響樂嗎？後期浪漫主義最敏感的心靈，果真在這空寂的樓上，看著窗外的菩提樹葉九度綠了又黃，一直到四十一歲嗎？白紗輕掩著半窗仲夏，深深淺淺的樹蔭，曾經是最音樂的樓屋裡，只傳來細碎的鳥聲。

我們沿著萊茵河的東岸一路南下，只爲了追尋傳說裡那一縷蠱人的歌聲。過了馬克司古堡，那一嫋女妖之歌就暗暗地襲人而來，平靜的萊茵河水，青綠世界裡蜿蜿北去的一彎褐流，似乎也藏著一渦危機了。幸好我們是駕車而來，不是行船，否則，又要抵抗水上的歌聲嬝嬝，又要提防髮上的金梳耀耀，怎麼躲得過漩渦裡布下的亂石呢？

萊茵河滾滾向北，向現代流來。我們的車輪滾滾向南，深入傳說，沿著海涅迷幻的音韻。過了聖瓜豪森，山路盤盤，把我們接上坡去。到了山頂，又有一座小小的看臺，把我們推到懸崖的額際。萊茵河流到腳下，轉了一個大彎，俯眺中，迴沫翻渦，果然是舟楫的畏途，幾隻平底貨船過處，也都小心迴避。正驚疑間，一艘白舷平頂的遊舫順流而下，雖在千尺腳底，滿船河客的悠揚歌聲，仍隱約可聞，唱的正是洛麗萊（Lorelei）：

她的金髮梳閃閃發光；
她一面還曼唱著歌曲，
令聽見的人心神恍恍：
甜甜的調子無法抗拒。

徘徊了一陣，意猶未盡。再下山去，沿著一道半里長的河堤走到盡頭，就爲了花崗石砌成的一台像座上坐著那河妖的背影。銅雕的洛麗萊漆成黑色，從後面，只見到水藻與長髮披肩而下，一直纏繞到腰間。轉到正面，才在半疑半懼的忐忑之中仰瞻到一對赤露的飽乳，圓軟的小腹下，一腿夷然而貼地，一腿則昂然弓起，膝頭上倚著右手，那姿勢，野性之中帶著妖媚。她半垂著頭，在午日下不容易細讀表情。我舉起相機，在調整距離和角度。忽然，她的眼睛半開，向我無聲地轉來，似嗔似笑，流露出一稜暗藍的寒光。烈日下，我心神恍恍，不由自主地一陣搖顫。她的歌唱些什麼呢，你問。我不能告訴你，因爲這是德意志的禁忌，萊茵河千古之謎，危險而且哀麗。

——一九八六年七月二十三日・選自九歌版《隔水呼渡》

龍坑有雨

凌晨五點正我們就出發了。整個墾丁半島都還在夢中，連昏昏的大尖山也不例外。天和海渾茫茫而未開。車首燈的強光挖隧道一樣地推開夜色，一路炯炯地向前探去，路邊的反光石曳成一條燦燦的金鍊子，那樣醒目地拋過來迎接我們，有一點催眠。路又平穩，四輪無聲，車內的儀表板一排燐燐的綠光，很過癮，夢遊若星際旅行。

美中不足的是夢遊得太短了，不是以光年計算。這樣空靜的世界，這樣魔幻的路，應該永遠遊弋下去的。但是一道眈眈的白光從橫裡霍霍地掃來，把夜色腰斬成兩半，旋斬旋合，旋合旋斬，有如神話的高潮。鵝鑾鼻燈塔到了。

車向右轉，輾過了一段卵石小徑，停在一片黃土場上。大家下得車來，紛紛披上外套。單衣過冬的高島，在長袖衫外竟也加了一件藍背心；大家跟在後面，破曉前的闇昧裡，只看見他負著登山行囊的健碩背影。一行七人在兩把電筒的揮引下，踉踉蹌蹌地向龍坑進發。

正是耶誕節的凌晨，冬至才過，夜長而晝短。已經快五點半了，陰雲低壓的天色灰漠漠溼湫湫的，單憑電筒的弱光還撥不開地面的混沌。土徑窄處，林投樹的長葉伸出帶鋸齒的綠刀向人臉揮來，手榴彈一般的果實，乍一瞥見，也令人吃驚。

每隔三十秒鐘，燈塔的激光就在背後追掃過來，一剎那天驚地愕，七人頓成白晃晃的幽靈。一百八十萬的燭光，從四等旋轉透鏡裡射來，是多大的威力。我們就在光鞭的揮打下倉卒逃亡，每半分鐘就挨一下鞭。明知其不必要，那種惶急的危機感卻逼人而來，無可避免地，想起一些越獄高潮的鏡頭。對於慣看電影的人來說，生命，確是倒過來摹仿藝術。

紛沓的腳步聲裡，電筒的光圈映出亂石雜草的土徑，和起落踢踏的腳。漸漸地，灌木叢中有鳥聲啁啁，傳來黎明的捷報。不久更聽見一種野性的聲籟，歎而復息，低抑而又深沉。那野籟愈來愈近。一轉彎我們已穿透了草海桐與林投樹叢，整個暴露在空曠的平岸。

一排排的潮水連捲帶撞，搗打在珊瑚礁暗褐色的百褶裙裾上，激起一叢叢飛碎的浪花，那花，旋開旋落，旋落又旋開，在強勁的海風裡維持一個最生動的花季。那放縱的嘶嘯恐怕是最狂野最即興的噪音了，永遠耐聽。就這麼，沿著這有聲的花展，我們向橫阻在岸邊的一列怪岩走去。曉色漸透，是個水氣瀰漫的鈍陰天。平曠的沙灘上散佈著一截截擰曲的斷枝，有的粗而多節，像是斷幹，爲狀奇醜，卻可能是殘株斷梗癖患者崇而拜之的尤物。

「這些都是颱風的遺跡。」君鶴說。

「要是給洪嫻看到，」宓宓笑道。「一定不遠千里拖回家去。」

有人向我們走來，等到近前，原來是兩位守兵，草綠色軍裝外罩著大氅，都佩了槍。

「有許可證嗎?」其中一位攔住我們。

「有的。」我說著，轉身向宓宓，要她把手提袋裡的那張公文拿出來。

「既然有就好，」那守軍一擺手，和氣地說。「你們好好觀賞吧。請注意保護生態。」說罷，兩人便匆匆向前巡去。

天色已經發白，只是滿空的雨雲在勁風裡遲滯地飄移。雨雲下，那一列怪岩雜錯的長岬，布陣把關一般地阻絕了去路，那色調如鏽如焦，那外殼如破爛如腐朽如鑿如雕，是醜還是美都很難說，奇，卻是奇定了。而且也無所謂擋住去路了，因爲這就是龍坑，臺灣最南端的半島之半島，太平洋和巴士海峽就在此轉彎，長風對遠雲說，這裡，就是天之涯，海之角。

龍坑名不浪得。從燈塔走來，路到盡頭便成了狹谷，長約兩百公尺，底平而壁峭，即所謂坑。至於龍，就是兩邊峭壁陡坡堆疊而起的兩條蜿蜒石山，山脊的石貌粗糙而錯亂，但彼此在牴觸之中若有呼應，相剋之餘似乎相生，那虛虛實實的關係，令美學家也對之束手，不過合而觀之，卻也一氣呵成，不礙其蛟蟠龍蜿之勢。所以龍有兩條。裡面的一條一面臨谷，另一面連接沙坡，長滿了青翠照眼的水芫花。外面的一條更爲蜒長，頭角崢嶸，遍體的層鱗都暴露在海水的陣前，不用說，千年萬年的風波都已嚐遍。

我們在外龍的腰身下，找到可以把手插腳的地段，步步爲營地攀緣而上。那情形，就像在長滿尖筍的陡坡上落腳尋路，不同的是，那不是筍，是瘦硬而不規則的尖石。那些猙獰而陰險的多角體，不是礙肘就是礙膝，一個分神你就會擦上，撞上，跪上。若以爲又皺又薄的石角脆而易斷，就犯了大錯。無論你如何撼搖或用硬物猛敲，都休想損得了它。這一大盤高位珊瑚礁，原來是從海神的地窖裡緩緩升起，像一尊遲鈍而有耐心的黑獸在浪裡抬起身來，而我們都跨在牠的背上。

我們都登上了龍脊，那上面的鰭鱗也很難立腳。幸喜有一條非橋非棧的方木板路，帶我們直到懸崖邊上。大家靠在危石上引頸下窺，自虐了一陣，正駭怪數仞下怒濤在轟襲千穿百孔的岩腳，激起一陣陣飛沫和盤渦，忽然下起雨來。雖然是斜斜的飄雨，外套也有了濕意。不久愈落愈密，竟然大起來了。鍾玲和宓宓就避到一塊傾危的麻孔大石下去，兩人委委曲曲分據了石下的坳坑，只留下一角容我斜插進半腳。高島、君鶴、金兆、環環是怎麼避的，穴中的三鴕鳥就不暇兼顧了。

一早起身什麼也沒吃，鍾玲正待訴苦飢寒交迫，雨卻轉小而停。高島支起三腳架，準備照陰天清晨的潮水，和太平洋上的兩隻船影。君鶴則選定一個較高且平的立腳點，開始潤筆調色，要速寫一幅水墨海景。宓宓和鍾玲都拿了相機，在危險而又醜怪而又刺激的稜角之間橫跳斜縱，僥倖取巧，並且乘風起浪湧的高潮，一舉手捕捉龍坑一瞬萬變卻又終古不變的神貌。

風從北來，強勁中挾著陰濕，還帶點海鹹的水腥氣，衝力不下於一個十三、四歲的男孩，掀得每個人都腳步踉蹌。這樣的角力，加上海的搶攻，岸的頑守，腳下這怪石陣的陰謀狡詐，令人覺得冒險而興奮，幻想之中已經落了好幾次海。有些懸崖岌岌乎俯臨在浪上，跟對面的另一片崖角若即若離，那樣鄰近，似乎在誘我、激我作英雄之斷然一躍。待向下一窺，暈眩的空間卻在峽壁的深處，以風和浪的聲勢、嶙峋石筍的陣容向我恫嚇，一瞬間，我見到自己墜入了峽底，曳著失足的驚呼。

勁風當面摑來，使人寒顫而清醒。猛一轉頭，和對谷的內龍脊背上那一排亂石正打個照面。反負著沉鬱的天色，那些亂石的輪廓分外怪異，一頭頭一匹匹蹲踞的匐匍的妖獸畸禽，蠢蠢然都伺機而動，但每次你一回首，牠們，啊，詭譎的眾獸卻寂然凝定。這一景應該叫「噩夢大展」（the nightmare gallery）。所以探龍坑就該像我們這樣趕破曉之前來，天色一曉，石精海怪便莫施其術了。要是黃昏之際來到，夜色一降，啊，灰者變褐，褐者變烏，黑蠕蠕的一片，就不敢說了。

若是頑石有靈，或能保祐這龍坑禁地，不讓妄人擅自闖進來走私或破壞生態以圖利。若真是有這種事情，我也不反對這些珊瑚礁的魂魄化成猛獸去逐趕惡徒，而噬其手足，嚼其心肝。

「你覺得嗎，」宓宓小心翼翼，繞過一個芒角槎牙的獸頭，一跳過來對我說。「這一帶的海岸好像少了一樣東西。」

「少了什麼？」環環也聽見了，從那獸頭的背後探頭問她。

「少了海鷗。」宓宓說。

「對呀，」我說。「潮來潮去，應該有幾隻鷗在其間飛逐，才夠氣韻。」

「什麼緣故呢？」宓宓不解。

「不知道跟黑潮有沒有關係，」我搪塞以應。「你看這一簇簇鉤心鬥角的惡獸吧，白淨的海鷗那裡敢落腳停靠？要不是每夜有燈塔鎮壓，這群珊瑚石怪不知會怎樣呢。」

大家都笑起來。隔了片刻，鍾玲又說：

「眞掃興，一早來看日出，卻碰上陰雨。太陽的架子好大。」

「其實詩人朝山拜海，多能感應神靈，而得償所請。韓愈登衡嶽而雨開日出，蘇軾隆冬在登州而得見海市，都能在得意之餘有詩爲證。我來龍坑拜石拜海，卻不能感動太陽，眞是愧對古人——」

「你還想跟韓愈、蘇軾去別苗頭哪？」鍾玲笑了。

「豈敢。」我也一笑。

「別妄想出太陽了吧，」宓宓指指天空。「能求雨神不再下就夠好了。」

「我的詩不能夠求晴，也不能祈雨，更不能止雨，」我苦笑說。「唯一的辦法就是快快回頭，乘大雨還沒追到。」

於是一行七人在潮聲之中越出了噩夢大展。兩側的黑獸眈眈，假裝沒看見我們。

——一九八七年二月四日・選自九歌版《隔水呼渡》

黃繩繫腕

——泰國記遊之二

從泰國回來，妻和我的腕上都繫了一條黃線。

那是一條金黃的棉線，戴在腕上，像一環美麗的手鐲。那黃，是泰國佛教最高貴的顏色，令人想起袈裟和金塔。那線，牽著阿若他雅的因緣。

到曼谷的第三天，泰華作家傳文和信慧帶我們去北方八十八公里外的阿若他雅，憑弔大城王朝的廢都。停車在蒙谷菩毘提佛寺前面，隔著初夏的綠蔭，古色斑斕的紀念塔已隱約可窺，幢幢然像大城王朝的鬼影。但轉過頭來，面前這佛寺卻亮麗耀眼，高柱和白牆撐起五十度斜坡的紅瓦屋頂，高簷上蟠遊著蛇王納加，險脊尖上鷹揚著禽王格魯達，氣派動人。

我們依禮脫鞋入寺，剛跨進正堂，呼吸不由得一緊。黑黯黯那一座重噸的，什麼呢，啊佛像，向我們當頂纍纍地壓下，磅礴的氣勢豈是仰瞻的眼睫所能承接，更哪能望其項背。等到頸子和胸口略微爲習慣這種重荷，才依其陡峭的輪廓漸漸看清那上面，由四層金葉的蓮座托向高處，塔形冠幾乎觸及紅漆描金的天花方板，是一尊黑凜凜的青銅佛像。祂就坐在那高頭，右腿交疊在左腿上面，腳心朝上，左手平攤在懷裡，掌心向天，右手覆蓋在右膝上，手掌朝內，手指朝下，指著地面。從蓮座下吃力地望上去，那圓膝和五指顯得分外地重大。

這是佛像坐姿裡有名的「呼地作證」（Bhumisparsa Mudra），又稱爲「降妖伏魔」（Maravijaya）。原來釋迦牟尼在成正覺之前，天魔瑪剌不服，問他有何德業，能夠自悟而又度人。釋迦說他前身前世早已積善積德，於是便從三昧的坐姿變成伏魔的手勢，以手指地，喚大地的女神出來作證。她從長髮裡絞出許多水來，正是釋迦前世所積之德。她愈絞愈多，終於洪水滔滔，把天魔的大軍全部淹沒。釋迦乃恢復三昧的冥想坐姿，而入徹悟。曼谷玉佛寺的壁畫上，就有露乳的地神絞髮滅火之狀，而眾多魔兵之中，一半已馴，一半猶在張牙舞爪。

一說此事不過是寓言，只因當日釋迦樹下跏趺，心神未定，又想成正覺，又想回去世間尋歡逐樂。終於他垂手按膝，表示自己在徹悟之前不再起身的決心。然則所謂伏魔，正是自伏心魔。還是長髮生水的故事比較生動。

想到這裡，對祂右掌按膝的手勢更加敬仰而心動，不禁望之怔怔。後來問人，又自己去翻書，才知道這佛像高達二十二公尺半，鍍有緬甸的金，鑄造的年代約在十五世紀後半，相當於明英宗到憲宗之朝，低眉俯視之態據說是素可泰王朝的風格。一七六七年，緬甸入寇，一舉焚滅了四百十七年的大城王朝。據說泰國最大的這尊坐佛當日竟無法擄走，任其棄置野外，風雨交侵。也就因此，這佛像看上去頗有滄桑的痕跡，不像曼谷一帶其他的雕像那麼光鮮。祂太高大，何況像座已經高過人頭了，實在看不出那一身是黑漆，或是歲月消磨的青銅本色。只覺得黝黑的陰影裡，那高處還張著兩隻眼睛，修長的眼白襯托著烏眸，正炯炯俯視著我們，而無論你躲去哪裡，都不出祂的眸光。

佛面上一點鮮麗的朱砂，更增法相的神祕與莊嚴。但是佛身上還有兩種嫵媚的色彩。左肩上斜披下來的黃縵，閃著金色的絲光。攤開的左掌，大拇指上垂掛著一串繽紛的花帶，用潔白的茉莉織成，還飄著泰國蘭裝飾的秀長流蘇。這花帶泰語叫做斑馬來（Puang-Ma-Lai），不但借花可以獻佛，也可送人。

「你們要進香嗎？」傳文走過來說。

「要啊。」我存立刻答道。

「香燭每套十銖。」傳文說。

我們向佛堂門口的香桌上每人買了一套。所謂一套，原來就是一枝蓮、一枝燭、三根香，還有一方金箔，用兩片稍大一些的米黃棉紙包住。我們隨著泰國的信徒，走到蓮座下面的長條香案，把一尺半長的一枝單花含苞白蓮放在一只淺銅盆裡，再點亮紅燭插上燭台，最後更燃香插入香爐。蓮是佛座，燭是覺悟之光，至於三根香，則是獻給佛祖、佛法、僧侶，所謂三寶。爐香嬝嬝之中，我們也與眾人合掌跪禱。

「這金箔該怎麼辦呢？」我問一旁的信慧。

「撕下來，貼在佛身上。」她說。

「泰國人的傳統，」傳文笑說，「貼在佛頭，就得智慧。貼在佛口，就善言辭。貼在佛的心口呢，就會心廣體胖。」

我舉頭看佛，有五、六層樓那麼高，豈只是「丈二金剛，摸不著頭腦」？蓮台已經高過我頭頂，「臨時抱佛腳」都不可能。急切裡，分開棉紙，取出閃光的金箔。怎麼辦呢？一看，也有人乾脆貼在蓮座底層，就照貼了。回頭看我存怎麼貼時，她已貼好，正心滿意足地走了過來。原來龕下另有一座三尺高的佛像，臉上、身上貼滿了金葉。

「你們要是喜歡，」信慧說，「還可以爲黑佛披上黃縵。」

她把我們帶到票台前面。一只盛著黃線的盒子上寫著：「披黃縵，一次一百三十銖。」那就是台幣一百五十多元了。

「怎麼披呢，這麼高？」我問。

「他們會幫你做的。」信慧說。

我立刻付了泰幣。那比丘尼從櫃裡取出一整疋黃縵，著我守在蓮壇下面。不久，有聲從屋頂反彈下來。仰望中，人頭從佛像的巨肩後探出，一聲低呼，金橘色的瀑布從半空瀉落下來，兜頭潑了我一身。黃洪停時，我抱了一滿懷。但是也抱不了多久，因爲黃縵的那一端她開始收線了。白帶子收盡時，金橘色的瀑布便回流上升。這次輪到我放她收。再舉頭看時，我捐的黃縵已經飄然披上了黑佛的左肩。典禮完成。

我捐黃縵，不全是爲好奇。當天上午，在曼谷的玉佛寺內，我隨眾人跪在大堂上時，無意間把腿一伸，腳底對住了玉佛。那要算是冒犯神明了，令我蠢蠢不安。現在爲佛披縵，潛意識裡該是贖罪吧，冥冥之中或許功過能相抵麼？

《六祖壇經》裡說，梁武帝曾問達摩：「朕一生造寺度僧，布施設齋，有何功德？」達摩答曰：「實無功德。」每次讀到這一段，都不禁覺得好笑。豈知心淨即佛，更無須他求。韋刺史以此相問，六祖答得好：「武帝心邪，不知正法。造寺度僧，布施設齋，名爲求福，不可將福便爲功德。功德在法身中，不在修福。」只要心淨，無意之間冒犯了玉佛，並不能算是罪過。另一方面，燒香拜叩，捐款披袈，連梁武帝都及不上，更有什麼功德？

想到這裡，坦然一笑。走去票台，向滿盛黃線的盒中取出四條。一條爲我存繫於左腕，一條自繫，餘下的兩條準備帶回台灣給兩個女兒。

這美麗的纖細手鐲，現在仍繫在我的左腕，見證阿若他雅的一夢。

——一九八八年五月三十一日・選自九歌版《隔水呼渡》

梵谷的向日葵

梵谷一生油畫的產量在八百幅以上，但是其中雷同的畫題不少，每令初看的觀眾感到困惑。例如他的自畫像，就多達四十多幅。阿羅時期的「吊橋」，至少畫了四幅，不但色調互異，角度不同，甚至有一幅還是水彩。「郵差魯蘭」和「嘉舍大夫」也都各畫了兩張。至於早期的代表作「食薯者」，從個別人物的頭像素描到正式油畫的定稿，反反覆覆，更畫了許多張。梵谷是一位求變、求全的畫家，面對一個題材，總要再三檢討，務必面面俱到，充分利用爲止。他的傑作「向日葵」也不例外。

早在巴黎時期，梵谷就愛上了向日葵，並且畫過單枝獨朵，鮮黃襯以亮藍，非常豔麗。一八八八年初，他南下阿羅，定居不久，便邀高敢從西北部的布列塔尼去阿羅同住。這正是梵谷的黃色時期，更爲了歡迎好用鮮黃的高敢去「黃屋」同住，他有意在十二塊畫板上畫下亮黃的向日葵，作爲室內的裝飾。

梵谷在巴黎的兩年，跟法國的少壯畫家一樣，深受日本版畫的影響。從巴黎去阿羅不過七百公里，他竟把風光明媚的普羅旺斯幻想成日本。阿羅是古羅馬的屬地，古蹟很多，居民兼有希臘、羅馬、阿拉伯的血統，原是令人悠然懷古的名勝。梵谷卻志不在此，一心一意只想追求藝術的新天地。

到阿羅後不久，他就在信上告訴弟弟：「此地有一座杜廊，叫做聖多芬門廊，我已經有點欣賞了。可是這地方太無情，太怪異，像一場中國式的噩夢，所以在我看來，就連這麼宏偉風格的優美典範，也只屬於另一世界：我眞慶幸，我跟它毫不相干，正如跟羅馬皇帝尼羅的另一世界沒有關係一樣，不管那世界有多壯麗。」

梵谷在信中不斷提起日本，簡直把日本當成亮麗色彩的代名詞了。他對弟弟說：「小鎮四周的田野蓋滿了黃花與紫花，就像是——你能夠體會嗎？——一個日本美夢。」由於接觸有限，梵谷對中國的印象不正確，而對日本卻一見傾心，誠然不幸。他對日本畫的欣賞，也頗受高敢的示範引導；去了阿羅之後，更進一步，用主觀而武斷的手法來處理色彩。向日葵，正是他對「黃色交響」的發揮，間接上，也是對陽光「黃色高調」的追求。

一八八八年八月底，梵谷去阿羅半年之後，寫信給弟弟說：「我正在努力作畫，起勁得像馬賽人吃魚羹一樣；要是你知道我是在畫幾幅大向日葵，就不會奇怪了。我手頭正畫著三幅油畫……第三幅是畫十二朵花與蕾插在一隻黃瓶裡（三十號大小）。所以這一幅是淺色襯著淺色，希望是最好的一幅。也許我不只畫這麼一幅。既然我盼望跟高敢同住在自己的畫室裡，我就要把畫室裝潢起來。除了大向日葵，什麼也不要……這計畫要是能實現，就會有十二幅木版畫。整組畫將是藍色和黃色的交響曲。每天早晨我都乘日出就動筆，因爲向日葵謝得很快，所以要做到一氣呵成。」

過了兩個月，高敢就去阿羅和梵谷同住了。不久兩位畫家因爲藝術觀點相異，屢起爭執。梵谷本就生活失常，情緒緊張，加以一生積壓了多少挫折，每天更冒著烈日勁風出門去趕畫，甚至晚上還要在戶外借著燭光捕捉夜景，疲憊之餘，怎麼還禁得起額外的刺激？耶誕前兩天，他的狂疾初發。耶誕後兩天，高敢匆匆回去了巴黎。梵谷住院兩周，又恢復作畫，直到一八八九年二月四日，才再度發作，又臥病兩周。一月二十三日，在兩次發作之間，他寫給弟弟的一封長信，顯示他對自己的這些向日葵頗爲看重，而對高敢的友情和見解仍然珍視。他說：

如果你高興，你可以展出這兩幅向日葵。高敢會樂於要一幅的，我也很願意讓高敢大樂一下。所以這兩幅裡他要那一幅都行，無論是那一幅，我都可以再畫一張。

你看得出來，這些畫該都搶眼。我倒要勸你自己收藏起來，只跟弟媳婦私下賞玩。這種畫的格調會變的，你看得愈久，它就愈顯得豐富。何況，你也知道，這些畫高敢非常喜歡。他對我說來說去，有一句是：「那……正是……這種花。」

你知道，芍藥屬於簡寧（Jeannin），蜀葵歸於郭司特（Quost），可是向日葵多少該歸我。

足見梵谷對自己的向日葵信心頗堅，簡直是當仁不讓，非他莫屬。這些光華照人的向日葵，後世知音之多，可證梵谷的預言不謬。在同一封信裡，他甚至這麼說：「如果我們所藏的蒙提且利那叢花值得收藏家出五百法郎，說眞的也眞值，則我敢對你發誓，我畫的向日葵也值得那些蘇格蘭人或美國人出五百法郎。」

梵谷眞是太謙虛了。五百法郎當時只值一百美金，他說這話，是在一八八八年。幾乎整整一百年後，在一九八七年的三月，其中的一幅向日葵在倫敦拍賣所得，竟是畫家當年自估的三十九萬八千五百倍。要是梵谷知道了，會有什麼感想呢？要是他知道，那幅「鳶尾花圃」售價竟高過「向日葵」，又會怎麼說呢？

一八九〇年二月，布魯塞爾舉辦了一個「二十人展」（Les Vingt）。主辦人透過西奧，邀請梵谷參展。梵谷寄了六張畫去，「向日葵」也在其中，足見他對此畫的自信。結果賣掉的一張不是「向日葵」，而是「紅葡萄園」。非但如此，「向日葵」在那場畫展中還受到屈辱。參展的畫家裡有一位專畫宗教題材的，叫做德格魯士（Henry de Groux），堅決不肯把自己的畫和「那盆不堪的向日葵」一同展出。在慶祝畫展開幕的酒會上，德格魯士又罵不在場的梵谷，把他說成「笨瓜兼騙子」。羅特列克在場，氣得要跟德格魯士決鬥。眾畫家好不容易把他們勸開。第二天，德格魯士就退出了畫展。

梵谷的「向日葵」在一般畫冊上，只見到四幅：兩幅在倫敦，一幅在慕尼黑，一幅在阿姆斯特丹。梵谷最早的構想是「整組畫將是藍色和黃色的交響曲」，但是習見的這四幅裡，只有一幅是把亮黃的花簇襯在淺藍的背景上，其餘三幅都是以黃襯黃，烘得人臉頰發燠。

荷蘭原是鬱金香的故鄉，梵谷卻不喜歡此花，反而認同法國的向日葵，也許是因爲鬱金香太秀氣、太嬌柔了，而粗莖糙葉、花序奔放、可充飼料的向日葵則富於泥土氣與草根性，最能代表農民的精神。

梵谷嗜畫向日葵，該有多重意義。向日葵昂頭扭頸，從早到晚隨著太陽轉臉，有追光拜日的象徵。德文的向日葵叫 **Sonnenblume**，跟英文的 **sunflower** 一樣。西班牙文叫此花爲 **girasol**，是由 **girar**（旋轉）跟 **sol**（太陽）二字合成，意爲「繞太陽」，頗像中文。法文最簡單了，把向日葵跟太陽索性都叫做 **soleil**。梵谷通曉西歐多種語文，更常用法文寫信，當然不會錯過這些含義。他自己不也追求光和色彩，因而也是一位拜日教徒嗎？

其次，梵谷的頭髮棕裡帶紅，更有「紅頭瘋子」之稱。他的自畫像裡，不但頭髮，就連絡腮的鬍髭也全是紅焦焦的，跟向日葵的花盤顏色相似。至於一八八九年九月他在聖瑞米瘋人院所繪的那張自畫像（也就是我中譯的《梵谷傳》封面所見），鬍子還棕裡帶紅，頭髮簡直就是金黃的火焰；若與他畫的向日葵對照，豈不像紛披的花序嗎？

因此，畫向日葵即所以畫太陽，亦即所以自畫。太陽、向日葵、梵谷，聖三位一體。

另一本梵谷傳記《塵世過客》（*Stranger on the Earth*: by Albert Lubin）詮釋此圖說：「向日葵是有名的農民之花；據此而論，此花就等於農民的畫像，也是自畫像。它爽朗的光彩也是仿自太陽，而文生之珍視太陽，已奉爲上帝和慈母。此外，其狀有若乳房，對這個渴望母愛的失意漢也許分外動人，不過此點並無確證。他自己（在給西奧的信中）也說過，向日葵是感恩的象徵。」

從認識梵谷起，我就一直喜歡他畫的向日葵，覺得那些擠在一隻瓶裡的花朵，輻射的金髮，豐滿的橘面，挺拔的綠莖，襯在一片淡檸檬黃的背景上，強烈地象徵了天眞而充沛的生命，而那深深淺淺交交錯錯織成的黃色暖調，對疲勞而受傷的視神經，眞是無比美妙的按摩。每次面對此畫，久久不甘移目，我都要貪饞地飽飫一番。

另一方面，向日葵苦追太陽的壯烈情操，有一種知其不可爲而爲之的志氣，令人聯想起中國神話的夸父追日，希臘神話的伊卡瑞斯奔日。所以在我的近作〈向日葵〉一詩裡我說：

你是掙不脫的夸父
飛不起來的伊卡瑞斯
每天一次的輪迴
從曙到暮
扭不屈之頸，昂不垂之頭
去追一個高懸的號召

——一九九〇年四月・選自九歌版《從徐霞客到梵谷》

紅與黑

——巴塞隆納看鬥牛

1

四月下旬，去巴塞隆納參加國際筆會的年會，乃有西班牙之旅。早在七年前的夏天，就和我存去過愛比利亞半島，這次已是重遊。不過上次的行蹤，從比斯開灣一直到地中海，包括自己駕車，從格拉納達經馬拉加到塞維利亞，再經科爾多巴回到格拉納達，廣闊得多了。這次會務在身，除了飛越比利牛斯山壯麗的雪峰之外，一直未出巴塞隆納，所以談不上什麼壯遊。我最傾心的西班牙都市，既非馬德里，也非巴城，而是格拉納達、托雷多那樣令人屏息驚豔的小鎮。

儘管如此，這一回在巴塞隆納卻有三件事情，是我上回未曾身歷，而令我的「西班牙經驗」更爲充實。其一是兩度瞻仰了建築大師高帝設計的組塔——聖家大教堂（La Sagrada Familia d'Antoni Gaudí），不但在下面仰望，而且直攀到塔頂俯觀。

其二是正巧遇上四月廿三日的佳節，不但是天使聖喬治的慶典，更是浪漫的玫瑰日，所有糕餅店的櫥窗裡都掛著聖喬治在馬上挺矛鬥龍的雕像，蛋糕上也做出相似的圖形，廣場的花市前擠滿了買玫瑰的男人，至於書攤前面，則擠滿了買書給男友的女子。躬逢盛會，我們追逐著人潮，也沾了節日的喜氣。不過那一天也是塞凡提斯的忌辰，西方兩大作家，莎士比亞與塞凡提斯，都在一六一六年四月廿三日逝世，但是就我在巴塞隆納所見，那一天對《唐吉訶德》的作者，似乎並無紀念的活動。

巴塞隆納是西班牙第一大港、第二大城，人口近二百萬。中世紀後期，它是阿拉貢王國的京都。二次大戰之前曇花一現的卡塔羅尼亞共和國，也建都於此。當地人說的不是以加斯提爾爲主的正宗西班牙語，而是糅和了法語和意大利語的卡塔朗語（Catalan），把聖喬治叫做 Sant Jordi。市政府宮樓的拱門上，神龕供著一尊元氣淋漓的石雕，正是屠龍的天使聖喬治。

但那是中世紀的傳說了。這一次在巴城，我看到的，是另一種的人與獸鬥。

2

鬥牛，乃西班牙的「國鬥」，不但是一大表演，也是一大典禮。這件事英文叫 bullfighting，西班牙人自己叫 corrida de toros，語出拉丁文，意謂「奔牛」。牛可以鬥，自古已然。早在羅馬帝國的時代，已經傳說拜提卡（Baetica，安達露西亞之古稱）有鬥牛的風俗，矯捷的勇士用矛或斧殺死蠻牛。五世紀初，日爾曼蠻族南侵，西哥德人據西班牙三百年，此風不變，而且傳給了路西塔諾人（Lusitanos，葡萄牙人古稱）。其後愛比利亞半島陷於北非的摩爾人，幾達八世紀之久（七一一至一四九二）；因爲回教徒善於騎術，便改爲在馬背上持矛鬥牛，且命侍從徒步助鬥，一時蔚爲風氣。於是在塞維利亞、科爾多巴、托雷多等名城，古羅馬所遺的露天圓場，紛紛改修爲鬥牛場。至於小鎮，則多半利用城內的廣場（plaza），所以後來鬥牛場就叫做 **plaza de toros**。

一四九二年是西班牙人最感自豪的一年，因爲就在這一年，聯姻了廿三載的阿拉貢國王費迪南與加斯提爾女王伊莎貝拉，終於將摩爾人逐出格拉納達，結束了回教漫長的統治，而且在女王的支持下，哥倫布抵達了西印度群島。此事迄今恰滿五百年，所以西班牙今年在巴塞隆納舉辦奧運，更在塞維利亞展開博覽會，特具歷史意義。不過，回教徒雖被趕走，馬上鬥牛的風俗卻傳了下來，成爲西班牙貴族之間最流行的競技。十六世紀初年，神聖羅馬帝國的皇帝查理五世，更在王子的生日不惜親自揮矛屠牛，以博取臣民的愛戴。

後來鬥牛的方式迭經演變，先是殺牛的長矛改成短矛，到了一七〇〇年，貴族竟然改成徒步鬥牛，卻叫侍從們騎馬助陣。十八世紀初年，飼養野牛成了熱門生意，不但西班牙、葡萄牙、法國、意大利的皇室，甚至西班牙的天主教會，也都競相飼養特佳的品種，供鬥牛之用。終於教廷不得不出面禁止，說犯者將予驅逐出教。貴族們這才怕了，只好讓給專業的下屬去鬥。這些下屬爲了階級的顧忌，乃棄矛用劍。

今制的西班牙鬥牛，已有將近三百年的歷史。現今的主鬥牛士（matador，亦稱 espada）一手持劍（estoque），一手執旗（muleta），即始於十八世紀之初。所謂的旗，原是一面嗶嘰料子的紅毛披風，對摺地披在一根五十六公分的杖上。早在一七〇〇年，著名的鬥牛士羅美洛（Francisco Romero）在安達露西亞出場，便率先如此使用旗劍了。

3

有人不禁要問了：「憑什麼鬥牛會盛行於西班牙呢？」原來這種驃悍的蠻牛是西班牙的特產，尤以塞維利亞的繆拉飼牛場（Ganadería de Miura）所產最爲勇猛，觸死鬥牛士的比率也最高。大名鼎鼎的曼諾雷代（Manolete），才三十歲便死於其角下。公認最偉大的鬥牛士何賽利多（Joselito）也死在這樣的沙場。其實每一位鬥牛士每一季至少會被牛牴傷一次，可見周旋牛角尖的生涯終難倖免。據統計，三百年來成名的一百廿五位主鬥牛士之中，死於碧血黃沙的場中者，在四十人以上。

最幸運的要推貝爾蒙代（Juan Belmonte）了，一生被牴五十多次，卻能功成身退，改業飼牛。貝爾蒙代之功，當然不在屢牴不死，而在鬥牛風格之提升。在他之前，一場鬥牛的高潮全在最後那致命的一劍。而他，瘦小的安達露西亞人，卻把焦點放在「逗牛」上，紅旗招展之際，把牛頭上那兩柄阿拉伯彎刀引近身來，成了穿腸之險，心腹之患，卻在臨危界上，全身而退。萬千觀眾期望於鬥牛士的，不僅是藝高、膽大，還要臨危不亂的雍容優雅（skill, daring, and grace），這便有祭拜死神的典禮意味了。所以鬥牛這件事，表面是人獸之鬥，其實是人與自己搏鬥，看還能讓牛角逼身多近。

拉丁美洲盛行鬥牛的國家，從北到南，是墨西哥、委內瑞拉、哥倫比亞、祕魯。墨西哥城的鬥牛場可坐五萬觀眾。最盛的國家當然還是發源地西班牙，二十世紀中葉以來，鬥牛場之多，達四百座，小者可坐一千五百人，大者，如馬德里和巴塞隆納的鬥牛場，可坐兩萬人。

4

此刻我正坐在巴塞隆納的「猛牛莽踏」鬥牛場（Plaza de Toros Monumental），等待開鬥。正是下午五點半鐘，一半的圓形大沙場還曝在西曬下。我坐在陰座前面的第二排，中央偏左，幾乎是正朝著沙場對面豔陽旺照著的陽座。一排排座位的同心圓弧，等高線一般層疊上去，疊成拱門掩映的樓座，直達圓頂，便接上卡塔羅尼亞的藍空了。觀眾雖然只有四成光景，卻可以感到期待的氣氛。

忽然掌聲響起，鬥牛士們在騎士的前導下列隊進場，繞行一周。一時錦衣閃閃，金銀交映著斜暉，行到臺前，市長把牛欄的鑰匙擲給馬上的騎士。於是行列中不鬥第一頭牛的人一齊退出場去，只留下幾位鬥士執著紅旗各就崗位。紅柵門一開，第一頭牛立刻衝了出來。

海報上說，今天這一場要殺的六頭牛，都是葡萄牙養牛場出品的「勇猛壯牛」（bravos novillos）。果然來勢洶洶，挺著兩把剛烈的彎角，刷動長而遒勁的尾巴，結實而堅韌的背肌肩腱，掠過鮮血一般的木柵背景，若黑浪滾滾地起伏，轉瞬已捲過了半圈沙場。這一團獰然墨黑的盛怒，重逾千磅，正用鼓槌一般的四蹄疾踐著黃沙，生命力如此強旺，卻注定了若無「意外」，不出廿分鐘就會仆倒在殺戮場上。

三個黑帽錦衣的助鬥士揚起披風，輪番來挑逗怒牛。這雖然只是主鬥士上場的前奏，但是身手了得的助鬥士仍然可以一展絕技，也能博得滿場采聲。不過助鬥士這時只用一隻手揚旗，爲了主鬥士可以從旁觀察，那頭牛是慣用左角或右角，還是愛雙角並用來牴人。不久主鬥士便親自來逗牛了，所用的招數叫做 verónica ，可以譯爲「立旋」。只見他神閒氣定，以逸待勞，立姿全然不變，等到奔牛近身，才把那面張開的大紅披風向斜裡緩緩引開，讓仰挑的牛角撲一個空。幾個回合（pass）之後，號角響起，召另一組助鬥士進場。

兩位軒昂的騎士，頭戴低頂寬邊的米黃色大帽，身穿錦衣，腳披護甲，手執長矛，緩緩地馳進場來。眞刀眞槍、血濺沙場的鬥牛，這才正式開始。野牛屢遭逗戲，每次撲空，早已很不耐煩了，一見新敵入場，又是人高馬大，目標鮮明，便怒奔直攻而來。牛背比馬背至少矮上二尺，但憑了蠻力的衝刺，竟將助鬥士的長矛手（picador）連人帶馬推頂到紅柵牆下，狠命地牴住不放。可憐那馬，雖然戴了眼罩，仍十分驚駭。爲了不讓牛角破肚穿腸，牠周身披著過膝的護障，那是厚達三吋的壓縮棉胎，外加皮革與帆布製成。正對峙間，馬背上的助鬥士奮挺長矛，向牛頸與肩胛骨的關節猛力搠下，但因矛頭三、四吋處裝有阻力的鐵片，矛身不能深入，只能造成有限的傷口。只見那矛手把長矛抵住牛背，左右扭旋，要把那傷口挖大一些，看得人十分不忍。

「好了，好了，別再戳了！」我後面的一些觀眾叫了起來。人高馬大，不但保護周全，且有長矛可以遠攻，長矛手一面佔盡了便宜，一面又沒有什麼優雅好表演，顯然不是受歡迎的人物。號角再起，兩位長矛手便橫著沾血的矛，策馬出場。

緊接著三位徒步的助鬥士各據方位，展開第二輪的攻擊。這些投槍手（banderilleros）兩手各執一枝投槍（banderilla），其實是一枝扁平狹長的木棍，綴著紅黃相間的彩色紙，長七十二公分，頂端三公分裝上有倒鉤的箭頭。投槍手錦衣緊紮，步法輕快，約在二十多碼外猛揮手勢加上吆喝，來招惹野牛。奔牛一面衝來，他一面迎上去，卻稍稍偏斜。人與獸一合即分，投槍手一挫身，跳出牛角的觸程，幾乎是相擦而過。定神再看，兩枝投槍早已顫顫地斜插入牛背。

牛一衝不中，反被槍刺所激，回身便來追牴。投槍手在前面奔逃，到了圍牆邊，用手一搭，便跳進了牆內。氣得牛在牆外，一再用角撞那木牆，砰然有聲。如果三位投槍手都得了手，牛背上就會披上六枝投槍，五色繽紛地搖著晃著。不過，太容易失手了，加以槍尖的倒鉤也會透脫，所以往往牛背上只披了兩三枝槍，其他的就散落在沙場。

銅號再鳴，主鬥士（matador）出場，便是最後一幕了，俗稱「眞相的時辰」。這是主鬥士的獨腳戲，由他獨力屠牛。前兩幕長矛手與投槍手刺牛，不過是要軟化孔武有力的牛頸肌腱，使牠逐漸低頭，好讓主鬥士施以致命的一劍。這時，幾位助鬥士雖也在場，但絕不插手，除非主鬥士偶爾失手，紅旗被牴落地，需要他們來把牛引開。

主鬥士走到主禮者包廂的正下方，右手高舉著黑絨編織的平頂圓帽，左手握著劍與披風，向主禮者隆重請求，准他將這頭牛獻給在場的某位名人或朋友，然後把帽拋給那位受獻人。

接著他再度表演逗牛的招式，務求憤怒的牛角跟在他肘邊甚至腰際追轉，身陷險境而臨危不亂，常保修挺倜儻的英姿。

這時，重磅而迅猛的黑獸已經緩下了攻勢，勃怒的肩頸鬆弛了，龐沛的頭顱漸垂漸低，腹下的一綹鬃毛也萎垂不堪。而尤其可驚的，是反襯在黃沙地面的黑鴉鴉雄軀，腹下的輪廓正劇烈地起伏，顯然是在喘氣。投槍蝟集的頸背接榫處，正是長矛肆虐的傷口，血的小瀑布沿著兩肩膩滯滯地掛了下來，像披著死亡慶典的綬帶。不但沙地上，甚至在主鬥士描金刺繡的緊身錦衣上，也都沾滿了血。

其實紅旗上濺灑的血跡更多，只是紅上加紅，不明顯而已。許多人以爲紅色會激怒牛性，其實牛是色盲，激怒牠的是劇烈的動作，例如舉旗招展，而非旗之色彩。鬥牛用紅旗，因爲沾上了血不惹目，不顯腥，同時紅旗本身又鮮麗壯觀，與牛身之純黑形成對比。紅與黑，形成西班牙的情意結，悲壯得多麼慘痛、熱烈。

那劇喘的牛，負著六枝投槍和背脊的痛楚，吐著舌頭，流著鮮血，才是這一齣悲劇，這一場死亡儀式的主角。只見牠怔怔立在那裡，除了雙角和四蹄之外，通體純黑，簡直看不見什麼表情，眞是太玄祕了。牠就站在十幾碼外，一度，我似乎看到了牠的眼神，令我凜然一震。

鬥牛士已經裸出了細長的劍，等在那裡。最終的一刻即將來到，死亡懸而不決。這致命的一擲有兩種方式，一是「捷足」（volapié），人與獸相對立定，然後互攻；二是「待戰」（recibiendo），人立定不動，待獸來攻。後面的方式需要手準膽大，少見得多。同時，那把絕命劍除了殺牛，不得觸犯到牛身，要是違規，就會罰處重款，甚至坐牢。

第一頭牛的主鬥士叫波瑞羅（Antonio Borrero），綽號小伙子（Chamaco），在今天三位主鬥士裡身材確是最小，不過五呎五、六的樣子。他是當地的鬥牛士，據說是吉普賽人。他穿著緊身的亮藍錦衣，頭髮飛揚，儘管個子不高，卻傲然挺胸而顧盼自雄。好幾個回合逗牛結束，只見他從容不迫地走到紅柵門前，向南而立。牛則向北而立，人獸都在陰影裡，相距不過六、七呎。他屏息凝神，專注在牛的肩頸穴上，雙手握著那命定的窄劍，劍鋒對準牛脊。那牛，仍然是文風不動，只有血靜靜在流。全場都憋住了氣，一片睽睽。驀地藍影朝前一衝，不等黑軀迎上來，已經越過了牛角，掃過了牛肩，閃了開去。但他的手已空了。回顧那牛，頸背間卻多了一截劍柄。噢，劍身已入了牛。立刻，牠吐出血來。

我失聲低呼，不知如何是好。不到二十秒鐘，那一千磅的重加黑頹然仆地。

滿場的喝采聲中，我的胃感到緊張而不適，胸口沉甸甸的，有一種共犯的罪惡感。

後來我才知道，那致命的一劍斜斜插進了要害，把大動脈一下子切斷了。緊接著，藍衣的鬥牛士巡場接受喝采，一位助鬥士卻用分骨短刀切開頸骨與脊椎。一個馬伕趕了並轡的三匹馬進場，把牛屍拖出場去。黑罩遮眼的馬似乎直覺到什麼不祥，直用前蹄不安地扒地。幾個工人進場來推沙，將礙眼的血跡蓋掉。不久，紅柵開處，又一頭神旺氣壯的黑獸踹入場來。

5

這一場鬥牛從下午五點半到七點半，一共屠了六頭牛，平均每二十分鐘殺掉一頭。日影漸西，到了後半場，整個沙場都在陰影裡了。每一頭牛的性格都不一樣。所以鬥起來也各有特色。主鬥士只有三位，依次輪番上場與烈牛決戰，每人輪到兩次。第一位出場的是本地的波瑞羅，正是剛才那位藍衣快劍的主鬥士。他後面的兩位都是客串，依次是瓦烈多里德來的桑切斯（Manolo Sanchez），瓦倫西亞來的帕切科（José Pacheco）。兩人都比波瑞羅高大，但論出劍之準，屠牛手法之俐落，都不如他。所以鬥牛士不可以貌相。

鬥第二頭牛時，馬上的長矛手一出場，怒牛便洶洶奔來，連人帶馬一直推牴到紅柵門邊，角力似地僵持了好幾分鐘。忽然觀眾齊聲驚叫起來，我定睛一看，早已人仰馬翻，只見四隻馬蹄無助地戟指著天空，竟已不動彈了。

「一定是死了！」我對身邊的泰國作家說，一面爲無辜的馬覺得悲傷，一面又爲英勇的牛感到高興。可是還不到三、四分鐘，長矛手竟已爬了起來，接著把馬也拉了起來。這時，三、四位助鬥士早已各展披風，把牛引開了。

鬥到第三頭牛，主鬥士帕切科在用劍之前，揮旗逗牛，玩弄堅利的牛角，那一對死神的觸鬚，於肘邊與腰際，卻又屹立在滔滔起伏的黑浪之中，鎮定若一根砥柱。中國的水牛，彎角是向後長的。西班牙這黑凜凜的野牛，頭上這一對白角，長近二呎，彷若回教武士的彎刀，轉了半圈，刀尖卻是向前指的。只要向前一衝一牴，配合著黑頭一俯一昂，那一面大紅披風就會猛然向上翻起，看得人心驚。帕切科露了這一手，引起全場采聲，回過身去，錦衣閃金地揮手答謝。不料立定了喘氣的敗牛倏地背後撞來，把他向上一揪，騰空而起，狼狽落地。驚呼聲中，助鬥士一擁而上，圍逗那怒牛。帕切科站起來時，緊身袴的臀上裂開了一呎的長縫。幸而是雙角一齊托起，若是偏了，裂縫豈非就成了傷口？

那頭牛特別蠻強，最後殺牛時，連搠兩劍，一劍入肩太淺，另一劍斜了，脫出落地。那牛，負傷累累，既擺不脫背上的標槍，又撞不到狡猾的敵人，吼了起來。吼聲並不響亮，但是從牠最後幾分鐘的生命裡，從那痛苦而憤怒的黑谷深處勃然逼出，沉洪而悲哀，卻令我五內震動，心靈不安。然而牠是必死的，無論牠如何英勇奮鬥，最後總不能倖免。牠的宿命，是輪番被矛手、槍手、劍手所殺戮，外加被詭譎的紅旗所戲弄。可是當初在飼牛場，如果牠早被淘汰而無緣進入鬥牛場，結果也會送進屠宰場去。

究竟，哪一種死法更好呢？無聲無臭，在屠宰場中集體送命呢，還是單獨被放出欄來，插槍如披綵，流血如掛帶，追逐紅旗的幻影，承當矛頭和刃鋒的咬噬，在只有入口沒有出路的沙場上奔踹以終？西班牙人當然說，後一種死法才死得其所啊：那是眾所矚目，死在大名鼎鼎的鬥牛士劍下，那是光榮的決鬥啊，而我，已是負傷之軀，疲奔之餘，讓他的了。在所謂 corrida de toros 的壯麗典禮中，眞正的英雄，獨來獨往而無所恃仗，不是鬥牛士，是我。

想到這裡，場中又響起了掌聲。原來死牛的雙耳已經割下，盛在絨袋子裡，由主禮者拋贈給主鬥士。據說這也是典禮的一項：鬥得出色，獲贈一隻牛耳；更好，贈耳一雙；登峰造極，則再加一條牛尾。同時，典禮一開始就接受主鬥士飛帽獻牛的受獻人，也把這頂光榮之帽擲回給主鬥士，不過帽裡包了賞金或禮品。

夕陽西下，在漸寒的晚涼之中，我和同來的兩位泰國作家回到哥倫布旅館，興奮兼悲憫籠罩著我們。

「這種事，在泰國絕對不准！」妮姮雅說。

整個晚上我的胸口都感到重壓，呼吸不暢。閉上眼睛，就眩轉於紅旗飄展，黑牛追奔，似乎要陷入紅與黑相銜相逐的漩渦。更可驚的，是在這不安的罪疚感之中，怎麼竟然會透出一點嗜血的滋味？只怕是應該乘早離開西班牙了。

——一九九二年五月・選自九歌版《日不落家》

自豪與自幸

——我的國文啓蒙

每個人的童年未必都像童話，但是至少該像童年。若是在都市的紅塵裡長大，不得親近草木蟲魚，且又飽受考試的威脅，就不得縱情於雜學閒書，更不得看雲、聽雨，發一整個下午的呆。我的中學時代在四川的鄉下度過，正是抗戰，儘管貧於物質，卻富於自然，裕於時光，稚小的我乃得以親近山水，且涵泳中國的文學。所以每次憶起童年，我都心存感慰。

我相信一個人的中文根柢，必須深固於中學時代。若是等到大學才來補救，就太晚了，所以大一國文之類的課程不過虛設。我的幸運在於中學時代是在純樸的鄉間度過，而家庭背景和學校教育也宜於學習中文。

一九四〇年秋天，我進入南京青年會中學，成爲初一的學生。那家中學在四川江北縣悅來場，靠近嘉陵江邊，因爲抗戰，才從南京遷去了當時所謂的「大後方」。不能算是什麼名校，但是教學認眞。我的中文跟英文底子，都是在那幾年打結實的。尤其是英文老師孫良驥先生，嚴謹而又關切，對我的教益最多。當初若非他教我英文，日後我是否進外文系，大有問題。

至於國文老師，則前後換了好幾位。川大畢業的陳夢家先生，兼授國文和歷史，雖然深度近視，戴著厚如醬油瓶底的眼鏡，卻非目光如豆，學問和口才都頗出眾。另有一位國文老師，已忘其名，只記得儀容儒雅，身材高大，不像陳老師那麼不修邊幅，甚至有點邋遢。更記得他是北師大出身，師承自多名士耆宿，就有些看不起陳先生，甚至溢於言表。

高一那年，一位前清的拔貢來教我們國文。他是戴伯瓊先生，年已古稀，十足是川人慣稱的「老夫子」。依清制科舉，每十二年由各省學政考選品學兼優的生員，保送入京，也就是貢入國子監，謂之拔貢。再經朝考及格，可充京官、知縣或教職。如此考選拔貢，每縣只取一人，眞是高材生了。戴老夫子應該就是巴縣（即江北縣）的拔貢，舊學之好可以想見。冬天他來上課，步履緩慢，意態從容，常著長衫，戴黑帽，坐著講書。至今我還記得他教周敦頤的〈愛蓮說〉，如何搖頭晃腦，用川腔吟誦，有金石之聲。這種老派的吟誦，隨情轉腔，一詠三歎，無論是當眾朗誦或者獨自低吟，對於體味古文或詩詞的意境，最具感性的功效。現在的學生，甚至主修中文系的，也往往只會默讀而不會吟誦，與古典文學不免隔了一層。

爲了戴老夫子的耆宿背景，我們繳作文時，就試寫文言。憑我們這一手稚嫩的文言，怎能入夫子的法眼呢？幸而他頗客氣，遇到繳文言的，他一律給六十分。後來我們死了心，改寫白話，結果反而獲得七、八十分，眞是出人意外。

有一次和同班的吳顯恕讀了孔稚珪的〈北山移文〉，佩服其文采之餘，對紛繁的典故似懂非懂，乃持以請教戴老夫子，也帶點好奇，有意考他一考。不料夫子一瞥題目，便把書合上，滔滔不絕，不但我們問的典故他如數家珍地詳予解答，就連沒有問的，他也一併加以講解，令我們佩服之至。

國文班上，限於課本，所讀畢竟有限，課外研修的師承則來自家庭。我的父母都算不上什麼學者，但他們出身舊式家庭，文言底子照例不弱，至少文理是曉暢通達的。我一進中學，他們就認爲我應該讀點古文了，父親便開始教我魏徵的〈諫太宗十思疏〉，母親也在一旁幫腔。我不太喜歡這種文章，但感於雙親的諄諄指點，也就十分認眞地學習。接下來是讀〈留侯論〉，雖然也是以知性爲主的議論文，卻淋漓恣肆，兼具生動而鏗鏘的感性，令我非常感動。再下來便是〈春夜宴桃李園序〉、〈弔古戰場文〉、〈與韓荊州書〉、〈陋室銘〉等幾篇。我領悟漸深，興趣漸濃，甚至倒過來央求他們多教一些美文。起初他們不很願意，認爲我應該多讀一些載道的文章，但見我頗有進步，也眞有興趣，便又教了〈爲徐敬業討武曌檄〉、〈滕王閣序〉、〈阿房宮賦〉。

父母教我這些，每在講解之餘，各以自己的鄉音吟哦給我聽。父親誦的是閩南調，母親吟的是常州腔，古典的情操從鄉音深處召喚著我，對我都有異常的親切。就這麼，每晚就著搖曳的桐油燈光，一遍又一遍，有時低徊，有時高亢，我習誦著這些古文，忘情地讚歎駢文的工整典麗，散文的開闔自如。這樣的反覆吟詠，潛心體會，對於眞正進入古人的感情，去呼吸歷史，涵詠文化，最爲深刻、委婉。日後我在詩文之中展現的古典風格，正以桐油燈下的夜讀爲其源頭。為此，我永遠感激父母當日的啓發。

不過那時為我啓蒙的，還應該一提二舅父孫有孚先生。那時我們是在悅來場的鄉下，住在一座朱氏宗祠裡，山下是南去的嘉陵江，濤聲日夜不斷，入夜尤其撼耳。二舅父家就在附近的另一個山頭，和朱家祠堂隔谷相望。父親經常在重慶城裡辦公，只有母親帶我住在鄉下，教授古文這件事就由二舅父來接手。他比父親要閒，舊學造詣也似較高，而且更加喜歡美文，正合我的抒情傾向。

他為我講了前後〈赤壁賦〉和〈秋聲賦〉，一面捧著水煙筒，不時滋滋地抽吸，一面為我娓娓釋義，哦哦誦讀。他的鄉音同於母親，近於吳儂軟語，纖秀之中透出儒雅。他家中藏書不少，最吸引我的是一部插圖動人的線裝《聊齋誌異》。二舅父和父親那一代，認為這種書輕佻側豔，只宜偶爾消遣，當然不會鼓勵子弟去讀。好在二舅父也不怎麼反對，課餘任我取閱，縱容我神遊於人鬼之間。

後來父親又找來《古文筆法百篇》和《幼學瓊林》、《東萊博議》之類，抽教了一些。長夏的午後，吃罷綠豆湯，父親便躺在竹睡椅上，一卷接一卷地飽覽他的《綱鑑易知錄》，一面歎息盛衰之理，我則暢讀舊小說，尤其耽看《三國演義》。《西遊記》、《水滸傳》，甚至《封神榜》、《東周列國誌》、《七俠五義》、《包公案》、《平山冷燕》等等也在閒觀之列，但看得最入神也最仔細的，是《三國演義》，連草船借箭那一段的〈大霧迷江賦〉也讀了好幾遍。至於《儒林外史》和《紅樓夢》，則要到進了大學才認眞閱讀。當時初看《紅樓夢》，只覺其婆婆媽媽，很不耐煩，竟半途而廢。早在高中時代，我的英文已經頗有進境，可以自修《莎氏樂府本事》（*Tales from Shakespeare*: by Charles Lamb），甚至試譯拜倫《海羅德公子遊記》（*Childe Harold's Pilgrimage*）的片段。只怪我野心太大，頭緒太多，所以讀中國作品也未能全力以赴。

我一直認爲，不讀舊小說難謂中國的讀書人。「高眉」（high-brow）的古典文學固然是在詩文與史哲，但「低眉」（low-brow）的舊小說與民謠、地方戲之類，卻爲市井與江湖的文化所寄，上自騷人墨客，下至走卒販夫，廣爲雅俗共賞。身爲中國人而不識關公、包公、武松、薛仁貴、孫悟空、林黛玉，是不可思議的。如果說莊、騷、李、杜、韓、柳、歐、蘇是古典之葩，則西遊、水滸、三國、紅樓正是民俗之根，有如圓規，缺其一腳必難成其圓。

讀中國的舊小說，至少有兩大好處。一是可以認識舊社會的民情風土、市井江湖，爲儒道釋俗化的三教文化作一注腳；另一則是在文言與白話之間搭一橋樑，俾在兩岸自由來往。當代學者慨歎學子中文程度日低，開出來的藥方常是「多讀古書」。其實目前學生中文之病已近膏肓，勉強吞嚥幾丸孟子或史記，實在是杯水車薪，無濟於事，根柢太弱，虛不受補。倒是舊小說融貫文白，不但語言生動，句法自然，而且平仄妥貼，詞彙豐富；用白話寫的，有口語的流暢，無西化之夾生，可謂舊社會白話文的「原湯正味」，而用文言寫的，如《三國演義》、《聊齋誌異》與唐人傳奇之類，亦屬淺近文言，便於白話過渡。加以故事引人入勝，這些小說最能使青年讀者潛化於無形，耽讀之餘，不知不覺就把中文摸熟弄通，雖不足從事什麼聲韻訓詁，至少可以做到文從字順，達意通情。

我那一代的中學生，非但沒有電視，也難得看到電影，甚至廣播也不普及。聲色之娛，恐怕只有靠話劇了，所以那是話劇的黃金時代。一位窮鄉僻壤的少年要享受故事，最方便的方式就是讀舊小說。加以考試壓力不大，都市娛樂的誘惑不多而且太遠，而長夏午寐之餘，隆冬雪窗之內，常與諸葛亮、秦叔寶爲伍，其樂何輸今日的磁碟、錄影帶、卡拉ＯＫ？而更幸運的，是在「且聽下回分解」之餘，我們那一代的小「看官」們竟把中文讀通了。

同學之間互勉的風氣也很重要。巴蜀文風頗盛，民間素來重視舊學，可謂弦歌不輟。我的四川同學家裡常見線裝藏書，有的可能還是珍本，不免拿來校中炫耀，乃得奇書共賞。當時中學生之間，流行的課外讀物分爲三類：即古典文學，尤其是舊小說；新文學，尤其是三十年代白話小說；翻譯文學，尤其是帝俄與蘇聯的小說。三類之中，我對後面兩類並不太熱中，一來因爲我勤讀英文，進步很快，準備日後直接欣賞原文，至少可讀英譯本，二來我對當時西化而生硬的新文學文體，多無好感，對一般新詩，尤其是普羅八股，實在看不上眼。同班的吳顯恕是蜀人，家多古典藏書，常攜來與我共賞，每遇奇文妙句，輒同聲嘖嘖。有一次我們迷上了《西廂記》，愛不釋手，甚至會趁下課的十分鐘展卷共讀，碰上空堂，更並坐在校園的石階上，膝頭攤開張生的苦戀，你一節，我一段，吟詠什麼「顚不剌的見了萬千，似這般可喜娘的龐兒罕曾見。」後來發現了蘇曼殊的《斷鴻零雁記》，也激賞了一陣，並傳觀彼此抄下的佳句。

至於詩詞，則除了課本裡的少量作品以外，老師和長輩並未著意爲我啓蒙，倒是性之相近，習以爲常，可謂無師自通。當然起初不是眞通，只是感性上覺得美，覺得親切而已。遇到典故多而背景曲折的作品，就感到隔了一層，紛繁的附注也不暇細讀。不過熱愛卻是真的，從初中起就喜歡唐詩，到了高中更兼好五代與宋之詞，歷大學時代而不衰。

最奇怪的，是我吟詠古詩的方式，雖得閩腔吳調的口授啓蒙，兼採二舅父哦歎之音，日後竟然發展成唯我獨有的曼吟迴唱，一波三折，餘韻不絕，跟長輩比較單調的誦法全然相異。五十年來，每逢獨處寂寞，例如異國的風朝雪夜，或是高速長途獨自駕車，便縱情朗吟「棄我去者昨日之日不可留，亂我心者今日之日多煩憂！」或是「長洪斗落生跳波，輕舟南下如投梭，水師絕叫鳧雁起，亂石一線爭磋磨！」頓覺太白、東坡就在肘邊，一股豪氣上通唐宋。若是吟起更高古的「老驥伏櫪，志在千里。烈士暮年，壯心不已」，意興就更加蒼涼了。

《晉書》王敦傳說王敦酒後，輒詠曹操這四句古詩，一邊用玉如意敲打唾壺作節拍，壺邊盡缺。清朝的名詩人龔自珍有這麼一首七絕：「回腸蕩氣感精靈，座客蒼涼酒半醒。自別吳郎高詠減，珊瑚擊碎有誰聽？」說的正是這種酒酣耳熱，縱情朗吟，而四座共鳴的豪興。這也正是中國古典詩感性的生命所在。只用今日的國語來讀古詩或者默唸，只恐永遠難以和李杜呼吸相通，太可惜了。

前年十月，我在英國六個城市巡迴誦詩。每次在朗誦自己作品六、七首的英譯之後，我一定選一、兩首中國古詩，先讀其英譯，然後朗吟原文。吟聲一斷，掌聲立起，反應之熱烈，從無例外。足見詩之朗誦具有超乎意義的感染性，不幸這種感性教育今已蕩然無存，與書法同一式微。

去年十二月，我在「第二屆中國文學翻譯國際研討會」上，對各國的漢學家報告我中譯王爾德喜劇《溫夫人的扇子》的經驗，說王爾德的文字好炫才氣，每令譯者「望洋興歎」而難以下筆，但是有些地方碰巧，我的譯文也會勝過他的原文。眾多學者吃了一驚，一起抬頭等待下文。我說：「有些地方，例如對仗，英文根本比不上中文。在這種地方，原文不如譯文，不是王爾德不如我，而是他撈過了界，竟以英文的弱點來碰中文的強勢。」

我以身爲中國人自豪，更以能使用中文爲幸。

——一九九三年一月・選自九歌版《日不落家》

橋跨黃金城

一、長橋古堡

一行六人終於上得橋來。迎接我們的是兩旁對立的燈柱，一盞盞古典的玻璃燈罩舉著暖目的金黃。刮面是水寒的河風，一面還欺凌著我的兩肘和膝蓋。所幸兩排金黃的橋燈，不但暖目，更加溫心，正好為夜行人卻寒。水聲潺潺盈耳，橋下，想必是魔濤河了。三十多年前，獨客美國，常在冬天下午聽斯麥塔納的「魔濤河」，和德伏乍克的「新世界交響曲」，絕未想到，有一天竟會踏上他們的故鄉，把他們宏美的音波還原成這橋下的水波。靠在厚實的石欄上，可以俯見橋墩旁的木架上，一排排都是棲定的白鷗，雖然夜深風寒，卻不見瑟縮之態。遠處的河面倒漾著岸上的燈光，一律是安慰的熟銅爛金，溫柔之中帶著神祕，像什麼童話的插圖。

橋眞是奇妙的東西。它架在兩岸，原為過渡而設，但是人上了橋，卻不急於趕赴對岸，反而耽賞風景起來。原來是道路，卻變成了看臺，不但可以仰天俯水，縱覽兩岸，還可以看看停停，從容漫步。愛橋的人沒有一個不恨其短的，最好是永遠走不到頭，讓重噸的魁梧把你凌空托在波上，背後的岸追不到你，前面的岸也捉你不著。於是你超然世外，不爲物拘，簡直是以橋爲鞍，騎在一匹河的背上。河乃時間之隱喻，不舍晝夜，又爲逝者之別名。然而逝去的是水，不是河。自其變者而觀之，河乃時間；自其不變者而觀之，河又似乎永恆。橋上人觀之不厭的，也許就是這逝而猶在、常而恆遷的生命。而橋，兩頭抓住逃不走的岸，中間放走抓不住的河，這件事的意義，形而上的可供玄學家去苦思，形而下的不妨任詩人來歌詠。

但此刻我卻不能在橋上從容覓句，因爲已經夜深，十一月初的氣候，在中歐這內陸國家，晝夜的溫差頗大。在呢大衣裡面，我只穿了一套厚西裝，卻無毛衣。此刻，橋上的氣溫該只有攝氏六、七度上下吧。當然不是無知，竟然穿得這麼單薄就來橋上，而是因爲剛去對岸山上的布拉格堡，參加國際筆會的歡迎酒會，恐怕戶內太暖，不敢穿得太多。

想到這裡，不禁回顧對岸。高近百尺的橋尾堡，一座雄赳赳哥德式的四方塔樓，頂著黑鴉鴉的楔狀塔尖，暈黃的燈光向上仰照，在夜色中矗然赫然有若巨靈。其後的簇簇尖塔探頭探腦，都擠著要窺看我們，只恨這橋尾堡太近太高了，項背所阻，誰也出不了頭。但更遠更高處，晶瑩天際，已經露出了一角布拉格堡。

「快來這邊看！」茵西在前面喊我們。

大家轉過身去，趕向橋心。茵西正在那邊等我們。她的目光興奮，正越過我們頭頂，眺向遠方，更伸臂向空指點。我們趕到她身邊，再度回顧，頓然，全愣呆了。

剛才的橋尾堡矮了下去。在它的後面，不，上面，越過西岸所有的屋頂、塔頂、樹頂，堂堂崛起布拉格堡嵯峨的幻象，那君臨全城不可一世的氣勢、氣派、氣概，並不全在巍然而高，更在其千窗排比、橫行不斷、一氣呵成的邐然而長。不知有幾萬燭光的腳燈反照宮牆，只覺連延的白壁上籠著一層虛幻的蛋殼青，顯得分外晶瑩惑眼，就這麼展開了幾近一公里的長夢。奇蹟之上更奇蹟，堡中的廣場上更升起聖維徒斯大教堂，一簇峻塔鋒芒畢露，凌乎這一切壯麗之上，刺進波希米亞高寒的夜空。

那一簇高高低低的塔樓，頭角峥嶸，輪廓矍鑠，把聖徒信徒的禱告舉向天際，是布拉格所有眼睛仰望的焦點。那下面埋的是查理四世，藏的，是六百年前波希米亞君王的皇冠和權杖。所謂布拉格堡（**Pražský hrad**）並非一座單純的城堡，而是一組美不勝收目不暇接的建築，盤盤囷囷，歷六世紀而告完成，其中至少有六座宮殿、四座塔樓、五座教堂，還有一座畫廊。

剛才的酒會就在堡的西北端，一間豪華的西班牙廳（**Spanish Hall**）舉行。慣於天花板低壓頭頂的現代人，在高如三樓的空廳上俯仰睥睨，眞是「敞快」。複瓣密蕊的大吊燈已經燦人眉睫，再經四面的壁鏡交相反映，更形富麗堂皇。原定十一點才散，但過了九點，微醺的我們已經不耐這樣的摩肩接踵，胡亂掠食，便提前出走。

一踏進寬如廣場的第二庭院，夜色逼人之中覺得還有樣東西在壓迫夜色，令人不安。原來是有兩尊巨靈在宮樓的背後，正眈眈俯窺著我們。驚疑之下，六人穿過幽暗的走廊，來到第三庭院。尚未定下神來，逼人顴額的雙塔早蔽天塞地擋在前面，不，上面；絕壁拔升的氣勢，所有的線條所有的銳角都飛騰向上，把我們的目光一直帶到塔頂，但是那嶙峋的斜坡太陡了，無可托趾，而仰瞥的角度也太高了，怎堪久留，所以冒險攀援的目光立刻又失足滑落，直跌下來。

這聖維徒斯大教堂起建於一三四四年，朝西這邊的新哥德式雙塔卻是十九世紀末所築，高八十二公尺，門頂的八瓣玫瑰大窗直徑爲十公尺點四，彩色玻璃繪的是創世紀。凡此都是後來才得知的，當時大家辛苦攀望，昏昏的夜空中只見這雙塔肅立爭高，被腳燈從下照明，宛若夢遊所見，當然不遑辨認玫瑰窗的主題。

茵西領著我們，在布拉格堡深宮巨寺交錯重疊的光影之間一路向東，摸索出路。她兼擅德文與俄文，兩者均爲布拉格的征服者所使用，但是，她說，納粹畢竟早於共黨，對布拉格人說德文，比較不惹反感。所以她領著我們問路、點菜，都用德文。其實捷克語文出於斯拉夫系，爲其西支，與俄文接近。以「茶」一字爲例，歐洲各國皆用中文的發音，捷克文說 čaj ，和俄文 cháy 一樣，是學國語。德文說 Tee ，卻和英文一樣了，是學閩南語。

在暖黃的街燈指引下，我們沿著灰紫色磚砌的坡道，一路走向這城堡的後門。布拉格有一百廿多萬人口，但顯然都不在這裡。寒寂無風的空氣中，只有六人的笑語和足音，在迤邐的荒巷裡隱隱迴盪。巷長而斜，整潔而又乾淨，偶爾有車駛過，輪胎在磚道上磨出細密而急驟的聲響，彷若陣雨由遠而近，復歸於遠，聽來很有情韻。

終於我們走出了城堡，回顧堡門，兩側各有一名衛兵站崗。想起卡夫卡的K欲進入一神祕的古堡而不得其門，我們從一座深堡中卻得其門而出，也許是象徵布拉格眞的自由了：不但擺脫了納粹與共黨的噩夢，而且現在是開明的總統，也是傑出的戲劇家，哈維爾（Václav Havel, 1936-），坐在這布拉格堡裡辦公。

堡門右側，地勢突出成懸崖，上有看臺，還圍著一段殘留的古堞。憑堞遠眺，越過萬戶起伏的屋頂和靜靜北流的魔濤河，東岸的燈火盡在眼底。夜色迷離，第一次俯瞰這陌生的名城，自然難有指認的驚喜。但滿城金黃的燈火，叢叢簇簇，宛若光蕊，那一盤溫柔而神祕的金輝，令人目暖而神馳，儘管陌生，卻感其似曾相識，直疑是夢境。也難怪布拉格叫做黃金城。

而在這一片高低迤邐遠近交錯的燈網之中，有一排金黃色分外顯赫，互相呼應著凌水而渡，正在我們東南。那應該是——啊，有名的查理大橋了。茵西欣然點頭，笑說正是。

於是我們振奮精神，重舉倦足，在土黃的宮牆外，沿著織成圖案的古老石階，步下山去。

而現在，我們竟然立在橋心，回顧剛才摸索而出的古寺深宮，忽已矗現在彼岸，變成了幻異蠱人的空中樓閣、夢中城堡。眞的，我們是從那裡面出來的嗎？這莊周式的疑問，即使問橋下北逝的流水，這千年古都的見證人，除了不置可否的潺潺之外，恐怕什麼也問不出來。

二、查理大橋

過了兩天，我們又去那座著魔的查理大橋（Charles Bridge，捷克文爲 Karlôv most）。魔濤河（Moldau，捷克文爲 Vltava）上架橋十二，只有這條查理大橋不能通車，只可徒步，難怪行人都喜歡由此過橋。說是過橋，其實是遊橋。因爲橋上不但可以俯觀流水，還可以遠眺兩岸：凝望流水久了，會有點受它催眠，也就是出神吧；而從橋上看岸，不但左右逢源，而且因爲夠遠，正是美感的距離。如果橋上不起車塵，更可從容漫步。如果橋上有人賣藝，或有雕刻可觀，當然就更動人。這些條件查理大橋無不具備，所以行人多在橋上流連，並不急於過橋：手段，反而勝於目的。

查理大橋爲查理四世（Charles IV, 1316-1376）而命名，始建於一三五七年，直到十五世紀初年才完成。橋長五百二十公尺，寬十公尺，由十六座橋墩支持，全用灰樸樸的砂岩砌成。造橋人是查理四世的建築總監巴勒（Peter Parler）：他是哥德式建築的天才，包括聖維徒斯大教堂及老城橋塔在內，布拉格在中世紀的幾座雄偉建築都是他的傑作。十七世紀以來，兩側的石欄上不斷加供聖徒的雕像，或爲獨像，例如聖奧古斯丁，或爲群像，例如聖母慟抱耶穌，或爲本地的守護神，例如聖溫塞斯拉斯（Wenceslas），等距對峙，共有三十一組之多，連像座均高達二丈，簡直是露天的天主教雕刻大展。

橋上既不走車，十公尺石磚鋪砌的橋面全成了步道，便顯得很寬坦了。兩側也有一些攤販，多半是賣河上風光的繪畫或照片，水準頗高，不然就是土產的髮夾胸針、項鍊耳環之類，造型也不俗氣，偶爾也有俄式的木偶或荷蘭風味的瓷器街屋。這些小貨攤排得很鬆，都掛出營業執照，而且一律不放音樂，更不用擴音器。音樂也有，或爲吉他、提琴，或爲爵士樂隊，但因橋面空曠，水聲潺潺，即使熱烈的爵士樂薩克斯風，也迅隨河風散去。一曲既罷，掌聲零落，我們不忍，總是向倒置的呢帽多投幾枚銅幣。有一次還見有人變戲法，十分高明。這樣悠閒的河上風情，令我想起「清明上河圖」的景況。

行人在橋上，認眞趕路的很少，多半是東張西望，或是三五成群，欲行還歇，仍以年輕人爲多。人來人往，都各行其是，包括情侶相擁而吻，公開之中不失個別的隱私。若是獨遊，這橋上該也是旁觀眾生或是想心事最佳的去處。

河景也是大有可觀的，而且觀之不厭。布拉格乃千年之古城，久爲波希米亞王國之京師，在查理四世任羅馬皇帝的歲月，更貴爲帝都，也是十四世紀歐洲有數的大城。這幸運的黃金城未遭兵燹重大的破壞，也絕少礙眼的現代建築齟齬其間，因此歷代的建築風格，從高雅的羅馬式到雄渾的哥德式，從巴洛克的宮殿到新藝術的蔭道，均得保存迄今，乃使布拉格成爲「具體而巨」的建築史博物館，而布拉格人簡直就生活在藝術的傳統裡。

站在查理大橋上放眼兩岸，或是徜徉在老城廣場，看不盡哥德式的樓塔黛裡帶青，凜凜森嚴，猶似戴盔披甲，在守衛早陷落的古城。但對照這些冷肅的身影，滿城卻千門萬戶，熱鬧著橙紅屋頂，和下面，整齊而密切的排窗，那活潑生動的節奏，直追莫札特的快板。最可貴的，是一排排的街屋，甚至一棟棟的宮殿，幾乎全是四層樓高，所以放眼看去，情韻流暢而氣象完整。

橋墩上棲著不少白鷗，每逢行人餵食，就紛紛飛起，在石欄邊穿梭交織。行人只要向空中拋出一片麵包，尚未落下，只覺白光一閃，早已被敏捷的黃喙接了過去。不過是幾片而已，竟然召來這許多素衣俠高來高去，翻空躡虛，展露如此驚人的輕功。

三、黃金巷

布拉格堡一探，猶未盡興。隔一日，茵西又領了我們去黃金巷（Zlatá ulička）。那是一條令人懷古的磚道長巷，在堡之東北隅，一端可通古時囚人的達利波塔，另一端可通白塔。從堡尾的石階一路上坡，入了古堡，兩個右轉就到了。巷的南邊是伯爾格瑞夫宮，北邊是碉堡的石壁，古時厚達一公尺。壁壘既峻，宮牆又高，黃金巷蜷在其間，有如狹谷，一排矮小的街屋，蓋著瓦頂，就勢貼靠在厚實的堡壁上。十六世紀以後，住在這一排陋屋裡的，是號稱神槍手（sharpshooters）的砲兵，後來金匠、裁縫之類也來此開鋪。相傳在魯道夫二世之朝，這巷裡開的都是煉金店，所以叫做黃金巷。

如今這些矮屋，有的漆成土紅色，有的漆成淡黃、淺灰，蜷縮在斜覆的紅瓦屋頂下，令人幻覺，怎麼走進童話的插圖裡來了？這條巷子只有一百三十公尺長，但其寬度卻不規則，闊處約爲窄處的三倍。走過窄處，張臂幾乎可以觸到兩邊的牆壁，加以屋矮門低，牆壁的顏色又塗得稚氣可掬，乃令人覺其可親可愛，又有點不太現實。進了門去，更是屋小如舟，只要人多了一點，就會摩肩接踵，又髣髴是擠在電梯間裡。

砲兵和金匠當然都不見了。興奮的遊客探頭探腦，進出於迷你的玩具店、水晶店、書店、咖啡館，總不免買些小紀念品回去。最吸引人的一家在淺綠色的牆上釘了一塊細長的銅牌，上刻「佛朗慈・卡夫卡屋」，頗帶梵谷風格的草綠色門楣上，草草寫上「二十二號」。裡面是一間極小的書店，除了陳列一些卡夫卡的圖片說明，就是賣書了。我用七十克朗（crown，捷克文爲 korun，與台幣等值）買到一張布拉格的「漫畫地圖」，十分得意。

「漫畫地圖」是我給取的綽號，因爲正規地圖原有的抽象符號，都用漫畫的筆法，簡要明快地繪成生動的具象：其結果是地形與方位保持了常態，但建築與行人、街道與廣場的比例，卻自由縮放，別有諧趣。

黃金巷快到盡頭時，有一段變得更窄，下面是灰色的石磚古道，上面是蒼白的一線陰天，兩側是削面而起的牆壁，縱橫著斑剝的滄桑。行人走過，步聲跫然，隱蔽之中別有一種隔世之感。這時光隧道通向一個空落落的天井，三面圍著鐵灰的厚牆，只有幾扇封死了的高窗。顯然，這就是古堡的盡頭了。

寒冷的岑寂中，我們圍坐在一柄夏天的涼傘下，捧喝著咖啡與熱茶取暖。南邊的石城牆上嵌著兩扉木門，灰褐而斑駁，也是封死了的。門上的銅環，上一次是誰來叩響的呢，問滿院的寂寞，所有的頑石都不肯回答。我們就那麼坐著，似乎在傾聽六百年古堡隱隱的耳語，在訴說一個灰頹的故事。若是深夜在此，查理四世的鬼魂一聲咳嗽，整座空城該都有回聲。而透過窄巷，仍可窺見那一頭的遊客來往不絕，彷若隔了一世。

四、猶太區

凡愛好音樂的人都知道，布拉格是斯麥塔納和德伏乍克之城。同樣，文學的讀者也都知道，卡夫卡，悲哀的猶太天才，也是在此地誕生，寫作，度過他一生短暫的歲月。

悲哀的猶太人在布拉格，已有上千年的歷史。斯拉夫人來得最早，在第五世紀便住在今日布拉格堡所在的山上了。然後在第十世紀來了亞伯拉罕的後人，先是定居在魔濤河較上游的東岸，十三世紀中葉更在老城之北，正當魔濤河向東大轉彎處，以今日「猶太舊新教堂」（Staronová syngoga）爲中心，發展出猶太區來。儘管猶太人納稅甚豐，當局對他們的態度卻時寬時苛，而布拉格的市民也很不友善，因此猶太人沒有公民權，有時甚至遭到迫遷。直到一八四八年，開明的哈布司堡朝皇帝約瑟夫二世（Joseph Ⅱ）才賦予公民權。猶太人爲了感恩，乃將此一地區改稱「約瑟夫城」（Josefov），一直沿用迄今。

這約瑟夫城圍在布拉格老城之中，乃布拉格最小的一區，卻是遊客必訪之地。茵西果然帶我們去一遊。我們從地鐵的佛羅倫斯站（Florenc）坐車到橋站（Můstek），再轉車到老城站（Staroměstská），沿著西洛卡街東行一段，便到了老猶太公墓。從西洛卡街一路蜿蜒到利斯托巴杜街，這一片淩亂而又荒蕪的墓地呈不規則的Z字形。其間的墓據說多達一萬二千，三百多年間的葬者層層相疊，常在古墓之上堆上新土，再葬新鬼。最早的碑石刻於一四三九年，死者是詩人兼法學專家阿必多・卡拉；最後葬此的是摩西・貝克，時在一七八七年。由於已經墓滿，

「死無葬身之地」，此後的死者便葬去別處。

那天照例天陰，冷寂無風，進得墓地已經半下午了。葉落殆盡的枯樹林中，飄滿蝕黃鏽赤的墓地上，盡堆著一排排一列列的石碑，都已半陷在土裡，或正或斜，或傾側而欲倒，或入土已深而只見碑頂，或出土而高欲與人齊，或交肩疊背相恃相倚，加以光影或迎或背，碑形或方或三角或繁複對稱，千奇百怪，不一而足。石面的浮雕古拙而蒼勁，有些花紋圖案本身已恣肆淋漓，再歷經風霜雨露天長地久的侵蝕，半由人雕鑿半由造化磨練，終於斑駁陸離完成這滿院的雕刻大展，陳列著三百多年的生老病死，一整個民族流浪他鄉的驚魂擾夢。

我們走走停停，憑弔久之，徒然猜測碑石上的希伯萊古文刻的是誰何的姓氏與行業，不過發現石頭的質地亦頗有差異；其中石紋粗獷、蒼青而近黑者乃是砂岩，肌理光潔、或白皙或淺紅者應爲大理石，砂岩的墓碑年代古遠，大理石碑當較晚期。

「這一大片迷魂石陣，」轉過頭去我對天恩說，「可稱爲布拉格的碑林。」

「一點也不錯，」天恩走近來，「可是怎麼只有石碑，不見墳墓？」

茵西也走過來，一面翻閱小冊子，說道：「據說是石上塡土，土上再立碑，共有十層之深。」

「眞是不可思議，」隱地也拎著相機，追了上來。四顧不見邦媛，我存和我問茵西，茵西笑答：

「她在外面等我們呢。她說，黃昏的時候莫看墳墓。」

經此一說，大家都有點惴惴不安了，更覺得墓地的陰森加重了秋深的蕭瑟。一時眾人默然面對群碑，天色似乎也暗了一層。

「擾攘一生，也不過留下一塊頑石。」天恩感嘆。

「能留下一塊碑就不錯了，」茵西說。「二次大戰期間，納粹在這一帶殺害了七萬多猶太人。這些冤魂在猶太教堂的紀念牆上，每個人的名字和年份只佔了短短窄窄一小行而已——」

「眞的啊？」隱地說。「在哪裡呢？」

「就在隔壁的教堂，」茵西說。「跟我來吧。」

墓地入口處有一座巴洛克式的小教堂，叫做克勞茲教堂（Klaus Synagogue），裡面展出古希伯萊文的手稿和名貴的版畫，但令人低徊難遣的，卻是樓上收集的兒童作品。那一幅幅天眞爛漫的素描和水彩，線條活潑，構圖單純，色調生動，在稚拙之中流露出童眞的淘氣、諧趣。觀其潛力，若是加以培養，未必不能成就來日的米羅和克利。但是，看過了旁邊的說明之後，你忽然笑不起來了。原來這些孩子都是納粹佔領期間關在泰瑞辛（Terezin）集中營裡的小俘虜：當別的孩子在唱兒歌看童話，他們卻擠在窒息的貨車廂裡，被押去令人嗆咳而絕的毒氣室，那滅族的屠場。

腳步沉重，心情更低沉，我們又去南邊的一座教堂。那是十五世紀所建的文藝復興式古屋，叫平卡斯教堂（Pinkas Synagogue），正在翻修。進得內堂，迎面是一股悲肅空廓的氣氛，已經直覺事態嚴重。窗高而小，下面只有一面又一面石壁，令人絕望地仰面窺天，呼吸不暢，如在地牢。高峻峭起的石壁，一幅連接著一幅，從高出人頭的上端，密密麻麻，幾乎是不留餘地，令人的目光難以舉步，一排排橫刻著死者的姓名和遇難的日期，名字用血的紅色，死期用訃聞的黑色，一直排列到牆角。我們看得眼花而鼻酸。湊近去細審徐讀，才把這滅族的浩劫一一還原成家庭的噩耗。我站在F部的牆下，發現竟有心理學家佛洛依德的宗親，是這樣刻的：

FREUD Artur 17. V 1887-1. X 1944 Flora 24.II 1893-1. X1944

這麼一排字，一個悲痛的極短篇，就說盡了這對苦命夫妻的一生。丈夫阿瑟・佛洛依德比妻子芙羅拉大六歲，兩人同日遇難，均死於一九四四年十月一日，丈夫五十七歲，妻子五十一歲，其時離大戰結束不過七個月，竟也難逃劫數。另有一家人與漢學家佛朗科同姓，刻列如下：

FRANKL Leo 28. I 1904-26. X 1942 Olga 16. III 1910-26. X 1942 Pavel 2. VII 1938-26. X 1942

足見一家三口也是同日遭劫，死於一九四二年十月廿六，爸爸利歐只有三十八歲，媽媽娥佳只有三十二歲，男孩巴維才四歲呢。僅此一幅就摩肩接踵，橫刻了近二百排之多，幾乎任挑一家來核對，都是同年同月同日死去，偶有例外，也差得不多。在接近牆腳的地方，我發現佛萊歇一家三代的死期：

FLEISCHER Adolf 15. X 1872-6.VI 1943 Hermina 20. VII 1874-18. VII 1943 Oscar29. IV 1902-28.IV 1942 Gerda 12. IV 1913-28. IV 1942 Jiri 23. X 1937-28. IV 1942

根據這一串不祥數字，當可推測祖父阿道夫死於一九四三年六月六日，享年（忍年？）七十一歲，祖母海敏娜比他晚死約一個半月，忍年六十九歲：那一個半月她的悲慟或憂疑可想而知。至於父親奧斯卡，母親葛兒妲，孩子吉瑞，則早於一九四二年四月廿八日同時殞命，但祖父母是否知道，僅憑這一行半行數字卻難推想。

我一路看過去，心亂而眼酸，一面面石壁向我壓來，令我窒息。七萬七千二百九十七具赤裸裸的屍體，從耄耋到稚嬰，在絕望而封閉的毒氣室巨墓裡扭曲著掙扎著死去，千肢萬骸向我一鏟鏟一車車拋來投來，將我一層層一疊疊壓蓋在下面。於是七萬個名字，七萬不甘冤死的鬼魂，在這一面面密密麻麻的哭牆上一起慟哭了起來，滅族的哭聲、喊聲，夫喊妻，母叫子，祖呼孫，那樣高分貝的悲痛和怨恨，向我衰弱的耳神經洶湧而來，歷史的餘波回響捲成滅頂的大漩渦，將我捲進……我聽見在戰爭的深處母親喊我的回聲。

南京大屠殺，重慶大轟炸，我的哭牆在何處？眼前這石壁上，無論多麼擁擠，七萬多猶太冤魂總算已各就各位，丈夫靠著亡妻，夭兒偎著生母，還有可供憑弔的方寸歸宿。但我的同胞族人，武士刀夷燒彈下那許多孤魂野鬼，無名無姓，無宗無親，無碑無墳，天地間，何曾有一面半面的哭牆供人指認？

五、卡夫卡

今日留居在布拉格的猶太人，已經不多了。曾經，他們有功於發展黃金城的經濟與文化，但是往往贏不到當地捷克人的友誼。最狠的還是希特勒。他的計畫是要「徹底解決」，只保留一座「滅族絕種博物館」，那就是今日倖存的六座猶太教堂和一座猶太公墓。

德文與捷克文並為捷克的文學語言。里爾克（R.M. Rilke, 1875-1926）、費爾非（Franz Werfel, 1890-1945）、卡夫卡（Franz Kafka, 1883-1924）同為誕生於布拉格的德語作家，但是前二人的交遊不出猶太與德裔的圈子，倒是猶太裔的卡夫卡有意和當地的捷克人來往，並且公開支持社會主義。

然而就像他小說中的人物一樣，卡夫卡始終突不破自己的困境，注定要不快樂一生。身為猶太種，他成為反猶太的對象。來自德語家庭，他得承受捷克人民的敵視。父親是殷商，他又不見容於無產階級。另一層不快則由於厭恨自己的職業：他在「勞工意外保險協會」一連做了十四年的公務員，也難怪他對官僚制度的荒謬著墨尤多。

此外，卡夫卡和女人之間亦多矛盾：他先後訂過兩次婚，都沒有下文。但是一直壓迫著他、使他的人格扭曲變形的，是他那壯碩而獨斷的父親。在一封沒有寄出的信裡，卡夫卡怪父親不了解他，使他喪失信心，並且產生罪惡感。他的父親甚至罵他做「蟲豸」（ein ungezieffer）。緊張的家庭生活，強烈的宗教疑問，不斷折磨著他。在《審判》、《城堡》、《變形記》等作品中，年輕的主角總是遭受父權人物或當局誤解、誤判、虐待，甚至殺害。

就這麼，這苦悶而焦慮的心靈在畫魘裡徘徊夢遊，一生都自困於布拉格的迷宮，直到末年，才因肺病死於維也納近郊的療養院。生前他發表的作品太少，未能成名，甚至臨終都囑友人布洛德（Max Brod）將他的遺稿一燒了之。幸而布洛德不但不聽他的，反而將那些傑作，連同三千頁的日記、書信，都編妥印出。不幸在納粹然後是共黨的統治下，這些作品都無法流通。一九三一年，他的許多手稿被蓋世太保沒收，從此沒有下文。後來，他的三個姊妹都被送去集中營，慘遭殺害。

直到五〇年代，在卡夫卡死後三十年，他的德文作品才譯成了捷克文，並經蘇格蘭詩人繆爾夫婦（Edwin and Willa Muir）譯成英文。

布拉格，美麗而悲哀的黃金城，其猶太經驗尤其可哀。這金碧輝煌的文化古都，到處都聽得見卡夫卡咳嗽的回聲。最富於市井風味歷史趣味的老城廣場（Staroměstské náměstí），有一座十八世紀洛可可式的金斯基宮，卡夫卡就在裡面的德文學校讀過書，他的父親也在裡面開過時裝配件店。廣場的對面，還有卡夫卡藝廊。猶太區的入口處，梅索街五號有卡夫卡的雕像。許多書店的櫥窗裡都擺著他的書，掛著他的畫像。

畫中的卡夫卡濃眉大眼，憂鬱的眼神滿含焦灼，那一對瞳仁正是高高的獄窗，深囚的靈魂就攀在窗口向外窺探。黑髮蓄成平頭，低壓在額頭上。招風的大耳朵突出於兩側，警醒得似乎在收聽什麼可疑、可驚的動靜。挺直的鼻梁，輪廓剛勁地從眉心削落下來，被豐滿而富感性的嘴唇托個正著。

布拉格的迷宮把徬徨的卡夫卡困成了一場噩夢，最後這噩夢卻回過頭來，爲這座黃金城加上了桂冠。

六、遭竊記

布拉格的地鐵也叫 metro ，沒有巴黎、倫敦的規模，只有三線，卻也乾淨、迅疾、方便，而且便宜。令人吃驚的是：地道挖得很深，而自動電梯不但斜坡陡峭，並且移得很快，起步要是踏不穩準，同時牢牢抓住扶手，就很容易跌跤。梯道斜落而長，分爲兩層，每層都有五樓那麼高。斜降而下，雖無滑雪那麼迅猛，勢亦可驚。俯衝之際，下瞰深谷，令人有伊于胡底之憂。

布城人口一百廿多萬，街上並不顯得怎麼熙來攘往，可是地鐵站上卻眞是擠，也許不是那麼擠，而是因爲電梯太快，加以一邊俯衝而下，另一邊則仰昂而上，備增交錯之勢，令人分外緊張。尖峰時段，車上摩肩擦背，就更擠了。

我們一到布拉格，駐捷克代表處的謝新平代表伉儷及黃顧問接機設宴，席間不免問起當地的治安。主人笑了一下說：「倒不會搶，可是扒手不少，也得提防。」大家鬆了一口氣，隱地卻說：「不搶就好。至於偷嘛，也是憑智慧——」逗得大家笑了。

從此我們心上有了小偷的陰影，尤其一進地鐵站，嚮導茵西就會提醒大家加強戒備。我在國外旅行，只要有機會搭地鐵，很少放過，覺得跟當地中、下層民眾擠在一起，雖然說不上什麼「深入民間」，至少也算見到了當地生活的某一橫剖面，能與當地人同一節奏，總是值得。

有一天，在布拉格擁擠的地鐵車上，見一乾瘦老者聲色頗厲地在責備幾個少女，老者手拉吊環而立，少女們則坐在一排。開始我們以爲那滔滔不絕的斯拉夫語，是長輩在訓晚輩，直到一位少女赧赧含笑站起來，而老者立刻向空位上坐下去，才恍然他們並非一家人，而是老者責罵年輕人不懂讓座，有失敬老之禮。我們頗有感慨，覺得那老叟能理直氣壯地當眾要年輕人讓座，足見古禮尚未盡失，民風未盡澆薄。不料第二天在同樣滿座的地鐵車上，一位十五、六歲的男孩，像是中學生模樣，竟然起身讓我，令我很感意外。不忍辜負這好孩子的美意，我一面笑謝，一面立刻坐了下去。那孩子「日行一善」，似乎還有點害羞，竟然半別過臉去。這一幕給我的印象至深，迄今溫馨猶在心頭。這小小的國民外交家，一念之仁，贏得遊客由衷的銘感，勝過了千言不慚的觀光手冊。苦難的波希米亞人，一連經歷了納粹與共產的凌虐折磨，竟然還有這麼善良的子弟，令人對所謂「共產國家」不禁改觀。

到布拉格第四天的晚上，我們乘地鐵回旅館。車到共和廣場站（Náměsti Republicky），五個人都已下車，我跟在後面，正要跨出車廂，忽聽有人大叫「錢包！錢包！」聲高而情急。等我定過神來，隱地已衝回車上，後面跟著茵西。車廂裡一陣驚愕錯亂，只聽見隱地說：「證件全不見了！」整個車廂的目光都蝟聚在隱地身上，看著他抓住一個六十上下的老人，抓住那老人手上的棕色提袋，打開一看——卻是空的！

這時車門已自動合上。透過車窗，邦媛、天恩、我存正在月台上惶惑地向我們探望。車動了。茵西向他們大叫：「你們先回旅館去！」列車出了站，加起速來。那被搜的老人也似乎一臉惶惑，拎著看來是無辜的提包。茵西追問隱地災情有多慘重，我在心亂之中，只朦朦意識到「證件全不見了！」似乎比丟錢更加嚴重。忽然，終站佛羅倫斯到了。隱地說：「下車吧！」茵西和我便隨他下車。我們一路走回旅館，途中隱地檢查自己的背包，發現連美金帶台幣，被扒的錢包裡大約值五百多美金。「還好，」他最後說，「大半的美金在背包裡。台灣的身分證跟簽帳卡一起不見了，幸好護照沒丟。不過——」

「不過怎麼？」我緊張地問道。

「被扒的錢包是放在後邊褲袋裡的，」隱地嘖嘖納罕。「袋是鈕釦扣好的，可是錢包扒走了，鈕扣還是扣得好好的。眞是奇怪！」

茵西和我也想不通。我笑說：「恐怕眞有三隻手——一手解鈕，一手偷錢，第三隻再把鈕扣上。」

知道護照還在，餘錢無損，大家都舒了一口氣。我忽然大笑，指著隱地說：「都是你，聽謝代表說此地只偷不搶，別人都沒開口，你卻搶著說：『偷錢要靠智慧，也是應該。』眞是一語成讖！」

七、緣短情長

捷克的玻璃業頗爲悠久，早在十四世紀已經製造教堂的玻璃彩窗。今日波希米亞的雕花水晶，更廣受各國歡迎。在布拉格逛街，最誘惑人的是琳琅滿目的水晶店，幾乎每條街都有，有的街更一連開了幾家。那些彩杯與花瓶，果盤與吊燈，不但造型優雅，而且色調清純，驚豔之際，觀賞在目，摩挲在手，令人不覺陷入了一座透明的迷宮，唉，七彩的夢。醒來的時候，那夢已經包裝好了，提在你的袋裡，相當重呢，但心頭卻覺得輕快。何況價錢一點也不貴：台幣三兩百元就可以買到小巧精緻，上千，就可以擁有高貴大方了。

我們一家家看過去，提袋愈來愈沉，眼睛愈來愈亮。情緒不斷上升。當然，有人不免覺得貴了，或是擔心行李重了，我便唸出即興的四字訣來鼓舞士氣：

昨天太窮
後天太老
今天不買
明天懊惱

大家覺得有趣，就一齊唸將起來，眞的感到理直氣壯，愈買愈順手了。

捷克的觀光局要是懂事，應該把我這「勸購曲」買去宣傳，一定能教無數守財奴解其嗇囊。

捷克的木器也做得不賴。紀念品店裡可以買到彩繪的漆盒，玲瓏鮮麗，令人撫玩不忍釋手。兩三千元就可以買到精品。有一盒繪的是天方夜譚的魔毯飛行，神奇富麗，美不勝收，可惜我一念吝嗇，竟未下手，落得「明天懊惱」之譏。

還有一種俄式木偶，有點像中國的不倒翁，繪的是胖墩墩的花衣村姑，七色鮮豔若俄國畫家夏卡爾（Marc Chagall）的畫面。櫥窗裡常見這村姑成排站著，有時多達十一、二個，但依次一個比一個要小一號。仔細看時，原來這些胖妞都可以齊腰剝開，裡面是空的，正好裝下小一號的「妹妹」。

一天晚上，我們去看了莫札特的歌劇「唐喬凡尼」（Don Giovanni），不是眞人而是木偶所演。莫札特生於薩爾斯堡，死於維也納，但他的音樂卻和布拉格不可分割。他一生去過那黃金城三次，第二次去就是爲了「唐喬凡尼」的世界首演。那富麗而飽滿的序曲正是在演出的前夕神速譜成，樂隊簡直是現看現奏。莫札特親自指揮，前台與後台通力合作，居然十分成功。可是「唐喬凡尼」在維也納卻不很受歡迎，所以莫札特對布拉格心存感激，而布拉格也引以自豪。

一九九一年，爲紀念莫札特逝世兩百周年，布拉格的國家木偶劇場（National Marionette Theatre）首次演出「唐喬凡尼」，不料極爲叫座，三年下來，演了近七百場，觀眾已達十一萬人。我們去的那夜，也是客滿。那些木偶約有半個人高，造型近於漫畫，幕後由人拉線操縱，與音樂密切配合，而舉手投足，彎腰扭頭，甚至仰天跪地，一切動作在突兀之中別有諧趣，其妙正在眞幻之間。

臨行的上午，別情依依。隱地、天恩、我存和我四人，迴光返照，再去查理大橋。清冷的薄陰天，河風欺面，只有七、八度的光景。橋上眾藝雜陳，行人來去，仍是那麼天長地久的市井閒情。想起兩百年前，莫札特排練罷「唐喬凡尼」，沿著栗樹掩映的小巷一路回家，也是從查理大橋，就是我正踏著的這座灰磚古橋，到對岸的史泰尼茨酒店喝一杯濃烈的土耳其咖啡；想起卡夫卡、里爾克的步聲也在這橋上橐橐踏過，感動之中更覺得離情漸濃。

我們提著在橋頭店中剛買的木偶；隱地和天恩各提著一個小卓別林，戴高帽，揮手杖，蓄黑髭，張著外八字，十分惹笑。我提的則是大眼睛翹鼻子的木偶皮諾丘，也是人見人愛。

沿著橋尾斜落的石級，我們走下橋去，來到康佩小村，進了一家叫「金剪刀」的小餐館。店小如舟，掩映著白紗的窗景卻精巧如畫，菜價只有台北的一半。這一切，加上戶內的溫暖，對照著河上的淒冽，令我們懶而又賴，像古希臘耽食落拓棗的浪子，流連忘歸。尤其是隱地，儘管遭竊，對布拉格之眷戀仍不改其深。問起他此刻的心情，他的語氣恬淡而雋永：

「完全是緣分，」隱地說。「錢包跟我已經多年，到此緣盡，所以分手。至於那張身分證嘛，不肯跟我回去，也只是另一個自我，潛意識裡要永遠留在布拉格城。」

看來隱地經此一劫，境界日高。他已經不再是苦主，而是哲學家了。偷，而能得手，是聰明。被偷，而能放手，甚至放心，就是智慧了。

於是我們隨智者過橋，再過六百年的查理大橋。白鷗飛起，回頭是岸。

——一九九四年十二月・選自九歌版《日不落家》

日不落家

1

壹圓的舊港幣上有一隻雄獅，戴冕控球，姿態十分威武。但七月一日以後，香港歸還了中國，那頂金冠就要失色，而那隻圓球也不能號稱全球了。伊麗莎白二世在位，已經四十五年，恰與一世相等。在兩位伊麗莎白之間，大英帝國從起建到瓦解，凡歷四百餘年，與漢代相當。方其全盛，這帝國的屬地藩邦、運河軍港，遍布了水陸大球，天下四分，獨占其一，爲歷來帝國之所未見，有「日不落國」之稱。

而現在，日落帝國，照豔了香港最後這一片晚霞。「日不落國」將成爲歷史，代之而興的乃是「日不落家」。

冷戰時代過後，國際日趨開放，交流日見頻繁，加以旅遊便利，資訊發達，這世界眞要變成地球村了。於是同一家人辭鄉背井，散落到海角天涯，晝夜顛倒，寒暑對照，便成了「日不落家」。今年我們的四個女兒，兩個在北美，兩個在西歐，留下我們二老守在島上。一家而分在五國，你醒我睡，不可同日而語，也成了「日不落家」。

幼女季珊留法五年，先在翁熱修法文，後去巴黎讀廣告設計，點唇畫眉，似乎沾上了一些高盧風味。我家英語程度不低，但家人的法語發音，常會遭她糾正。她擅於學人口吻，並佐以滑稽的手勢，常逗得母親和姐姐們開心，輕則解顏，劇則捧腹。可以想見，她的笑話多半取自法國經驗，首當其衝的自然是法國男人。馬歇・馬叟是她的偶像，害得她一度想學默劇。不過她的設計也學得不賴，我譯的王爾德喜劇《理想丈夫》，便是她做的封面。現在她住在加拿大，一個人孤懸在溫哥華南郊，跟我們的時差是早八小時。

長女珊珊在堪薩斯修完藝術史後，就一直留在美國，做了長久的紐約客。大都會的藝館畫廊既多，展覽又頻，正可盡情飽賞。珊珊也沒有閒著，遠流版兩巨冊的《現代藝術理論》就是她公餘、廚餘的譯績。華人畫家在東岸出畫集，也屢次請她寫序。看來我的「序災」她也有份了，成了「家患」，雖然苦些，卻非徒勞。她已經做了母親，男孩四歲，女孩未滿兩歲。家教所及，那小男孩一面揮舞恐龍和電動神兵，一面卻隨口叫出梵谷和蒙娜・麗莎的名字，把考古、科技、藝術合而為一，十足一個博聞強記的頑童。四姐妹中珊珊來得最早，在生動的回憶裡她是破天荒第一聲嬰啼，一嬰開啼，眾嬰響應，帶來了日後八根小辮子飛舞的熱鬧與繁華。然而這些年來她離開我們也最久，而自己有了孩子之後，也最不容易回台，所以只好安於「日不落家」，不便常回「娘家」了，她和么妹之間隔了一整個美洲大陸，時差，又早了三個小時。

凌越淼淼的大西洋更往東去，五小時的時差，便到了莎士比亞所讚的故鄉，「一塊寶石鑲嵌在銀濤之上」。次女幼珊在曼徹斯特大學專攻華滋華斯，正襟危坐，苦讀的是詩翁浩繁的全集，逍遙汗漫，優遊的也還是詩翁俯仰的湖區。華滋華斯乃英國浪漫詩派的主峰，幼珊在柏克萊寫碩士論文，仰攀的是這翠微，十年後逕去華氏故鄉，在曼城寫博士論文，登臨的仍是這雪頂，眞可謂從一而終。世上最親近華氏的女子，當然是他的妹妹桃樂賽（Dorothy Wordsworth），其次呢，恐怕就輪到我家的二女兒了。

幼珊留英，將滿三年，已經是一口不列顚腔。每逢朋友訪英，她義不容辭，總得駕車載客去西北的坎布利亞，一覽湖區絕色，簡直成了華滋華斯的特勤導遊。如此貢獻，只怕桃樂賽也無能爲力吧。我常勸幼珊在撰正論之餘，把她的英國經驗，包括湖區的唯美之旅，一一分題寫成雜文小品，免得日後「留英」變成「留白」。她卻惜墨如金，始終不曾下筆，正如她的么妹空將法國歲月藏在心中。

幼珊雖然遠在英國，今年卻不顯得怎麼孤單，因爲三妹佩珊正在比利時研究，見面不難，沒有時差。我們的三女兒反應迅速，興趣廣泛，而且「見異思遷」，她拿的三個學位依次是歷史學士、廣告碩士、行銷博士。所以我叫她做「柳三變」。在香港讀中文大學的時候，她的鋼琴演奏曾經考取八級，一度有意去美國主修音樂；後來又任《星島日報》的文教記者。所以在餐桌上我常笑語家人：「記者面前，說話當心。」

回台以後，佩珊一直在東海的企管系任教，這些年來，更把本行的名著三種譯成中文，在「天下」、「遠流」出版。今年她去比利時做市場調查，範圍兼及荷蘭、英國。據我這做父親的看來，她對消費的興趣，不但是學術，也是癖好，尤其是對於精品。她的比利時之旅，不但飽覽佛朗德斯名畫，而且遍嘗各種美酒，更遠征土耳其，去清眞寺仰聽尖塔上悠揚的呼禱，想必是十分豐盛的經驗。

2

世界變成了地球村，這感覺，看電視上的氣象報告最爲具體。台灣太熱，溫差又小，本地的氣象報告不夠生動，所以愛看外地的冷暖，尤其是夠酷的低溫。每次播到大陸各地，我總是尋找瀋陽和蘭州。「哇！零下十二度耶！過癮啊！」於是一整幅雪景當面摑來，覺得這世界還是多采多姿的。

一家既分五國，氣候自然各殊。其實四個女兒都在寒帶，最北的曼徹斯特約當北緯五十三度又半，最南的紐約也還有四十一度，都屬於高緯了。總而言之，四個女兒緯差雖達十二度，但氣溫大同，只得一個冷字。其中幼珊最爲怕冷，偏偏曼徹斯特嚴寒欺人，而讀不完的華滋華斯又必須久坐苦讀，難抵凜冽。對比之下，低緯二十二度半的高雄是暖得多了，即使嚷嚷寒流犯境，也不過等於英國的仲夏之夜，得蓋被窩。

黃昏，是一日最敏感最容易受傷的時辰，氣象報告總是由近而遠，終於播到了北美與西歐，把我們的關愛帶到高緯，向陌生又親切的都市聚焦。陌生，因爲是寒帶。親切，因爲是我們的孩子所在。

「溫哥華還在零下！」

「暴風雪襲擊紐約，機場關閉！」

「倫敦都這麼冷了，曼徹斯特更不得了！」

「布魯塞爾呢，也差不多吧？」

坐在熱帶的涼椅上看國外的氣象，我們總這麼大驚小怪，並不是因爲沒有見識過冰雪，或是孩子們還在稚齡，不知保暖，更不是因爲那些國家太簡陋，難以禦寒。只因爲父母老了，念女情深，在記憶的深處，夢的焦點，在見不得光的潛意識底層，女兒的神情笑貌仍似往昔，永遠珍藏在嬌憨的稚歲，童眞的幼齡——所以天冷了，就得爲她們加衣，天黑了，就等待她們一一回來，向熱騰騰的晚餐，向餐桌頂上金黃的吊燈報到，才能眾瓣聚首，眾瓣圍葩，輻輳成一朵烘鬧的向日葵。每當我眷顧往昔，年輕的幸福感就在這一景停格。

人的一生有一個半童年。一個童年在自己小時候，而半個童年在自己孩子的小時候。童年，是人生的神話時代，將信將疑，一半靠父母的零星口述，很難考古。錯過了自己的童年，還有第二次機會，那便是自己子女的童年。年輕爸爸的幸福感，大概僅次於年輕媽媽了。在廈門街綠蔭深邃的巷子裡，我曾是這麼一位顧盼自得的年輕爸爸，四個女嬰先後裹著奶香的襁褓，投進我喜悅的懷抱。黑白分明，新造的靈瞳灼灼向我轉來，定睛在我臉上，不移也不眨，凝神認眞地讀我，似乎有一點困惑。

「好像不是那個（媽媽）呢，這個（男人）。」她用超語言的渾沌意識在說我，而我，更逼近她的臉龐，用超語言的笑容向她示意：「我不是別人，是你爸爸，愛你，也許比不上你媽媽那麼週到，但不會比她較少。」她用超經驗的直覺將我的笑容解碼，於是學起我來，忽然也笑了。這是父女間第一次相視而笑，像風吹水綻，自成漣漪，卻不落言詮，不留痕跡。

爲了女嬰靈秀可愛，幼稚可哂，我們笑。受了我們笑容的啓示，笑聲的鼓舞，女嬰也笑了。女嬰一笑，我們以笑回答。女嬰一哭，我們笑得更多。女嬰剛會起立，我們用笑勉勵。她又跌坐在地，我們用笑安撫。四個女嬰馬戲團一般相繼翻觔斗來投我家，然後是帶爬、帶跌、帶搖、帶晃，撲進我們張迎的懷裡——她們的童年是我們的「笑季」。

爲了逗她們笑，我們做鬼臉。爲了教她們牙牙學語，我們自己先兒語牙牙：「這是豆豆，那是餅餅，蟲蟲蟲蟲飛！」成人之間不屑也不敢的幼稚口吻、離奇動作，我們在孩子面前，特權似的，卻可以完全解放，盡情表演。在孩子的眞童年裡，我們找到了自己的假童年，鄉愁一般再過一次小時候，管他是眞是假，是一半還是完全。

快樂的童年是雙全的互惠：一方面孩子長大了，孺慕兒時的親恩；一方面父母老了，眷念子女的兒時。因爲父母與稚兒之間的親情，最原始、最純粹、最強烈，印象最久也最深沉，雖經萬劫亦不可磨滅。坐在電視機前，看氣象而念四女，心底浮現的常是她們孩時，仰面伸手，依依求抱的憨態，只因那形象最縈我心。

最縈我心是第一個長夏，珊珊臥在白紗帳裡，任我把搖籃搖來搖去，烏眸灼灼仍對我仰視，窗外一巷的蟬嘶。是幼珊從躺床洞孔倒爬了出來，在地上顫顫昂頭像一隻小胖獸，令眾人大吃一驚，又哄然失笑。是帶佩珊去看電影，她水亮的眼珠在暗中轉動，閃著銀幕的反光，神情那樣緊張而專注，小手微汗在我的手裡。是季珊小時候怕打雷和鞭炮，巨響一迸發就把哭聲埋進婆婆的懷裡，嗚咽久之。

不知道她們的母親，記憶中是怎樣爲每一個女孩的初貌取景造形。也許是太密太繁了，不一而足，甚至要遠溯到成形以前，不是形象，而是觸覺，是胎裡的顛倒蜷伏，手撐腳踢。

當一切追溯到源頭，渾沌初開，女嬰的生命起自父精巧遇到母卵，正是所有愛情故事的雛形。從父體出發長征的；萬頭攢頭，是適者得岸的蝌蚪寶寶，只有幸運的一頭被母島接納。於是母女同體的十月因緣奇妙地開始。母親把女嬰安頓在子宮，用胚胎餵她，羊水護她，用臍帶的專線跟她神祕地通話，給她曖昧的超安全感，更賦她心跳、脈搏與血型，直到大頭蝌蚪變成了大頭寶寶，大頭朝下，抱臂交股，蜷成一團，準備向生之窄門擁擠頂撞，破母體而出，而且鼓動肺葉，用尚未吃奶的氣力，嗓音驚天地而動鬼神，又像對母體告別，又像對母親報到，洪亮的一聲啼哭，「我來了！」

3

母親的恩情早在孩子會呼吸以前就開始。所以中國人計算年齡，是從成孕數起。那原始的十個月，雖然眼睛都還未睜開，已經樣樣向母親索取，負欠太多。等到降世那天，同命必須分體，更要斷然破胎、截然開骨，在劇烈加速的陣痛之中，掙扎著，奪門而出。生日蛋糕之甜，燭火之亮，是用母難之血來償付的。但生產之大劫不過是母愛的開始，日後母親的辛勤照顧，從抱到揹，從扶到推，從拉拔到提掖，字典上凡是手字部的操勞，哪一樣沒有做過？〈蓼莪〉篇說：「哀哀父母，生我劬勞。」其實肌膚之親、操勞之勤，母親遠多於父親。所以〈蓼莪〉又說：「母兮鞠我，拊我畜我，長我育我，顧我復我，出入腹我。欲報之德，昊天罔極？」其中所言，多爲母恩。「出入腹我」一句形容母不離子，最爲傳神，動物之中恐怕只有袋鼠家庭勝過人倫了。

從前是四個女兒常在身邊，顧之復之，出入腹之。我存肌膚白皙，四女多得遺傳，所以她們小時我戲呼之爲「一窩小白鼠」。在丹佛時，長途旅行，一窩小白鼠全在我家車上，坐滿後排。那情景，又像是所有的雞蛋都放在同一隻籃裡。我手握駕駛盤，不免備加小心，但是全家同遊，美景共享，卻也心滿意足。在香港的十年，晚餐桌上熱湯蒸騰，燈氛溫馨，四隻小白鼠加一隻大白鼠加我這大老鼠圍成一桌，一時六口齊張，美餚爭入，妙語爭出，嘰嘰喳喳喧成一片，鼠倫之樂莫過於此。

而現在，一窩小白鼠全散在四方，這樣的盛筵久已不再。剩下二老，只能在清冷的晚餐後，向國外的氣象報告去揣摩四地的冷暖。中國人把見面打招呼叫做寒暄。我們每晚在電視上眞的向四個女兒「寒暄」，非但不是客套，而且寓有眞情，因爲中國人不慣和家人緊抱熱吻，恩情流露，每在淡淡的問暖噓寒，叮囑添衣。

往往在氣象報告之後，做母親的一通長途電話，越洋跨洲，就直接撥到暴風雪的那一端，去「寒暄」一番，並且報告高雄家裡的現況，例如父親剛去墨西哥開會，或是下星期要去川大演講，她也要同行。有時她一夜電話，打遍了西歐北美，耳聽四國，把我們這「日不落家」的最新動態收集彙整。

看著做母親的曳著電線，握著聽筒，跟九千里外的女兒短話長說，那全神貫注的姿態，我頓然領悟，這還是母女連心、一線密語的習慣。不過以前是用臍帶向體內腹語，而現在，是用電纜向海外傳音。

而除了臍帶情結之外，更不斷寫信，並附寄照片或剪報，有時還寄包裹，把書籍、衣飾、藥品、隱形眼鏡等等，像後勤支援前線一般，源源不絕向海外供應。類此的補給從未中止，如同最初，母體用胎盤向新生命輸送營養和氧氣：綿綿的母愛，源源的母愛，唉，永不告竭。

所謂恩情，是愛加上辛苦再乘以時間，所以是有增無減，且因累積而變得深厚。所以《詩經》歎曰：「欲報之德，昊天罔極？」

這一切的一切，從珊珊的第一聲啼哭以前就開始了。若要徹底，就得追溯到四十五年前，當四個女嬰的母親初遇父親，神話的封面剛剛揭開，羅曼史正當扉頁。到女嬰來時，便是美麗的插圖了。第一圖是父之囊。第二圖是母之宮。第三圖是育嬰床，在內江街的婦產醫院。第四圖是搖嬰籃，把四個女嬰依次搖啊搖，沒有搖到外婆橋，卻搖成了少女，在廈門街深巷的一棟古屋。以後的插圖就不用我多講了。

這一幅插圖，看哪，爸爸老了，還對著海峽之夜在燈下寫詩。媽媽早入睡了，微聞鼾聲。她也許正夢見從前，有一窩小白鼠跟她捉迷藏，躲到後來就走散了，而她太累，一時也追不回來。

——一九九七年四月・選自九歌版《日不落家》

開你的大頭會

世界上最無趣的事情莫過於開會了。大好的日子，一大堆人被迫放下手頭的急事、要事、趣事，濟濟一堂，只爲聽三五個人逞其舌鋒，爭辯一件議而不決、決而不行、行而不通的事情，眞是集體浪費時間的最佳方式。僅僅消磨光陰倒也罷了，更可惜的是平白掃興，蹧蹋了美好的心情。會場雖非戰場，卻有肅靜之氣，進得場來，無論是上智或下愚，君子或小人，都會一改常態，人人臉上戴著面具，肚裡懷著鬼胎，對著冗贅的草案、苛細的條文，莫不咬文嚼字，反覆推敲，務求措辭嚴密而周詳，滴水不漏，一勞永逸，把一切可鑽之隙、可趁之機統統堵絕。

開會的心情所以好不了，正因爲會場的氣氛只能夠印證性惡的哲學。濟濟多士埋首研討三小時，只爲了防範冥冥中一個假想敵，免得他日後利用漏洞，佔了大家的，包括你的，便宜。開會，正是民主時代的必要之惡。名義上它標榜尊重他人，其實是在懷疑他人，並且強調服從多數，其實往往受少數左右，至少是攪局。

除非是終於付諸表決，否則爭議之聲總不絕於耳。你要閉目養神，或遊心物外，或思索比較有趣的問題，並不可能。因爲萬籟之中人聲最令人分心，如果那人聲竟是在辯論，甚或指摘，那就更令人不安了。在王爾德的名劇《不可兒戲》裡，脾氣古怪的巴夫人就說：「什麼樣的辯論我都不喜歡。辯來辯去，總令我覺得很俗氣，又往往覺得有道理。」

意志薄弱的你，聽誰的說詞都覺得不無道理，尤其是正在侃侃的這位總似乎勝過了上面的一位。於是像一隻小甲蟲落入了雄辯的蛛網，你放棄了掙扎，一路聽了下去。若是舌鋒相當，場面火爆而高潮迭起，效果必然提神。可惜討論往往陷於膠著，或失之瑣碎，爲了「三分之二以上」或「講師以上」要不要加一個「含」字，或是垃圾的問題要不要另組一個委員會來討論、而新的委員該如何產生才具有「充分的代表性」等等，節外生枝，又可以爭議半小時。

如此反覆斟酌，分髮（hair-splitting）細究，一個草案終於通過，簡直等於在集體修改作文。可惜成就的只是一篇面無表情更無文采的平庸之作，絕無漏洞，也絕無看頭。所以沒有人會欣然去看第二遍。也所以這樣的會開完之後，你若是幽默家，必然笑不出來，若是英雄，必然氣短，若是詩人，必然興盡。

開會的前幾天，一片陰影就已壓上我的心頭，成了生命中不可承受之煩。開會的當天，我赴會的步伐總帶一點從容就義。總之，前後那幾天我絕對激不起詩的靈感。其實我的詩興頗旺，並不是那樣禁不起驚嚇。我曾經在監考的講臺上得句；也曾在越洋的七四七經濟客艙裡成詩，周圍的人群擠得更緊密，靠得也更逼近。不過在陌生的人群裡「心遠地自偏」，儘多美感的距離，而排排坐在會議席上，摩肩接肘，咳唾相聞，盡是多年的同事、同仁，論關係則錯綜複雜，論語音則閉目可辨，一舉一動都令人分心，怎麼容得你悠然覓句？葉慈說得好：「與他人爭辯，乃有修辭；與自我爭辯，乃有詩。」修辭是客套的對話，而詩，是靈魂的獨白。會場上流行的既然是修辭，當然就容不得詩。

所以我最佩服的，便是那些喜歡開會、擅於開會的人。他們在會場上總是意氣風發，雄辯滔滔，甚至獨攬話題，一再舉手發言，有時更單挑主席纏鬥不休，陷議事於瓶頸，置眾人於不顧，像唱針在溝紋裡不斷反覆，轉不過去。

而我，出於潛意識的抗拒，常會忘記開會的日期，惹來電話鈴一疊連聲催逼，有時去了，卻忘記帶厚重幾近電話簿的議案資料。但是開會的煩惱還不只這些。

其一便是抽菸了。不是我自己抽，而是鄰座的同事在抽，我只是就近受其薰陶，所以準確一點，該說聞煙，甚至嗆煙。一個人對於鄰居，往往既感覺親切又苦於糾纏，十分矛盾。同事也是一種鄰居，也由不得你挑選，偏偏開會時就貼在你隔壁，卻無壁可隔，而有煙共吞。你一面嗆咳，一面痛感「遠親不如近鄰」之謬，應該倒過來說「近鄰不如遠親」。萬一幾個近鄰同時抽吸起來，你就深陷硝煙火網，嗆咳成一個傷兵了。好在近幾年來，社會雖然日益沉淪，交通、治安每下愈況，公共場所禁菸卻大有進步，總算除了開會一害。

另一件事是喝茶。當然是各喝各的，不受鄰居波及。不過會場奉茶，照例不是上品，同時在冷氣房中迅趨溫吞，更談不上什麼品茗，只成灌茶而已。禁不起工友一遍遍來壺添，就更淪爲牛飲了。其後果當然是去「造水」，樂得走動一下。這才發現，原來會場外面也很熱鬧，討論的正是場內的事情。

其實場內的枯坐久撐，也不是全然不可排遣的。萬物靜觀，皆成妙趣，觀人若能入妙，更饒奇趣。我終於發現，那位主席對自己的袖子有一種，應該是不自覺的，緊張心結，總覺得那袖口妨礙了他，所以每隔十分鐘左右，會忍不住突兀地把雙臂朝前猛一伸直，使手腕暫解長袖之束。那動作突發突收，敢說同事們都視而不見。我把這獨得之祕傳授給一位近鄰，兩人便興奮地等待，看究竟幾分鐘之後會再發作一次。那近鄰觀出了癮來，精神陡增，以後竟然迫不及待，只等下一次開會快來。

不久我又發現，坐在主席左邊的第三位主管也有個怪招。他一定是對自己的領子有什麼不滿，想必是妨礙了他的自由，所以每隔一陣子，最短時似乎不到十分鐘。總情不自禁要突抽頸筋，迅轉下巴，來一個「推畸」（twitch）或「推死它」（twist），把衣領調整一下。這獨家奇觀我就捨不得再與人分享了，也因爲那近鄰對主席的「推手式」已經興奮莫名，只怕再加上這「推畸」之扭他負擔不了，萬一神經質地爆笑起來，就不堪設想了。

當然，遣煩解悶的祕方，不只這兩樣。例如耳朵跟鼻子人人都有，天天可見，習以爲常竟然視而不見了。但在眾人危坐開會之際，你若留神一張臉接一張臉巡視過去，就會見其千奇百怪，愈比愈可觀，正如對著同一個字凝神注視，竟會有不識的幻覺一樣。

會議開到末項的「臨時動議」了。這時最爲危險，只怕有妄人意猶未盡，會無中生有，活部轉敗，竟然敢冒天下之大不韙，提出什麼新案來。

幸好沒有。於是會議到了最好的部份：散會。於是又可以偏安半個月了，直到下一次開會。

——一九九七年四月於西子灣・選自九歌版《日不落家》

山東甘旅

春到齊魯

清明節前一星期，我的飛機降落在濟南的遙墻機場。邀請我去齊魯訪問的雖然是山東大學，眞正遠去郊外歡迎的，沒有料到，卻是整個春天。從機場進城，三十公里的高速公路上，車輛稀少，但兩側的柳樹綠蔭不斷，料峭的晴冷天氣，千樹新綠排成整齊的春之儀隊，牽著連綿的青帳翠屏，那樣盛況的陣仗，將我歡迎。那些顯然都是耐乾耐寒的旱柳，嗜光而且速長，而且綠得天眞情怯，卻都亭亭挺立，當風不讓，只等春深氣暖，就會高舉華蓋，欣欣向陽。

從城之東北進入山東大學的新校區，外事處的佟光武處長和劉永波副處長把我安頓在專家樓，就將我留給了濟南的春天。一千年前，濟南的才女李清照說：「寵柳嬌花寒食近，種種惱人天氣。」我在山東十天，儘管春寒風勁，欺定我這南人，卻是一天暖過一天，晴得十分豪爽。愈到後來，益發明媚，雖然說不上春深似海，卻幾乎花香如潮了。不，如潮也還沒有，至少可以說淪紋迴漾。

專家樓外，有幾樹梨花，皓白似雪，卻用淡綠的葉子襯托，分外顯得素雅，那條巷子也就叫梨花路。偌大的山大校園雖然還只是初春，已經眾芳爭妍，令驚豔的行人應接不暇了。桃花夭夭，冶豔如點點絳唇。櫻花串串，富麗得不留餘地給叢葉。海棠樹高花繁，淡紅的風姿端莊而健美，簡直是碩人其頎。每次從邵逸夫科學館前路過，我都左顧右盼，看得眼花，無法「不二色」。只恨被人簇擁來去，點指參觀，身不由己，無法化爲一隻蜜蜂，周遊眾芳，去流留「一花一天國」。

但令我一見就傾心，歎爲群豔之尤的，是丁香。首先，這名字太美了，美得清純而又動聽。然後是愛情的聯想：「青鳥不傳雲外信，丁香空結雨中愁」，李璟的名句誰讀了能忘記呢？丁香與荳蔻同爲桃金孃家的嬌女，東印度群島中的馬魯古群島，即因盛產這兩種名媛，而有「香料群島」的美稱。早在戰國末期，中國的大臣上朝，就已用丁香解穢。乾燥的花蕾可提煉丁香油做香料，也可以入藥，有暖胃消脹之功。此花屬聚傘花序，花開四瓣，輻射成長橢圓形，淡綠的葉子垂著心形，盛開時花多於葉，簇簇的繁花壓低了細枝，便成串垂在梢頭，簡直要親人，依人。你怎能不停下步來，去親她，寵她，嗅她，逗她。

後來我寫了〈丁香〉一詩，便有「葉掩芳心，花垂寂寞」之句，不但寫實，也藉以懷念李清照，中國最美麗的寂寞芳心。

初春的濟南，到處盛開著丁香，簡直要害人患上輕度的花魘，花癲，整天眼貪鼻饞，坐立不安。山大校園裡的丁香就有乳白、淺緋、淡紫三種，好像春天是各色佳麗約好了一齊來開園遊會，你不知該對誰笑才好。我心裡暗暗挑選了紫衣的姹娃，也就是所謂「華北紫丁香」了。

同為地靈所育，灼灼群芳只爭妍一季，堂堂松柏卻枝撐著千古。從濟南的千佛山到靈岩寺，從岱廟到孔廟與孟廟，守護著聖賢的典範，英雄的俠骨的，正是這一排排一隊隊肅靜而魁梧的金剛。陰翳的樹影蕭森，輕掩著屋脊斜傾的鱗鱗密瓦，或是鉤心鬥角的犄望屋簷，再往下去，覆蓋在橫匾與楹聯上，或是土紅粉白的牆頭，或是字跡漶漫的石碑。若是樹頂有鴉鷺之類來棲，則磔磔怪號聲中更添寒禽古木的滄桑。

跨進寺廟高高的門檻，最先令我瞻仰出神的，往往不是香火或對聯，而是這些木德可敬的古樹。濟南一帶氣候乾燥，一年雨量不過六七二釐米，約為高雄的三分之一。我在山東十天，只覺寒風強勁，時起時歇，卻一直無雨，松柏檜槐之類的「常綠喬木」，雖然經冬耐旱，不改其鬱鬱蒼蒼，卻顯得有點乾瘦，綠得不夠滋潤。

魯中寺廟裡巍巍矗立的，多半是柏，本地人把它唸成「北」。那十天我至少觀歎過上千株古柏，其風骨道貌卻令人引頸久仰，一仰難盡。那氣象，豈是攝影機小器的格局所能包羅？從千佛山到靈岩寺，從孟廟到孔林，那成千上萬的木中長老，柏中華冑，哪一樹不是歷經風霜，飽閱世變，把滄桑的記憶那麼露骨地深刻在糙皮上面？朝代為古柏紋身，從蟠根到蓋頂，順著挺峻高昂的巨幹，一直削上天去，像是鑿得太痛，蒼老而堅毅的霜皮竟都按著反時鐘的方向朝上面擰扭，迴旋成趣。

岱廟裡有五株漢柏，傳說是當年漢武帝來泰山封禪，親自手栽。耿耿漢魂，歷劫猶健，但畢竟是兩千多歲了，槎枒的枝柯早已炭化，霜皮大都剝落，只靠殘餘的片段向古根汲水，去餵頂上虬蟠的蒼青。問他們建元的往事，問張騫和蘇武幾時才回國，古木穆穆，只鴉啼數聲便支吾了過去。

古廟古宅裡的匾聯碑誌，像歷史的散簡斷編，但逐一讀去又苦其卷帙浩繁，字跡難辨。讀累了，我寧可仰觀古樹，或摩挲樹身，從淡淡的木香裡去髣髴古人的高標與清譽。屹然峭起的古柏，剛勁的巨幹如柱，把虬蟠縱橫的枝柯，和森森鱗集的細葉，挺舉到空際去干預風雲。這些矍鑠自強的老柏、老伯，閱歷之深豈是匆促的遊客能望其項背？喋喋不休的導遊小姐，只像是繞樹追逐的痲雀罷了。那許多秦松漢柏，滿腹的滄桑無法傾訴，只能把霜皮擰扭成脾氣，有些按捺不住，竟然發作成木瘤滿身，獰然如峥峥的怪獸，老態可驚。

岱廟的五株漢柏，相傳是漢武帝封泰山時所植，果然，就應有兩千多年了。泰山上的五大夫松，相傳是因秦始皇在樹下避雨而受爵，雖然更老，卻不如漢柏長壽，早在明朝就被山洪沖走，要到康熙年間才加補植，現在也只剩下兩株。

古來松柏並稱，而體態不同。大致而言，柏樹挺拔矗立，松樹夭矯迴旋。譬之書法，柏姿莊重如篆隸，松態奔放如草書。泰山上頗有一些奇松，透石穿罅，崩迸而出，頑根宛如牙根，緊咬著岌岌的絕壁，翠針叢叢簇簇，密鱗與濃鬣蔽空，黛柯則槎枒輪囷，能屈能伸，那淋漓恣肆的氣象，簡直是狂草了。

杜甫的〈古柏行〉說古樹「霜皮溜雨四十圍，黛色參天二千尺」，不過是修辭的誇張。就算加州海邊的巨杉，俗稱紅木者，最高拔的也不過三百六、七十英尺。加州海邊的怪松，天長地久，被太平洋的烈風吹成蟠屈百折的體態，可稱「風雕」，而以奇石累累爲其供展的迴廊，神奇也不下於泰山之松，只可惜奇石怪松獨缺名士品題，總覺得有景無句，不免寂寞。所以山水再美，也需要人文來發揮，需要傳說來畫龍點睛，才算有情。

泰山一宿

四月二日我在山東大學對五百多位師生演講，是這樣開始的：「訪問山東，對我來說，實在是一程文化甘旅。能站在黃河與泰山之間，對齊魯的精英，廣義上也是孔丘與孔明的後人，訴說我對於中文的孺慕與經營，眞是莫大的榮幸。」

三天之後，正逢清明，我終於登上了泰山。

能登泰山，總是令人興奮的，不是因爲它海拔之高，而是因爲它地位之高，也不是因爲它磅礴之廣，而是爲了它名氣之大。

東嶽泰山，論體魄之魁梧，在五嶽之中只能算第三，一五二四米的海拔，不過略勝中嶽與南嶽。即使未列五嶽的黃山，也高它三百多米。不過山能成名，除了身高之外，還要靠歷史、神話、傳說等等來引發想像、烘托氣氛，才能賦風景以靈性，通地理於人文。所以劉禹錫說：

「山不在高，有仙則名。」例如歐洲第一高峰，高加索山脈的厄爾布魯士峰（Mt. Elbruz），高達五六四二米；西歐的尖頂，白峰（Mont Blanc），海拔也四八〇七米；都比希臘的奧林匹斯山（Mt. Olympus，二九一七米）高出許多，可是奧林匹斯，眾神的家鄉，宙斯的宮廷，卻更加動人遐想。

所謂華北大平原，東面止於滄海，其他的三面從燕山到太行山，從桐柏山、大別山、黃山到天目山，眾嶽如屏，連成了千里的陸障，中間幾乎全是平野，任憑遠來的長江大河悠悠入海。幾乎全是，除了泰山。似乎有意騰出一整幅空曠，來陪襯這東嶽的孤高，唯我獨尊，像紙鎮一樣鎮壓著齊魯。又像是一塊隆而且重的玉璽，隆重地蓋在后土之上，爲了印證她是所有帝王的版圖：所有帝王，不僅是秦皇與漢武。

史記引管子的〈封禪篇〉，說古來上泰山封禪的帝王，有跡可見者凡七十二位，其後陸續封禪者，從秦始皇、漢武帝、唐玄宗一直到康熙、乾隆，更相承不衰。封，是築土以祭天，禪，是掃地以祭地。凡是自認「受命於天」的帝王，都覺得有必要鄭重其事地來登這顯赫的地標祭告天地，宣示他正統的權威。

泰山爲五嶽之尊，因爲它是東嶽。易經以震卦代表東方，《說卦》指出：「萬物出乎震。震，東方也。」東方是太陽所出，春天所由，自然是萬物所生，功同造物。又指出：「震一索而得男，故謂之長男。」至於南方的離只得中女，西方的兌只得少女，北方的坎也只得中男，所以泰山成爲眾嶽之長，峰頂刻立「五嶽獨尊」的石碑。

在中國哲學裡泰山占了如此的優勢，難怪歷代帝王都要東巡來此，祭祀天地，所以泰山也成了政權繼承的陽剛圖騰。政教相輔，儒家和道家的宗教景觀相互輝映，從山下的泰安城一路攀登到山頂。從平地的神府岱廟到山頂的碧霞祠、青帝宮、玉皇廟，多為道觀，但中途的普照寺、斗母宮卻是佛寺，而紅門宮則釋道合一，並祀彌勒佛與碧霞元君。至於儒家文化，則登山起步不久就有坊門巍巍，紀念孔子當年登臨故事，到了玉皇頂前又有孔廟。

峨峨岱宗，中華歷史、宗教、文化的一大載體，不愧為人文氣象最恢弘的名山。而載體的本身，眾山羅拜，群峰簇擁，陰陽一割，神秀獨鍾，更為人文的價值提供了宏觀壯麗的場景。就像一座紀念堂，鬼斧神工，本身已經是美的一大存在，更無論它所珍藏的紀念品了。泰山正是如此：幾千萬年以前，伊神之力，把燕山一推，又把喜馬拉雅山一擠，就捏出了皺成這麼一大堆的岱宗，至今歷齊魯四百里方圓，青猶未了。幾千年前，伊人之功，把泰山之石切割成形，有的立坊，有的蓋廟，有的鋪路，有的造橋，更幸運的一些就刻成歷代的碑文，或篆或隸，或行或草，人怕忘記的，都交給頑石去深刻保存，風霜去恣意摧毀。

泰山地位如此崇高，經過歷代名士題詠，名氣更加響亮，甚至常見於成語，成了崇高、重大、安穩的象徵。占了地利，儒家的至聖與亞聖每當用喻，輒就近取材，你一句「登泰山而小天下」，我一句「挾泰山而超北海」，就把自己的「家山」愈炒愈熱。最有趣的是李斯，在〈諫逐客書〉中對秦王如此進言：「泰山不讓土壤，故能成其大；河海不擇細流，故能就其深。」李斯是楚人，舉高山為喻卻推齊魯的泰山。他當然不便推舉楚山，但對秦王上書，卻也不舉華山，甚至境內更高的終南山或太白山。那時秦王尚未一統天下，東巡泰山，不過前代的帝王從伏羲、神農一直歷堯舜而禹湯，傳說都封過泰山，已成傳統。李斯不說泰山高，而說其大，乃強調其「博大有容」。

古人要登泰山，是一件大事，不但費力，而且費時。若是天子登山封禪，那排場就大了。馬第伯的〈封禪儀記〉述後漢光武帝於建武三十二年車駕東巡，正月二十八日從洛陽出發，二月九日才到曲阜。兩天後抵泰安，派了一千五百人上山修路，再過三天，天子、諸王、諸侯及百官才齋戒。次晨正式登山，山道峻險，不時要牽馬步行，上行二十里才到中途，更得留下馬匹，辛苦攀登。陡徑窄處，兩邊石壁相隔只五、六尺。早餐後起步，下午五點多才抵天門。

這是公元五十六年的盛典。一千七百多年後，乾隆三十九年十二月二十八日，也是隆冬之際，姚鼐在泰安知府朱孝純陪同下，由南麓登岱。事後他在〈登泰山記〉裡說：「四十五里，道皆砌石為磴，其級七千有餘。」這情況比漢代已方便不少，跟今日的條件接近了。

不過姚夫子走的是泰山西路，沿西溪即今黃西河的山徑，過鳳凰嶺山脊到中天門，再左轉登峰造極。今日的登山者多從岱宗坊起步，一路循著泰山中路，經紅門宮、斗母宮、柏洞而達中天門，再與西路會合，經五松亭、十八盤而抵南天門，玉皇頂便在望了。

如果由中路徒步上山，岱廟到玉皇頂的垂直海拔雖為一五四五米，實際爬坡的腳程卻有九千米，即九公里。常人要步完全程，得跨六六六〇級蹬道，約需六個小時。

我登泰山，既非踵武姚鼐之西路，也非效法國彬之正途，而是避重就輕，半途起步，簡直愧對東嶽之神。這恐怕要怪山東大學校方低估了我的「健步」，安排行程，到半下午才開始登山。四月五日，正是清明節當天，山大外事處的夏建輝先生與中文系的孫基林教授陪著我存、幼珊與我，上午參觀過孟廟，便從鄒城北上，中午在泰安接受了山東科技大學的午宴，餐後又去岱廟巡禮，一直到下午三點，才左盤右旋，沿著黃西河一路乘車上山，直達中天門。

中天門海拔逼近千米，坡道已過了五公里半，早已超越半途了。下得車來，凜冽的山風就撞了個滿懷，寒意直襲兩肘，像山神喝一聲口令，警告你，東嶽的地段到了。不由你不倒抽一口冷氣，周身的汗毛警戒了起來。

再往上就沒有車道了，背包和提袋必須隨身攜帶。五個人就又揹又拎地踏著黃土，向西側的鳳凰嶺走去，不久就到了索道起站。索道建於一九八三年，連接中天門與南天門，全長二〇七八米，垂直距離六〇三米，單程只需八分鐘。由於運客是往復方式，車廂到站只是減緩，並不停定，乘客上車必須敏捷，所以會緊張失笑。

剛剛坐定，笑聲還未停，車廂忽然凌空而起。五人齊發低抑的驚呼，有一起從懸崖跳水的幻覺。那麼大一整座山嶽，橫嶺側峰，忽然從我們腳下給抽走，無依無憑，我們竟白日昇天，乘在同一片雲上，要飛到，咦，哪裡去呢？透明的立方雲閣外，由於琉璃的長窗緊閉，隱隱只傳來天風呼嘯，似乎大塊在暗暗轉軸，此外，群峰都寂寂，不像有什麼異樣。不過做八分鐘的仙人罷了，本來值不得大驚小怪。於是一切都置之度外了，不覺得是飛著，倒像是在浮遊嬉戲，帶笑相看，都感到幸福非凡。可怕的秦始皇啊，蜂眼眈眈，當年遠途跋涉來登山，如果能看到我們此刻的逍遙，又何苦去蓬萊求仙求藥呢。這麼想著，上面那翹首天外的月觀峰，原本只讓我們仰窺其下頷的，竟已朝我們轉過臉來。那許多傲然的山頭，大大小小，都轉過了臉，低下了頭來。索道到站了。

返仙為凡，再下車時，天風迎面摑來，高處果然寒不可勝，比剛才的中天門顯然又低了幾度，只有七、八度的感覺。加上天陰風勁，東嶽果然不可兒戲，大家紛紛加衣。我在厚襖外面更戴上呢帽、圍巾，披上大衣，頂風前進，仍覺寒意襲脅，呼吸緊張。

淡赭帶灰的城樓側影，鴟尾隱隱，南天門近了。這裡是中天門仰攀的目標，有名的十八盤天梯到了頂級，汗盡的山客到此才苦盡甘來，可以回頭一笑了。比起十八盤嚴苛的折磨來，此去玉皇頂的登天坡道幾乎像坦途了。我們的五人行，避重討巧，以八分鐘的逍遙遊代替了八十分鐘的魯道難，似乎是聰明之舉，但平白放過了機會，未能徒步登山，向東嶽致敬，卻不甘心。

過了南天門便是天街，遊客便多了。靠山的一邊是旅館與商店，人氣顯得頗旺，不下於城裡的鬧街。但山壁下面卻是眾峰簇擁，澗谷深幽，地老天荒的一片沉寂，偶爾幾聲鳥叫，塡不滿萬古的空山。向晚的陰翳已有些暮意，雲正從谷間層層升起。兩百多年前，姚鼐在遊記裡曾說，泰山土少而石多，石狀少圓而多方，石色蒼黑；又說樹多為松，生於石罅，其頂皆平。今日的東嶽仍然如此，南天門一帶的花崗巨岩，層層相疊，灰褐之中透著鏽赭，倒像是一位喜歡整齊的山神堆積木一般地理過。山東此行，在千佛山與靈岩寺所見也如此，靈岩寺後的石山高聳而方正，儼然像一座城堡，令人過目不忘。

但此刻令我們注目的，卻不是山，而是人。踏在岱宗魁偉的肩上，俯瞰只見群山朝嶽，磊磊錯雜著嶙嶙的背後仍然是峥峥，鬱鬱蒼蒼，歷齊魯而未了，而收拾不了。不識法相，只緣身在佛頭的頦下。登臨到此，果眞就能把世界看小嗎？反倒是愈看愈多，愈多愈紛繁，腳下憑空多出一整盤山嶽：我們算什麼呢，竟敢僭用這麼高的「看台」、這麼博大的「立場」？

反倒是這天街上迎面走下坡來的人裡，似乎有不少軍人，一時只覺得滿目蒼蒼，都是又長又厚的軍用大衣，一片草綠的底色上閃耀著金色的排鈕，披著深棕色的翻領，令人幻覺這高處像有個兵營。難道泰山頂上是什麼邊關要塞嗎？

「哪來這許多解放軍呢？」我轉身向扁圓貝瑞黑帽下瑟縮的我存，帶著些微驚疑說道。

「我也覺得奇怪。」她說。

「平地好暖，山上卻這麼冷！」緊裹在火紅風衣裡的幼珊，頂著削面的天風訴道。

在前面領路的建輝與基林，這時走了過來，把她們手上的提袋接去。

「沒問題吧？」建輝笑笑打量熱帶遠來的三個山客。他身材健碩，無畏風寒，甚至把大衣掛在臂上，備而不用，儼然餘溫可賈。他見基林沒帶大衣，便要借衣給基林。基林雖然臉給吹得通紅，卻表示沒有必要。

「已經到了，」基林說著，一面爲我們指點。「右手這一座是碧霞祠，上面，便是我們今晚住的神憩賓館。」

從月觀峰過南天門，再踏陡斜的磴道到玉皇頂，不過七五二級，可是地藏菩薩在下面扯後腿，凜凜天風在上面呼應，卻也腳瘦了，到後來，每提一步，就像要跨高高的門檻。回顧來時路，已經半陷在暮靄裡，並不覺得自己終於修成了神仙，卻需要好好休憩一夜了。

臨睡前建輝提醒大家：要看日出，五點正就得起身。

入夜後氣溫更低，但十點一到，旅館就把暖氣關了，也沒有熱水可用。我存和幼珊母女平常就慣於早睡，這時也顧不了厚被褥有多陰溼，就專心一志上了床，去追求冷夢了。

我卻有些不甘。夜宿泰山，竟然在這高貴的絕頂拋下了一整座空山的仙人與古人、傳說與軼事，那許多飛瀑、奔溪、盤道、絕壁，絕壁上危攀不墜的蟠蟠孤松，拋下了滿山滿谷的頑石、靈石，石上刻畫的成語、名句、隆重其詞的紀銘，只爲了早睡早起，去看一眼未必能睹的日出？

我戴帽披衣，推門而出，把自己交給泰山的春夜。呼喝的天風迫不及待把我接了過去，除此之外，四周的夜色一片岑寂。神憩賓館前的旗杆上，只有長索在風中拍打著高杆，杆頂的天空飄著陰雲，時疏時密，一輪未滿的冷月出沒其間，半明不昧的有一點詭魅。這才記起今夕何夕，竟是清明之夕。一念既動，又加風緊，徘徊了不久，就回去睡了。

但也睡不了多久，五點不到又再起床。對房的建輝與基林也起來了。大家都在衣櫥裡找到了那草綠色的軍大衣，穿上了身。原來那是旅館的標準配備，因爲山頂比人間總是要低七、八度，尤其是十二月到翌年三月，山上的氣溫恆在零下。現在雖已四月，山頂也只有六度，比下面的泰安市足足低了八度。

眾人戎裝相對，怪異加上臃腫，互相指笑了一陣。連昨天逞勇的建輝與基林也都武裝了起來，足見凌晨的酷寒不可兒戲。更糟的是建輝的苦笑，說外面已下雨了。

果然勁風策細雨而來，凌晨的寒溼裡，早有人影走動。不久山脊上的拜日族愈聚愈多，人聲呶呶起落，向東邊的日觀峰蜿蜒而行。天地間唯我們在蠕蠕爬行，只爲及時去朝拜東海的日出。天色幽昧，像罩在半球暗紫的大蛋殼之內，苦待太陽的血胎娠滿，啄殼而出。

清明節日出，應爲五點三刻。才五點半，拱北石四周早攀滿了人影，大半是成雙或呼群而來，有些登上危岩向東窺望，有些踱來踱去，有些則鎂光閃閃，照起相來，但大家心裡都在奢望，從茫茫的雨霧深處，從蓬萊仙島的方向，徐福帶六千童男女一去不返的煙波裡，比一切傳說更古老一切預測更新的，那太陽，照過秦皇與漢武漢光武，照過唐玄宗與清聖祖，還有處處不放過題詩也算是一種不朽吧那乾隆，奢望祂此刻能排開一重重傳說一頁頁歷史，用祂火燙的赤金標槍射我們苦盼的眼瞳，給我們永生。因爲人上人下，千古興亡，此刻正輪到我們在嶽頂見證永恆，見證刹那的永恆。因爲此刻該我們來小天下。

雨雖停了，天也曉了，卻未破曉。暗紫色的詭祕天帷轉成了灰濛濛的雨雲，除了近處的玉皇廟瓦頂儼然還盤踞在天柱峰頭，遠山深壑都只有迷茫的輪廓，也不聞鳥聲、泉聲。登泰山而小天下乎？不但看不到日出，也看不見天下，連泰山也幾乎看不見了。

「孔夫子的豪語變成了空頭支票。」我只能苦笑。

「我以前來過，也沒見日出。」基林說。

「我也沒見到，」建輝以地主的口氣安慰我們。「泰山山高霧重，看日出得碰運氣。」

「泰山日出沒看成，黃河總看得到吧？」我說。

「那當然，黃河跑不掉的，」建輝笑起來。「最後一天會帶你們去看黃河。」

拜日族漸漸散了，我們的五人行也就走回旅館，準備下山。

基林轉頭安慰我存與幼珊：「日出雖然沒看成，山頂的題字刻石還是値得一看的，尤其是一千兩百年前唐玄宗的〈紀泰山銘〉，不但碑高、文長，而且書法遒勁，是隸書的珍品。」

我們站在幾近四層樓高的〈紀泰山銘〉下，仰瞻這盛唐盛世的宏文，直到氣促頸痠，有點像螞蟻讀大字典般吃力。嚴整的成排金字在花崗絕壁上閃著輝煌，說的是開元十四年的事。那一年杜甫才十四歲，楊家的女兒還沒有長成，〈長恨歌〉的作者還沒有生呢，誰料到漁陽的鼙鼓會動地而來？

我把這感想告訴基林與建輝。

「漁陽鼙鼓還早著呢，那時唐朝還穩如泰山！」建輝說得大家都笑了。

「這滿山的碑文、對聯、題字，多得像一本字典，簡直讀得人眼花撩亂——」我存歎道。

「可是乾隆皇帝還沒題過癮呢，」我說。「你要是看到有趣的，怕記不住，就拍下來呀。」

「剛才經過的一塊大石頭，刻了『丈人峰』三個字，好像跟泰山有關係的，」幼珊說。

「可是記不得了。」

「好像跟唐玄宗也有關係。」基林說。

「不錯，是有關係，」我說著，取出袋裡的一本泰山手冊，翻了一下。「典出《酉陽雜俎》，說是開元十三年，也就是〈紀泰山銘〉的前一年，玄宗封禪泰山，把三品以下的官都升了一級。封禪使張說卻把自己的女婿（鄭鎰）從九品遷升到五品。玄宗見鄭鎰穿了大紅官服，趾高氣揚，怪而問之。鄭鎰答不出來。伶人黃幡綽在旁代答說：『此泰山之力也』，其實伶人所指是鄭的岳父張說。後人稱岳父、岳母為泰山、泰水，或即由此而來。至於岳父之稱，也是由於泰山乃五岳之尊。當時這位封禪使張說能詩擅文，是中宗、睿宗、玄宗的三朝賢臣；玄宗封禪泰山，就是納張說的倡議，事後更升他為尚書右丞相兼中書令，又命他撰寫〈封禪壇頌〉，刻於泰山，也就是我們頭頂這篇〈紀泰山銘〉的宏文了。」

青銅一夢

濟南的「濟」不能讀「祭」，要讀「擠」，當地人都是這麼讀的。城在濟水之南，故名濟南。濟水的「濟」應讀上聲，和「濟濟多士」一樣。越南有千佛山，古稱歷山，所以濟南又稱歷城，或是歷下。同時濟南多泉，包括趵突泉、珍珠泉、黑虎泉等，共有七十二處，因此又號泉城。

也因此，一九九八年七月濟南在市中心開闢了一個多元用途的大廣場，就命名爲泉城廣場，而且施工神速，翌年十月就完工了。廣場東西長七八〇米，南北寬二三〇米，占地二五〇畝，隔著濼源大街可以遠眺背負南天的歷山，氣象恢弘；站在三十八米高的泉標之下，似乎可以感到山東的脈搏。那泉標的造型由三股青泉從地下噴薄而出，把一個滾圓的銀球，若即若離，像一顆飛濺的水珠捧在掌中，其狀隱隱含著古漢字「泉」的篆體變形。

廣場的東端有不鏽鋼塑成的十二瓣巨型荷花，瓣尖翹起，嫵媚中含有活力，燈亮時一片紅豔，濺出音樂噴泉。荷池與泉標遙相呼應，印證了濟南處處湧泉，滿湖荷香，以泉育荷的生機活力。

以荷池爲心畫一個大圓，有實有虛，東邊的一百五十度長弧就落實在莊嚴的文化長廊。這三十六根石柱擎舉的氣象，長一五〇米，寬十六米，坐東朝西，是我在山東所見最有深意最爲動人的現代建築。三層樓高的空闊廊道上，每隔十米供著一尊山東聖賢的青銅塑像，連像座有二人之高。十二尊塑像由南而北，依年代的順序排列。

第一位是大舜。像座上刻的金字說明是：「（約前二千年前）龍山文化時代華夏之王虞舜，生於諸馮（諸城），耕於歷山（濟南），漁於雷澤（荷澤），經萬民擁戴，堯禪予王位。」大舜的銅像袍帶簡樸，只有頭上戴著無旒之冕，算是延冠吧。司馬遷聽人說舜目重瞳，項羽亦然。銅像太高，面影深褐，我無法逼近細看，不知道雕塑家有沒有刻意加工。古代聖王之中，雖然堯舜並稱，最動詩人遐想的還是舜，只因傳說「舜南巡，葬于蒼梧，堯二女娥皇女英淚下沾竹，文悉爲之斑。」所以湖南的斑竹又名湘妃竹。這美麗的愛情感動了無數詩人，雖是傳說，卻寧信其有。前年我在湖南，李元洛、水運憲導遊君山，曾見此竹，確有斑痕，但枝瘦葉少，並不怎麼美，據說是多情遊客，好事攀折的結果。儘管如此，一點點的傳說總能激動一整個民族綿綿的詩情。也難怪杜甫在長安登塔，竟然向千里之外「回首叫虞舜，蒼梧雲正愁」，而李白在洞庭的船上要歎「日落長沙秋色遠，不知何處弔湘君」。中國的千江萬河，有哪條比瀟湘更動人愁情呢？李群玉句「猶似含顰望巡狩，九疑如黛隔湘川」，說的正是舜葬之地。四千年前的淹遠聖王，身後還長享如此的風流餘韻，眞是可羨。

下一位我以爲是孔子了，卻是管仲。應當如此，管仲是興齊之能臣，桓公能成就春秋的霸業，全賴管仲。其人是一位務實的政治家，「以區區之齊，通貨積財，與俗同好惡」：用現代的說法，就是「發展經濟，順應民心」。《管子》一書的名言「倉廩實而知禮節，衣食足而知榮辱」，強調的正是民生重於意識形態，也就是先專後紅，應爲今日大陸的「硬道理」吧。

像座上如此簡介管仲：「（前六四五年卒）名夷吾，字仲，春秋初期政治家，在齊國推行新政，幫助齊桓公成爲春秋時代第一個霸主。」

第三位才是孔丘，像贊曰：「（前五五一年至前四七九年）字仲尼，魯國（今曲阜）人，偉大的思想家、教育家、政治家，儒家的創始者，被尊爲『至聖先師』。」孔子比管仲晚生了一個多世紀，但說過一句名言，盛贊管仲：「微管仲，吾其披髮左衽矣！」想起這句話，我不禁一瞥孔子，衣襟當然還是向右遮蓋的。其實長廊上的十二尊人物，包括李清照，衣襟全都右衽。夫子絕未料到，兩千多年後的子孫已經無所謂左衽或右衽，而是學了「西夷」，對襟中衽了。

仲尼對於仲父（桓公尊稱管仲）的評價，有褒有貶。子路與子貢責備管仲未能爲公子糾死節，孔子卻爲之辯護，說「管子相桓公，霸諸侯，一匡天下，民到於今受其賜」，乃是大仁，原就不必像匹夫匹婦一般拘於小信。但另有一次孔子又指出管仲器識太小，不知節儉，也不知禮。等於說管仲造福人民，卻疏於修身，立功有之，未見立德。

至於孔子的相貌，鄭人曾對子貢如此形容：「其顙似堯，其項類皋陶，其肩類子產，然自腰以下，不及禹三寸，纍纍若喪家之狗。」事見《史記》的〈孔子世家〉，實在有點不倫不類，而且隔了千年，誰又見過堯和皋陶呢？我在夫子像下仰瞻低徊，想起他不但在世時不能推行仁政，即歿後兩千多年，還要遭文革批判。我來山東，已經距文革三十年，但參觀古蹟，仍處處見到碑石殘缺，甚至斷而再接，浩劫的暴力，猶令人心悸。當時天下滔滔，造反有理，誰敢把中華文化的這尊泰山拱在這廣場上呢？

緊接孔子之後的是孫武，像贊是「（約前五〇六年左右）字長卿，齊國人，春秋末期兵家，著有《孫子兵法》，爲古代中國最傑出的兵書，影響于後代及全世界」。他與孔子同時，曾佐吳王闔閭破楚，所以有吳孫武之稱。其實他和孫兒孫臏，另一位著名兵家，都是山東人。銅像目光冷峻，神情威嚴，似乎正在運籌帷幄，決勝於千里之外。幸好是千里之外，也許是隔江在遙窺楚陣吧，所以竟未察覺我這名間諜正在他腳下近窺，窺探他左腰佩著寶劍，而右手卻握著一綑竹簡，想必就是《孫子兵法》吧？銅像褐影深沉，兵書卻金光閃亮，可見遊客都和我一般摩挲，恨不得偷窺十三篇裡的機密軍情。

不同於孔丘與孫武，下一尊銅像塑的是趕路而來的墨翟，摩頂放踵，爲了救一座危城，也許已趕了三天三夜的急路，還有漫漫的長途待趕。像座上是這麼兩行：「（約前四六八年至前三七六年）魯國人，春秋戰國之際思想家、政治家，墨家創始者，有《墨子》傳世。」

墨翟反對儒家的天命觀念，乃倡非命；又反對儒家的禮樂教化與縉紳身分，乃倡非樂、節用、節葬；同時針對儒家的愛有親疏、諸侯的殺戮無度，更強調兼愛與非攻。但是他太強調克制與苦修了，竟然要求從者對待音樂要不唱不聽，而對待喪事不得衣衾入殮，莊子也說他不近人情。

不過墨翟這種淑世利人的大愛，還是很高貴的。且看像座上匆匆趕路的這辛苦老者，他不像管仲、孔丘那樣長紳垂腰，也不像其他的銅像那樣長袍覆履。看他，短褐緊袴，頭上無冠，足下草鞋，左腳剛剛跨出，右腳就要跟進，揹著布袋與斗笠，風塵僕僕，只爲了趕去遠方解圍或助守。春秋亂世的野路上，席不暇煖的豈獨是孔夫子呢。不久草鞋破了，腳底傷了，他就得撕衣裹足，再上征途。

墨翟後面緊接著孟軻，墨死之年孟已四歲，墨生之年，孔子才去世十一年。墨子一生正好介於至聖與亞聖之間，也可見他有多長壽。他辛苦了一輩子，竟然活到九十二歲，不知道是否因為多用體力而生活單純，且又克制感情，不妄動怒？

孟子同樣得享高齡，同樣不畏勞苦與挫折，因為他懷抱了至高的使命感。他立足的像台上刻著：「（約前三七二年至前二八九年）名軻，字子輿，鄒（今鄒縣）人，戰國時期思想家、政治家、教育家，儒家尊為『亞聖』，著有《孟子》。」亞聖之可貴，是在孔子的仁後再加上義，強調義無反顧，又強調個人的自信與自尊，認為「萬物皆備於我」，「聖人與我同類」，「當今之世，舍我其誰也？」認為浩然之氣「至大至剛，塞於天地之間」，認為「富貴不能淫，貧賤不能移，威武不能屈：此之謂大丈夫。」孟子眞是儒之勇者，無怪下筆浩氣淋漓，可惜這種氣象雕塑家實在難用青銅來展現。

孟子之後四百七十年而生諸葛亮，像臺上是這麼贊的：「（一八一年至二三四年）字孔明，琅邪陽都（今沂南）人，三國蜀漢政治家、軍事家。」諸葛亮是家喻戶曉的傳奇人物，美名昭昭輝映在青史，錦囊妙計的軍師形象卻神出鬼沒於稗官野史。俗話說得好：「三個臭皮匠，勝過一個諸葛亮。」可見有多麼深入人心。不過在眾人的印象裡，他卻是南陽人，也就是湖北襄陽人，迄今襄樊的南郊還保存了他隆中的故居。這印象是諸葛亮自己留下的，〈出師表〉裡就說得很明白：「臣本布衣，躬耕南陽。」也難怪劉禹錫會在〈陋室銘〉裡提到「南陽諸葛廬，西蜀子雲亭」。原來諸葛亮早孤，由叔父諸葛玄照顧，叔父在袁術手下做官，所以把他帶去了南陽。

孔明隱居在隆中時，常自比於管仲、樂毅。他如果知道，有一天自己的銅像會和管仲的並列在這軒敞的名賢堂上，供齊魯的子孫，供全世界的遊客同來瞻仰，一定會十分快慰吧。

其實並列之榮，未必是孔明沾管仲的光。毋寧，我更愛的是孔明。首言立功，則管仲相齊，成就了桓公的霸業，孔明相蜀，不但北伐無功，甚至未能挽救亡國的命運。可是管仲命好，既有鮑叔力荐於前，又有桓公倚重於後，明君賢臣相得達四十年之久，而且君比臣壽，還晚死兩年。反觀孔明，雖然也有徐庶美言，劉備推心，君臣的緣分只得十六年，而先帝託付給他的是這麼一個扶不起的阿斗。次言立德，則管仲雖然造福了國家，操守似乎還有爭議。孔子就指責他不儉而又失禮，因爲他有三個公館，而屛風與酒台的設備也僭用了國君的排場。這當然都不是什麼大過，但比起孔明的鞠躬盡瘁，累死軍旅，且又一生清廉，隨身衣食，悉仰於官，自謂死日內無餘帛，外無贏財，比起這樣高貴的人格來，還是不及。再言立言，《管子》一書自有其貢獻，但內容龐雜，又疑僞託。《諸葛氏集》惜已失傳，但是〈出師表〉前後兩篇雖無意藻飾文采，而字裡行間自然流露的對先帝的感念，對國家的忠誠，拳拳耿耿，自古至今不知感動了多少讀者。孔明在文末終於悲從中來，坦言「臨表涕泣，不知所云」。普天下的讀書人，讀到此處，又有誰不是臨表涕泣呢？而最可悲的卻是：最該感動的一個人，當初受表的那位昏君，竟然沒有眞正感動，眞正徹悟。

《三國演義》我只在讀中學時念過一遍，但那些英雄豪傑我一直記得，非大江滔滔所能淘盡。而最難忘的就是孔明，在羅貫中的章回裡我看見的是一位隱士、一位賢臣、一位智者，能舌戰群儒、一位神機妙算的軍師，能輔佐明主，指揮驍將，必要時更能設計木牛流馬，甚至呼風喚雨，撒豆成兵。在我小時，那一個男孩不敬佩、敬愛這位神人呢？《三國志》裡的諸葛亮則純然是一個歷史人物，過於簡潔，只能遠觀正面。真正的諸葛亮，為了報答先主，復興漢室，不惜食少事繁，肝腦塗地，以身相殉，這種宏美崇高的人格，只有在〈出師表〉裡，用他自己真情實感的聲音，才能呈現。每次我重讀此文，都不禁「臨表」淚下。也難怪陸游要讚歎：「出師一表眞名世，千載誰堪伯仲間？」而杜甫更仰之彌高，奉為「萬古雲霄一羽毛」。

抬頭再望那尊銅像，似乎有靈附體，正戴著青絲編織的綸巾，右手握著羽扇，果眞是風神俊朗，指揮若定，只是左手深藏在袖裡，恐怕是在掏錦囊妙計吧？

再下一位是王羲之。印象中他似乎是浙江人，因為他那篇〈蘭亭集序〉太有名了，而那次盛會是在山陰，畢竟他是東晉南渡的人物。其實他也是孔明的同鄉，像座上這麼刻著：「（約三二一年至三七九年）字逸少，琅邪臨沂人，東晉書法家，其〈蘭亭序〉、〈十七帖〉等書跡刻本甚多，人稱『書聖』。」他寫的這篇〈蘭亭集序〉不但是散文小品的傑作，傳誦至今，而且當時曲水流觴，微醺運筆，逸興淋漓，若有神助，那書法更是遒媚瀟灑，有「天下第一行書」之譽，傳閱至今。更神祕的是，初唐以來，就再也無人親睹過眞跡。原來唐太宗探悉原帖落在辨才和尚手裡，就派蕭翼騙取過來，復命趙模、馮承素等鉤摹數本，分賜親貴近臣。至於眞跡呢，對不起，捨不得任它流落世間，據說就隨太宗殉葬，入了昭陵。所以此帖還不能說是「傳閱」至今，只能算是「傳聞」罷了。眞跡既隨作者作古，杳不可即，自然更加名貴，「書聖」似乎變成了「書神」。

就這麼，一千六百年前的一場盛會，任右軍的右腕恣意運轉，頃刻竟成了永恆。想當日在山陰，良辰美景，群彥咸集，當眞是四美齊具，二難並兼，正在仰觀宇宙之大，俯察品類之盛，敏感的王羲之，樂極生悲，卻痛惜生命之短，「臨文嗟悼，不能喻之於懷。」而我們這些廊上過客，也正是王羲之序末所期待的「後之覽者」，豈能無感於斯情、斯文？

眼前的銅像寬袂長帶，臨風飄然，是永和九年水上吹來的惠風嗎？書聖舉著右手，五指似握筆之狀，頭則向左微昂，不知是在仰觀宇宙，還是想起了晚餐有肥鵝。其實雕塑家何不讓饕客抱一隻鵝呢？

十米之外，另一尊銅像倒沒有空著手，而是右掌托穗，左手握稭，正捧著一把豐年的稻米。黑底金字的像座告訴我們：「賈思勰（約五四〇年左右）益都（今壽光）人，農學家，著有《齊民要術》，而知名於後世。」

眞是慚愧，這名字我從未見過，不過倒很配一位農業家，因爲他一再把「田」放在心上，又再三在「田」邊出「力」。我存和幼珊也走過來看他手裡捧的是什麼，又看像座上的說明。建輝和太太周暉倒是知道一些，你一句、我一句，就拼出一張簡圖來。

「他做過高陽郡的太守，當然是咱山東人。」建輝說。

「那《齊民要術》講些什麼呢？」我存問。

「主要是記載黃河流域的農作物啦、蔬菜啦、瓜果啦，該怎麼栽培，家畜、家禽該怎麼飼養之類。」周暉說。

「還有農作物如何輪栽，果樹如何接枝，樹苗如何繁殖。」建輝也不甘示弱。

「還有呢，」周暉笑起來。「家禽、家畜要怎麼閹割，怎麼養肥。」

大家都笑了。

在第十尊銅像前，大家不約而同都聚立下來。終於看到了有一尊沒有髭鬚，非但無鬚，還綽約而高雅，眼神多麼深婉啊，唇邊還帶些笑意。

「是李清照！」幼珊驚喜地低呼。

當然是她了，非她不可。山東的名人堂上，難道全要拱聖賢豪傑嗎？鬍子太多了吧？沒有李清照，這一排青銅的硬漢也未免太寂寞了吧，儘管她自己，「獨自怎生得黑」，卻是古中國最寂寞的芳心，那些清詞麗句，千載之下哪一個硬漢讀了不傷心？

她的像塑得極好，頭梳髮髻，微微偏右，像凝神在想著什麼，或聽到了什麼。立得如此地婷婷，正所謂碩人其頎，左手貼在腰後，右手卻當胸用拇指和食指拈著一朵纖纖細花。銅色深沉，看不眞切究竟是什麼芳籍，卻令人想起「簾捲西風，人比黃花瘦」，該是菊吧。其實，管它是什麼花，都一樣寂寞啊，你不曾聽她說嗎，「一枝折得，天上人間，沒個人堪寄。」

我在像前流連很久，心底宛轉低徊的都是她美麗而哀愁的音韻。如此的錦心如此的繡筆，如此的身世如此的晚境。我在高雄的新居「左岸」，就在明誠路旁，不由得不時常想起她在〈金石錄後序〉中所記，和趙明誠剪燭共讀的幸福早年。

李清照之美是複合的，應該在她的嬋娟上再加天賦與深情，融成一種整體的氣質與風韻。

北國女兒而有此江南的靈秀敏感，正如大明湖境光裡依依的垂柳迎風曳翠，撩人心魂也不輸白堤、蘇堤。也就難怪濟南人要將自己的絕代才女封爲藕神，供她於湖邊的祠龕。而她在《漱玉詞》中，早年詠藕也常見佳句，就像「興盡晚回舟，誤入藕花深處。爭渡，爭渡，驚起一灘鷗鷺。」又像「翠貼蓮蓬小，金銷藕葉稀」，都寫藕有神。

李清照能供於眼前這文化長廊，而另一位宋詞大家，同樣是濟南人，卻因「名額有限」又要顧及「性別分配」，而不能入列，眞令我爲辛棄疾叫屈。《稼軒詞》的成就絕對不下於《漱玉詞》，辛棄疾要入廊，誰也不會反對。不過他對這位詞壇前輩由衷佩服，所以叫幼安讓給易安，也只得認了。

李清照的像贊是：「（一〇八四年至一一五一年）號易安居士，濟南人，南宋女詞人，著有《漱玉詞》，傳播中外。」其實末四字並無必要，李清照非常中國，也非常女性，外國人尤其是西方人，怎麼能深切體會「輕解羅裳，獨上蘭舟」，或是「春歸秣陵樹，人老建康城」呢？

下一位山東人傑同樣令我心血來潮，不能自已。但他和李清照剛柔互異，身分完全不同：李清照去南方是做避亂的難民，他去南方卻是做平亂的將軍。他，正是民族英雄戚繼光。銅像目帶威稜，似乎仍在巡邊，戴盔披甲，右手扶腰，左手按劍，在十二人中是唯一戎裝的武將，但加上孫武與諸葛亮，就有了三大兵家，因爲戚繼光有中國儒將之風，除了戰功赫赫，還遺下論兵的著作。他腳下的座石這樣爲他定位：「（一五二八年至一五八七年）字元敬，登州（今蓬萊）人，明抗倭名將，軍事家，經多年奮戰，解除東南倭患，著有《紀效新書》。」

登州就在山東半島的北端，與遼東半島隔海相望。戚繼光生在海邊，又是將門之後，對倭患的切身感受，正如抗倭前輩、也是出生在沿海的晉江人俞大猷。明朝兩大抗倭名將都來自倭寇肆虐的沿海，絕非偶然。從十四世紀到十六世紀中葉，倭寇侵犯中國海岸，北起遼東半島的金州，南迄廣東，範圍很廣，戚繼光的家鄉也曾波及。最猖獗的幾年是在一九五三年前後，軍民遭害達數十萬人。幸有戚繼光在義烏招募農民、礦工，編練成軍，並與譚綸、俞大猷合力清剿，才漸將倭患平定。

小時我在上海，吃過一種「光餅」，圓形有孔，味道甜津津的。母親說是戚繼光行軍的乾糧，中間的洞孔可以穿線，掛在身上，方便隨時進食，後人懷念他的功勞，就叫它做「光餅」。所以戚繼光的名字，從小就深印吾心，母親這句話，也牢記到老。一個民族往往在正史之外，借一些風俗習慣或市井傳聞來感念他們的英雄，就算傳聞不實，那份深情總是眞的。例如端午之於屈原，不管龍舟和粽子是否爲了救他，總是對他悲劇的同情、人格的嚮往。歷史的遺憾只好用詩來補償。

我抬頭再看戚繼光，心底喊一聲：「將軍您辛苦了！」四百年後再回顧，抗倭的他可稱最早的抗日英雄。他怎麼會料到，四百年後敵人又來了，這一次不是倭寇了，換了正規的關東軍，也不再滿足於沿海掠劫，而是深入內陸，意在佔領，軍靴、馬蹄、履帶，踐踏的正是戚繼光、俞大猷的故鄉。一次大戰期間，他們公然奪去了膠濟鐵路。一九二八年，太陽旗遮暗了濟南，五三慘案，遭害的濟南人多以千計，廣義說來，豈非倭寇的後人屠殺了戚繼光的子孫，也正是從大舜到蒲松齡，廊上十二尊銅像的子孫？

這還不包括後來的八年抗戰，死難的華嗣夏裔更百倍於晚明。浩劫迄今，早過了半個世紀，東洋小學生的教科書裡，毀屍滅跡，仍然找不到一點血印，嗅不到半星灰燼，謊話傳了好幾代人。四百年後，戚將軍啊，我們更深長地懷念著您！

終於走到最後的銅像前了。像是個三家村的塾師，面容清苦，額多皺紋，神色卻閒適而帶著笑意，像是又想到一個好故事了，嗯，不妨一寫，於是以指捻鬚，仔細琢磨起來。再一看時，咦，腳底還蜷伏著一頭金狐狸。那還有誰，不就是蒲松齡嗎？踏腳的像座上說：「（一六四〇年至一七一五年）字留仙，號柳泉居士，淄川（今淄博）人，文學家，其《聊齋志異》為傑出的短篇小說集。」

這才發現，他腳旁匍偎的不是金狐狸，而是因為牠嬌巧可憐，遊客們不斷愛撫，銅鏽磨光了的結果。管牠是狐仙還是女鬼呢，多半不會害人的。假如你是夜深苦讀的單身寒士，燭光昏沉，忽然有一位絕色佳人赫現在你疲倦的眼前，粲然一笑，解盡你長年的寂寞，從此得妻、生子、科場順利——還有什麼比這無中生有的豔遇更省事更理想的麼？書中自有俏女鬼，開卷忽來狐美人。可憐的儒生寒士，半生讀聖賢書，苦悶不得紓解，禮教的社會又不容你放肆，孤寒之夜，難免不一念入綺。這就是《聊齋》的潛意識出口，西方不也有浮士德心動而魔鬼出現麼？

《聊齋》的故事題材十分廣闊，展現的眾生相頗富民俗趣味，而生動的想像又深入狐鬼仙魅，能以同情賦幽明的異物以人性，乃能在《三國》、《水滸》甚至《紅樓》之外爲中國小說探得新境，自成一家。中國文學自《楚辭》以來就有這超現實的一支傳統，我覺得蒲松齡頗似李賀的隔代遺傳，沒有長吉的貴族氣與精緻雕琢，比較世俗、流暢。

蒲松齡一生貧苦，只教私塾，到七十一歲才舉貢生。著述雖有《聊齋詩集》、《聊齋文集》多種，卻不如《聊齋志異》一書風行傳後，聲名響亮，蓋過了所有的進士，甚至也高過賞識他的施潤章、王士禎。我讀《聊齋志異》是在中學時代，因爲二舅舅藏書甚多，有整部插圖的線裝本，任我翻閱。那曲折的故事、雅潔的文言，加上引人想入非非的工筆插圖，在沒有電視也難見電影的蜀山之中，該是一個男孩最有趣的讀物，難怪我就變成狐迷了。

幼珊也走過來，和我一人握一隻狐狸耳朵，由我存照了一張相。周暉、基林看得有趣，在一旁笑起來，也一同入了照片。那天晚上，狐狸倒沒有來找我，若非因蒲翁喝止，便是因我這書生太老了。

一百五十米的弧形長廊供著這十二尊銅像，頑銅何幸，這些偉大的、睿智的、威武的、多情的魂魄竟然來附身，而令這一簇燦亮的美名化成了栩栩然儼然的形相來默化我們，引我們見賢思齊，取法乎上。於是這神聖的長廊無限伸展，與四千載的歷史悠悠的華夏光陰等長。青銅不語，而我卻領悟了很多。

十二位人傑裡，至少有一位聖君、三位哲人、三位兵家、五位政治家、兩位教育家、兩位作家、一位藝術家、一位農業家。加起來不只十二位，因爲有好幾位具多重身分，含各色光譜。這些人合起來可成就一個泱泱大國而綽綽有餘。山東人自豪於「一山一水一聖人」，這壯語，金底黑字就赫然烙在山東大學贈我的紀念立牌上。山是泰山，水是黃河，而聖人又何只出了一位？

十二人裡，好幾位的事功都不是一山一水能限量。孔子的文範、孫武的武典，全世界都受啓迪。大舜南巡而葬於蒼梧，孫武仕吳，諸葛相蜀，王羲之揮毫於山陰，李清照苦吟於江南，戚繼光更南靖倭患，北鎭薊州。不僅山東人以他們爲傲，所有的中國人都以他們爲榮。

我希望各省都能建自己的文化廳堂。

黃河一掬

廂型車終於在大壩上停定，大家陸續跳下車來。還未及看清河水的流勢，臉上忽感微微刺麻，風沙早已刷過來了。沒遮沒攔的長風挾著細沙，像一陣小規模的沙塵暴，在華北大平原上捲地颳來，不冷，但是挺欺負人，使胸臆發緊。我存和幼珊都把自己裹得密密實實，火紅的風衣牽動了荒曠的河景。我也戴著扁呢帽，把絨襖的拉鏈直拉到喉核。一行八九個人，跟著永波、建輝、周暉，向大壩下面的河岸走去。

這是臨別濟南的前一天上午，山東大學安排帶我們來看黃河。車沿著二環東路一直駛來，做主人的見我神情熱切，問題不絕，不願掃客人的興，也不想縱容我期待太奢，只平實地回答，最後補了一句：「水色有點渾，水勢倒還不小。不過去年斷流了一百多天，不會太壯觀。」

這些話我也聽說過，心裡已有準備。現在當場便見分曉，再提警告，就像孩子回家，已到門口，卻聽鄰人說，這些年你媽媽病了，瘦了，幾乎要認不得了，總還是難受的。

天高地迴，河景完全敞開，觸目空廓而寂寥，幾乎什麼也沒有。河面不算很闊，最多五百米吧，可是兩岸的沙地都很寬坦，平面就延伸得備加敻遠，似乎再也勾不到邊。昊天和洪水的接縫處，一線蒼蒼像是麥田，後面像是新造的白楊樹林。此外，除了漠漠的天穹，下面是無邊無際無可奈何的低調土黃，河水是土黃裡帶一點赭，調得不很勻稱，沙地是稻草黃帶一點灰，泥多則暗，沙多則淺，上面是淺黃或發白的枯草。

「河面怎麼不很規則？」我轉問建輝。

「黃河從西邊來，」建輝說。「到這裡朝北一個大轉彎。」

這才看出，黃浪滔滔，遠來的這條渾龍一扭腰身，轉出了一個大銳角，對岸變成了一個半島，島尖正對著我們。回頭再望此岸的堤壩，已經落在遠處，像瓦灰色的一長段城垣。更遠處，在對岸的一線青意後面，隆起一脈山影，狀如壓癟了的英文大寫字母M，又像半浮在水面的象背。那形狀我一眼就認出來了，無須向陪我的主人求證。我指給我存看。

「你確定是鵲山嗎？」我存將信將疑。

「當然是的，」我笑道。「正是趙孟頫的名畫〈鵲華秋色〉裡，左邊的那座鵲山。曾繁仁校長帶我們去淄博，出濟南不久，高速公路右邊先出現華山，尖得像一座翠綠的金字塔，接著再出現的就是鵲山。一剛一柔，無端端在平地聳起，令人難忘。從淄博回來，又出現在左邊，可惜不能停下來細看。」

周暉走過來，證實了我的指認。

「徐志摩那年空難，」我又說，「飛機叫濟南號，果然在濟南附近出事，太巧合了。不過撞的不是泰山，是開山，在黨家莊。你們知道在哪裡嗎？」

「我倒不清楚。」建輝說。

我指著遠處的鵲山說：「就在鵲山的背後。」又回頭對建輝說：「這裡離河水還是太遠，再走近些好嗎？我想摸一下河水。」

於是永波和建輝領路，沿著一大片麥苗田，帶著眾人在泥濘的窄埂上，一腳高一腳低，向最低的近水處走去。終於夠低了，也夠近了。但沙泥也更溼軟，我虛踩在浮土和枯草上，就探身要去摸水，大家在背後叫小心。岌岌加上翼翼，我的手終於半伸進黃河。

一剎那，我的熱血觸到了黃河的體溫，涼涼地，令人興奮。古老的黃河，從史前的洪荒裡已經失蹤的星宿海裡四千六百里，繞河套、撞龍門、過英雄進進出出的潼關一路朝山東奔來，從斛律金的牧歌李白的樂府裡日夜流來，你飲過多少英雄的血難民的淚，改過多少次道啊發過多少次氾濫，二十四史，哪一頁沒有你濁浪的回聲？幾曾見天下太平啊讓河水終於澄清？流到我手邊你已經奔波了幾億年了，那麼長的生命我不過觸到你一息的脈搏。無論我握得有多緊你都會從我的拳裡掙脫。就算如此吧這一瞬我已經等了七十幾年了絕對值得。不到黃河心不死，到了黃河又如何？又如何呢？至少我指隙曾流過黃河。

至少我已經拜過了黃河，黃河也終於親認過我。在詩裡文裡我高呼低喚他不知多少遍，在山大演講時我朗誦那首〈民歌〉，等到第二遍五百聽眾就齊聲來和我：

傳說北方有一首民歌
只有黃河的肺活量能歌唱
從青海到黃海
風　也聽見
沙　也聽見

我高呼一聲「風」，五百張口的肺活量忽然爆發，合力應一聲「也聽見」。我再呼「沙」，五百管喉再合應一聲「也聽見」。全場就在熱血的呼應中結束。

華夏子孫對黃河的感情，正如胎記一般地不可磨滅。流沙河寫信告訴我，他坐火車過黃河讀我的〈黃河〉一詩，十分感動，奇怪我沒見過黃河怎麼寫得出來。其實這是胎裡帶來的，從《詩經》到劉鶚，哪一句不是黃河奶出來的？黃河斷流，就等於中國斷奶。山大副校長徐顯明在席間痛陳國情，說他每次過黃河大橋都不禁要流淚。這話簡直有《世說新語》的慷慨，我完全懂得。龔自珍《己亥雜詩》不也說過麼：

亦是今生未曾有
滿襟清淚渡黃河

他的情人靈簫怕龔自珍耽於兒女情長，甚至用黃河來激勵鬚眉：

爲恐劉郎英氣盡
卷簾梳洗望黃河

想到這裡，我從衣袋裡掏出一張自己的名片，對著滾滾東去的黃河低頭默禱了一陣，右手一揚，雪白的名片一番飄舞，就被起伏的浪頭接去了。大家齊望著我，似乎不覺得這僭妄的一投有何不妥，反而縱容地讚許笑呼。我存和幼珊也相繼來水邊探求黃河的浸禮。看到女兒認眞地伸手入河，想起她那麼大了做爸爸的才有機會帶她來認河，想當年做爸爸的告別這一片后土只有她今日一半的年紀，我的眼睛就溼了。

回到車上，大家忙著拭去鞋底的溼泥。我默默，只覺得不忍。翌晨山大的友人去機場送別，我就穿著泥鞋登機。回到高雄，我才把乾土刮盡，珍藏在一只名片盒裡。從此每到深夜，書房裡就傳出隱隱的水聲。

——原載二〇〇一年八月十一～十四、二十六～二十八日《聯合報》副刊

金陵子弟江湖客

1

我這一生，先後考取過五所大學，就讀於其中三所。這件事並不值得羨慕，只說明我的黃金歲月如何被時代分割。

第一所是在南京。那是抗戰勝利後兩年，我已隨父母從四川回寧，並在南京青年會中學畢業。那年夏天在長江下游那火爐城裡，我同時考取了金陵大學與北京大學，興奮之中，一心嚮往北上。可是當時北京已是圍城，戰雲密布；津浦路伸三千里的鐵臂歡迎我去北方，母親伸兩尺半的手臂挽住了我，她的獨子。

我進金陵大學外文系做「新鮮人」，是在一九四七年九月。還不滿十九歲的男孩，面對四年的黃金歲月，心情已頗複雜，並不純然金色。回顧七年的巴山蜀水，已經過去，但少年的記憶與日俱深，忘不了那許多中學同學：「上課同桌，睡覺同床，記過時，同一張布告，詛咒時，以彼此的母親爲對象。」眼前的新生活安定而有趣，新朋友也已逐一出現，可是不像遠去北京那麼斷然而浪漫，而且名師眾多，尤其是朱光潛與（後來才知道的）錢鍾書。至於未來，我直覺不太樂觀。抗戰好不容易結束，內戰迫不及待又起，北方早成了戰場，南方很可能波及。茫茫大地正在轉軸，有一天目前這社會或將消失，由截然不同的社會取代。新的價值也許樸素，也許苛嚴，對文學的要求只會緊，不會寬吧？到那時，文學就得看政治的臉色了。這種疑慮惴惴然隱隱然，一直困擾著我。

記得當時金陵大學的學生不多，我進的外文系尤其人少，一年級的新生竟然只有七位。有一次系裡的黑人講師請我們全班去大華戲院看電影，稀稀朗朗幾個人上了街，全無浩蕩之勢。較熟的同學，現在只記得李夜光、江達灼、程極明、高文美、呂霞、戎逸倫六位。李夜光讀的是教育系，江達灼是社會系，程極明是哲學系，高文美是心理系，後面兩位才是外文系。其中李夜光戴眼鏡，愛說笑，和我最熟。程極明富於理想，頗有口才，儼然學生運動的領袖，不久便轉學去了復旦大學，跟大家就少見面了。他儀表出眾，很得高文美的青睞，兩人顯然比他人親近。高文美人如其名，文靜而秀美，是典型的上海小姐。她的父親好像是南京的郵政局長，所以她家寬敞而有氣派，我們這小圈子的讀書會也就在她家舉行。至於討論的書，則不出當時大學生熱中的名著譯本，例如《約翰．克里斯多夫》、《冰島漁夫》、《羅亭》、《安娜．卡列妮娜》之類。

呂霞和戎逸倫倒是外文系的同學。呂霞大方而親切，常帶笑容，給我的印象最深，因爲她的父親是著名的學者呂叔湘，在譯界很受推崇。有了這樣的父親，也難怪呂霞談吐如此斯文。

那時我相當內向，甚至有點羞怯，不擅交際，朋友很少，常常感到寂寞，所以讀書不但是正業，也是遣悶、消憂。書呢讀得很雜，許多該讀的經典都未曾讀過，根本談不上什麼治學。因此當代文壇與學府的虛實，我並不很清楚，也沒有像一般文藝青年那樣設法去親炙名流。倒是有一次讀莫泊桑小說的英譯本，書中把「斷頭台」誤排成了 quillotine ，害我查遍了大字典都不見，乃寫信去問我認爲當時最有學問的三個人：王雲五、胡適、羅家倫。這種拼法他們當然也認不得，也許我寫的地址不對，信根本沒有到他們手裡，總之一封回信也沒有收到。

名作家去南京演講，我倒聽過兩次。一次是聽冰心，我去晚了，只能站在後排，冰心聲音又細，簡直聽不眞切。一次是聽曹禺，比較清楚，但講些什麼，也不記得。

金陵大學的文科教授裡，舉國聞名的似乎不多，也許要怪我自己太寡聞，徒慕虛名，不知實況吧。隔了半個世紀，我只記得文學院長是倪青原，他教我們哲學，學問有多深我莫能測，但近視有多深卻顯而易見，因爲就算從後排看去，他的眼鏡邊緣也是圈內有圈，其厚有如空酒瓶底。教我們本國史的陳恭祿也戴眼鏡，身材瘦長，鄉音頗重。有一次見他挾著自己的新著《中國通史》兩大冊，施施然在校園中走過，令我直覺老師的「份量」眞是不輕。還有一位高覺敷教授，教我們心理學，口才既佳，又能深入淺出，就近取喻，難怪班大人多。有一次他公開演講，題目竟是青年的性生活，聽眾擁擠當然不在話下。這講題十分敏感，在當日尤其聳動，高教授卻能旁敲側擊，幾番峰回路轉，忽然柳暗花明，冷不防點中了要害。同學們的情緒興奮而又緊張，禁不起講者一戳即破，大爆哄堂，男生鼓掌，女生臉紅。

教我們英國小說的是一位女老師，蔻克博士（Dr. Kirk）。她的英語清脆流利，講課十分生動，指定我們一學期要讀完八本小說，依序是《金銀島》、《愛瑪》、《簡愛》、《咆哮山莊》、《河上磨坊》、《大衛．高柏菲爾》、《自命不凡》、《回鄉》。我們讀得雖然吃力，卻也津津有味。唯一的例外是梅里迪斯的傑作《自命不凡》（*The Egoist* by George Meredith），不僅文筆深奧，而且好掉書袋。我讀得咬牙切齒，實在莫名其妙，有一次氣得把書狠狠摔在地上。蔻克其實是金陵女子學院的教授，我們上她這堂課，不在金陵大學，而在她的女校（俗稱金女大）。每次和同學騎自行車去女校上課，那琉璃瓦和紅柱烘托的宮殿氣象，加上闖進女兒國的綺念聯翩，而講台上娓娓動聽的又是女老師悅耳的嗓音，眞的令我們半天驚豔。

初進金大的時候，我家住在鼓樓廣場的東南角上，正對著中山路口，門牌是三多里一號；弄堂又深又狹，裡面蝸藏著好幾戶人家。我家只有一間房，除了放一張雙人床、一張書桌、幾張椅子之外，幾乎難有迴身之地。我被迫在隔壁堆雜物的走道上放一張小竹床棲身，當時倒並不覺得有多吃苦。好在金大校園就在附近，走去上課只要十分鐘。

後來我家終於蓋了一棟新屋，搬了過去。那是一棟兩層樓房，白牆紅瓦，附有園地，圍著竹籬，在那年代要算是寬敞明亮的了。籬笆門上的地址是「將軍廟龍倉巷十八號」。我的房間在樓上，正當向西斜傾的屋頂下面，饒有閣樓的遁世情調。最動人逸興的，是我書桌旁邊的窗口朝東，斜對著遠處的紫金山，也就是歌裡所唱的巍巍鍾山。每當晴日的黃昏，夕照絢麗，山容果然是深青轉紫。我少年的詩心所以起跳，也許正由那一脈紫金觸發。我的第一首稚氣少作，就是對著那一脊起伏的山影寫的。

其實那時候我的譯筆也已經揮動了。早在我高三那一年，和幾個同學合辦了一張文學刊物，竟然把拜倫的名詩《海羅德公子遊記》詠滑鐵盧的一段譯成了七言古詩，以充篇幅。不難想見，一個高三的男孩，就算是高材生吧，哪會有舊詩的功力呢？難怪漕橋老家的三舅舅孫有慶，鄉裡有名的書法家，皺著濃眉看完我的譯稿後，不禁再三搖頭，指出平仄全不穩當。

不過咪咪，我的十五歲表妹也是未來的妻子范我存，卻有不同的反應。那時我們只見過一面，做表兄的只知道她的小名。那份單張的刊物在學校附近的書店寄售，當然一份也銷不掉，搬回家來，卻堆了一大疊，令人沮喪。我便寄了一份給正在城南明德女中讀初三的表妹，信封上只寫了「范咪咪小姐收」，居然也收到了。她自然不管什麼平仄失調，卻知道拜倫是誰，並且覺得能翻譯拜倫的名作，這位表哥當非泛泛之輩。戰火正烈，聚散無端，這一對小譯者與小讀者四年後才在命定的海島上重逢，這才兩小同心，終成眷屬。此乃後話，表過不提。

進了金大不久，我讀到一本戲劇，叫做《溫波街的巴府》（*The Barretts of Wimple Street: by* **Rudolph** Besier），演的是詩人白朗寧追求巴家才女伊麗莎白（Elizabeth Barrett）的故事；一時興起，竟然動筆翻譯起來。這稚氣的壯舉可愛而又可哂。劇中對話的翻譯，難在重現流利自然的語氣，遇到英文的繁複句法，要能鬆筋活骨，消淤化滯。這對於大二的生手說來，無異是愚公移山。當時我只是出於興趣，憑著本能，絕對無意投稿。譯了十多頁，留下不少問題，就知難而止了。其實要練就戲劇翻譯的功力，王爾德天女散花的妙語要能接招，當時那慘綠少年還得等三十多年。

這就是我的青澀年代，上游風景的片段倒影。我的祖籍是福建永春，但是那閩南的山縣只有在五六歲時才回去住過一年半載，那連綿的鐵甲山水，後來，只能向我承堯堂叔的畫裡去神遊了。我以重九之日出生在南京，除了偶爾隨母親回她的娘家常州漕橋小住之外，抗戰以前，也就是九歲以前，我一直住在那金陵古城，童稚的足印重重疊疊，總不出棲霞山、雨花台之間。前後我進過崔八巷小學、青年會中學、金陵大學，從一個南京小蘿蔔變成「南京大蘿蔔」。在石頭城的悠悠歲月，我長得很慢，像一隻小蝸牛，纖弱而敏感的觸鬚雖然也曾向四面試探，結果是只留下短短的一痕銀跡。

2

二〇〇〇年十月三日，正是重九之前三日，與我存乘機抵達南京。過了半個世紀再加一年，我們終於回到了這六朝故都，少年前塵。在我，不但是逆著時光隧道探入少年復童年，更是回到了此生的起點。在我存，也是在做了祖母之後才回來尋覓初中的荳蔻年華。機輪火急一觸地，我的心猝然一震，冥冥中似乎記憶在撞門，怦然激起了滿城回聲。

南京大學中文系的胡有清教授來南郊的祿口機場迎接，新機場高速公路浩蕩向北，引我們繞過雨花台，越過秦淮河，進入市區，進入了一個又像熟悉又像陌生的世界，只覺得背景隱隱，呼之欲出，前景栩栩，市聲囂囂，遮不斷歷史的回響。胡教授左顧右盼，為我指點街景與名勝，不斷問我以前是什麼樣子。他問的我大半答不出來，一切都在眞幻之間，似曾相識，可驚又可疑。身為南京之子，面對南京竟已將信將疑，南京見我，只恐更難相認吧。畢竟是半世紀了，玄武湖的明眸能看透我這白頭，認出當年倉皇出城的黑髮少年嗎？我見鍾山多嫵媚，從東晉以來便如此多嬌，但鍾山見我豈應如是？

汽車在鼓樓的紅燈前停下，數字鐘忐忑地倒數著秒，雞鳴寺纖細的塔影召我於東天，像要提醒我什麼。紅燈轉綠，熙攘的中央路引我們長驅北上，終於到了一棟雙管齊上的圓頂高廈，玄武飯店。其中的一管有如平地登仙，將我們吸上了天去，整座南京城落到我們的腳底，連同街道市聲紅燈與綠燈，落下去，只為了騰出十里的空曠，秋高氣爽，讓紫金山在上面接受我們覲見，讓玄武湖回過臉來，佩戴著翠洲與菱洲的螺髻黛鬟。猝不及防這一刹驚豔，安排得恰到好處，有如童年跟我捉了半世紀的迷藏，遍尋不見，忽然無中生有，跳出來猛跟我打個照面，一驚，一喜，一嘆，我眞的是回來了。

其後三天，或有賴胡有清、馮亦同諸位學者的導引，或接受久別的常州表親聯合來邀約，我們懷著孺慕耿耿、鄉愁怯怯的心情，一一回瞻了孩時的名勝：中山陵、夫子廟、燕子磯、棲霞寺……半世紀來這些早成了記憶的座標，夢的場景，每一個名字都有回音，可串成一排回音的長廊。南京湖多，不限於玄武與莫愁。朝陽門與正陽門之間的明代城牆下，有一弧波光灩灩懷抱著古城，狀如新月，叫做月牙湖。十月五日的下午，江蘇省及南京市的台港澳暨海外華文文學研究會，就在湖邊的譚月樓上舉辦了一場「余光中文學作品研討會」，城影與波光之中，我有幸會晤了省垣的文壇人士，並聆聽了陳遼、王堯、方忠、馮亦同、莊若江、劉紅林等學者提出的論文。

但最能安慰孺子的孤寂、並為我受難的魂魄祛魔收驚的，是玄武湖與中山陵。哀哀父母，生我劬勞。當年生我在這座古城，歷經戰亂，先是帶我去四川，後又帶我去海島。七十三年後只剩我一人回到這起點，回到當初他們做新婚夫婦年輕父母的原來，但是他們太累了，卻已在半途躺下，在命定的島上並枕安息。

當年，甚至在我記憶的星雲以前，他們一定常牽我甚至抱我來玄武湖上，搖槳蕩舟，饕餮田田的荷香，饕餮之不足，還要用手絹包了煮熟的菱角回家去咀嚼，去回味波光流傳的六朝餘韻。這一切，一定像地下水一般滲進了我稚歲的記憶之根，否則我日後怎麼會戀蓮至此，吐不盡蓮的聯想的藕絲。

後來進了金大，每逢課後興起，一聲吆集，李夜光、江達灼、高文美，幾位雙輪騎士就並駕齊驅，向玄武門馳去。金大是近水樓台，不消一盞茶的功夫，我們已經像萍錢一般，浮沉在碧波上了。越過風吹粼動的千頃琉璃，西望是明代的城樓，層磚密疊，雉堞隱隱。東望是著魔的紫金山，陰晴殊容，朝夕變色，天文台的圓頂像眾翠簇擁的一粒白珠，可以指認。九州之大，名湖自多，但是像玄武湖這麼一泓湛碧，倒映著近湖的半城堞影，遠處的半天山色，且又水上浮洲洲際通堤的，還是少見。若你是仙人向下俯瞰，當可見湖的形狀像一隻菱角，令仙人也嘴饞。

在我這南京孩子的潛意識裡，這盈盈湖水頗有母性，就是這一汪深婉與安詳，溫柔了我的幼年，嫵媚了我的回憶。或許有人會說，長江浩淼，不是更具母性嗎？當然是的，不過長江之長，奶水之旺，是南京與上游的江城水埠所共霑，不像玄武湖那麼體己。

至於父性呢，該屬紫金山了，尤其是中山陵。紫金山在南京的行政劃分上，與玄武湖同屬玄武區，但遍山林木蒼翠，名勝古跡各殊氣象，又稱鍾山風景區。這是登高臨風悠然懷古的地方，是處青山好埋骨，墓有今有古，今人的墓有中山陵、譚延闓墓、廖仲愷與何香凝墓，古人的還有明孝陵與常遇春墓。但孩時印象最深，而海外孺慕最切的，是中山陵。

壯麗的中山陵是青年建築家呂彥直的傑作。不知爲何，許多中山陵的簡介都不提設計人的名字。他是山東東平縣人，字仲宣，又字古愚。孫中山一九二五年病逝於北京，次年一月他的陵墓就在紫金山第二峰小茅山起建，直到一九二九年春天才落成。呂彥直也就死在這一年，才三十五歲。

宏偉的中山陵坐北朝南，靈谷寺與明孝陵拱於左右，占地近二千畝。從山下一路上坡，由四柱擎舉的白石牌坊到三洞的陵門，是四百八十米長的墓道，入了陵門要穿過碑亭，踏三九二級石階，才抵達祭堂。

那天秋高氣爽，胡有清教授帶我們去登臨，本來已經走進了側道，樹蔭疏處隱隱窺見陵貌莊嚴。我忽然覺得那樣太草率了，五十年後終於浪子回頭，孺子回家，應該虔誠些，像是典禮。於是我們原路退回去，鄭重其事，從巍峨的牌坊起步，一路崇仰上去。

小茅山的坡勢緩緩上升，呂彥直匠心的經營，琉璃青瓦的傾斜屋頂覆蓋著花崗石的白壁，陵門上去是碑亭，更上去是祭堂，肅靜而高潔那氣象，層層疊疊把中山陵推崇到頂點，舉目只見人造的是白石青瓦的嚴整秩序，神造的是雪松水杉鬱鬱蒼蒼的自然生機，人工與神工天人合一，標舉一種恢弘的意境。

從陵門前起步，淺灰的花崗石階，三九二級，天梯一般把朝山的人群一級級接引向上，去攀附高處長眠的或許是仍未瞑目的靈魂。石階寬敞，可容數十人並肩共登，更添天下為公的氣象。或許呂彥直有意把整座石陵譜成一首深沉的安魂曲，用三九二級的琴鍵來按彈，但按的不是巴哈或蕭邦的手指，是朝山者不絕於途的虔敬腳步。想當年有一個小學生，在女老師帶領之下也曾與群童推擠著踏過這一長排白鍵，幼稚的童心該也再三聽說過，腳下這坡道是引向崇高，但那首安魂曲究竟多深沉，卻要經歷過五十年的風吹雨打，從海外歸來才能體會。

正是重九的前一日，高處風來，間歇可聞遲桂的清芬，隱隱若前人流傳的美名。登到頂點已有些汗意，不禁在祭堂前回望人寰，才發現，咦，剛才攀登的數百級石階竟都不見了，只見梯田一般的坡勢變成了一幅幅寬坦的平台。原來由下而上，只見一層層階級，不見中間的平台；到了高處，回望時階級就悉被平台遮掉了。據說這正是呂彥直的匠心：朝山的人對陵頂的氣魄仰之彌高，油然起敬而見賢思齊，但祭堂上坐著的大理石像，胸懷廣闊，俯視只見坦然的平台，卻無視於一階一級。

3

十月四日的上午，胡有清教授帶我們去尋訪半世紀前我母校的校園。金陵大學早在五〇年代之初併入南京大學，所以地圖上只見南大，不見金大了。金大校友會會長周伯塤、副會長馮致光、南大校友總會副會長賈懷仁、祕書長高澎陪我重遊初秋的校園，並殷勤爲我指點歲月的滄桑。

南京大學目前聲譽日高，是中國排名前幾位的重點學府。校園看來相當整潔，有些建築顯得古意盎然，例如昔日的小教堂，風骨猶健，並不破落。李清照詞「物是人非事事休」，正可印證半世紀後我的母校，雖已換了好幾代人，而舊樓巍巍，樹蔭深深，規格仍在。似眞疑幻，一霎間我成了老電影中遲暮的歸客，恍然凝立在文理農三院鼎立的中庭，往事紛紛，像脫序倒帶的前文提要，閃過驚擾的心神。若非校友會的諸君在旁解說，我眞想倚在那棵金桂蔭裡，合上倦目，讓風裡的桂香嫋嫋引路，帶我回到最後——一九四八年的那一季秋天。也許高文美或者李夜光會抱著一疊書，從正中的文學院台階上，隨下課的同學們一擁而出，瞥見是我，會興奮地向我跑來。但跑到一半，會忽然停步，一臉驚疑，發現樹蔭下向他們招手的並不是我，而是一個白髮的老人。

我回過神來，發現自己是回來了，遠從海峽的對面，回來了，但不是回到五十年以前，因爲世紀都已經交班了。我站在母校三院拱立的中庭，還記得當年的景色並沒有多少改變，這在那十年的大劫之後，在紅衛兵狂舞著小紅書鼓譟著破四舊之後，可說是十分幸運了。只是水杉與刺柏都長高了許多，而猖獗的爬藤，長莖糾纏著亂葉，早已迫不及待，攀上了方正的鐘樓，恨不得把高窗全部攀滿。

記得從前從家裡來上課，總是踏著漢口路沙石的斜坡，隔著高過人頭的籬樹，隱約可窺三院的灰瓦屋頂，往往從鐘樓頂上還會飄來音樂，恍惚迷離，奏的是舒曼的「夢幻曲」（Traumerei）。

「請問你就是余光中先生嗎？」

我從藤蔓綢繆的樓塔上收回目光，一位青年停在我們面前，笑容熱切，負著背包。我含笑點頭，胡教授問他，怎麼認出是我。

「我讀過余先生的書，見過照片。」他說。

「余先生是我們南大的校友，」胡教授說，「五十年第一次回來。」

「眞的呀？」那學生十分驚喜，要求與我合照。

「這幾天我們國慶放長假，」望著那學生的背影，胡教授解釋。「校園裡冷冷清清，否則就難脫身了。」

說著，眾人來到了老圖書館前。一進門，磨石地板上赫然鑲著一輪圓整的校徽，白底清純，襯托出篆書的「金陵」兩個大金字，各爲半圓，直徑超過四尺。我搜索失去的記憶，不確定以前是否就如此。校友會諸君都說，正是原來所鑲的校徽。

「以前的做工就是這麼認眞，」我存羨嘆。「到現在都沒有缺陷！」

我走進陰深的大閱覽廳，一步，就跨回了五十年前。空廳無人，只留下一排排走不掉的紅木靠背椅子，仍守住又長又厚實的紅漆老桌，朝代換了，世紀改了，這滿廳擺設的陣勢卻仍然天長地久，叫做金陵。我抽出一張椅子來，以肘支桌，坐了一會。舒曼的「夢幻曲」瀰漫在冷寂的空間，隱隱可聞。我相信，若是我一個人來，只要在這被祟的空廳上坐得夠久，李夜光、高文美、江達灼那一伙同學就會結束半世紀捉迷藏的遊戲，哇的一聲，從隱身處一起跳出來迎我。

當天下午我訪問了南京大學中國現代文學研究中心，並以「創作與翻譯」爲題在校園公開演講。雖在十一大假期間，而且只貼出一張小海報，留校的學生卻無中生有忽然湧現，文學院措手不及，三遷會場才能夠開始。師生都來得很多，情緒也十分熱烈。聽眾的興奮令講者意氣風發，講者的慷慨更加鼓舞了聽眾。中文的「演講」也好，「講演」也好，不但要講，多少還要演，所以顯得生動。對比之下，英文的 talk 只講不演，就不及中文傳神了。

能在自己的生日回到自己的出生地，用自己的母語對同樣是金陵的子弟，訴說自己對這母語的孺慕與經營；能回到中國對這麼多中國的少年訴說，倉頡所造許愼所解李白所舒放杜甫所旋緊義山所織錦雪芹所刺繡的中文，有怎樣的危機又怎樣的新機，切不可敗在我們的手裡——能這樣，該是多大的快慰。

幾百雙烏亮而年輕的眼瞳，正睽睽向我聚焦。那樣灼灼的神情令演講人感動。我當年聽講，也是那樣的神情嗎？想當年戰火正烈，我懷著悽惶的心情，隨父母出京南行，投向渺不可測的未來，正是他們這年紀。

掉頭一去是風吹黑髮，
回首再來已雪滿白頭。

悠長的歲月，在對岸聽到的是不斷的運動接運動，繼以神州浩劫的十年，慶幸自己是逃過了。但回到了此岸，見后土如此多嬌，年輕的一代如此地可愛，正是久晴的秋日，石頭城滿城的金桂盛開，那樣高貴的嗅覺飄揚在空中，該是鄉愁最敏的捷徑。想長江流域，從南京一直到武漢，從南大的校園一直到華中師大的桂子山，長風千里，吹不斷這似無又有欲斷且續的一陣陣秋魂桂魄。這麼想著，又覺得這些年來，倖免的固然不少，但錯過的似乎也很多。想這些年來，我教過的學生遍布了台灣與香港，甚至還包括金髮與碧瞳，但是幾時啊，我不禁自問，你才把桃李的青苗栽在江南，種在關外？

——二〇〇一年十月於高雄西子灣

余光中寫作年表

・一九二八年重九日生於南京。父余超英，母孫秀君。祖籍福建永春，但母親為江蘇武進人，故作者亦自稱為江南人。小時候常住南京，亦曾隨父母返永春及武進，並遊杭州。
・一九三七年，抗戰開始，隨母流亡於蘇皖一帶淪陷區，驚險與艱苦備嘗。
・一九三八年，隨母親逃滬，居半年，乘船經香港抵安南，復經昆明、貴陽，抵達重慶，與父親重聚。
・一九四〇年，進入南京青年會中學，當時校址在四川江北悅來場。
・一九四七年，畢業於南京青年會中學，當時學校已遷回南京。同年考取北大及金陵大學，北方不寧，入金大外文系。
・一九四九年，一月轉入廈門大學外文系。在廈門《星光》、《江聲》二報發表新詩及短評。七月，隨父母遷香港，失學一年。
・一九五〇年，五月來台灣。開始在《新生副刊》、《中央副刊》、《野風》等發表新詩。九月考入台大外文系三年級。
・一九五二年，台大畢業。以第一名考進聯勤陸海空軍編譯人員訓練班。詩集《舟子的悲歌》出版。
・一九五三年，入國防部總聯絡官室服役，任少尉編譯官。
・一九五四年，詩集《藍色的羽毛》出版。與覃子豪、鍾鼎文、夏菁、鄧禹平共創藍星詩社。
・一九五六年，退役。在東吳大學開始兼課。與范我存結婚。
・一九五七年，師範大學兼課，授大一英文。《梵谷傳》與《老人和大海》中譯本出版。主編《藍星週刊》。

•一九五八年，六月長女珊珊生。七月喪妣。十月去美國進修，作品受現代藝術影響。

•一九五九年，獲愛奧華大學藝術碩士，回國。任師範大學英語系講師。次女幼珊生。參加現代詩論戰。主編《現代文學》及《文星》之詩部份。

•一九六〇年，詩集《萬聖節》及譯詩《英詩譯註》出版。詩集《鐘乳石》在香港出版。主編《中外》畫刊之文藝版。

•一九六一年，英譯*New Chiness Poetry*出版，美國駐華大使館酒會慶祝，胡適致詞，羅家倫亦出席。長詩〈天狼星〉刊於《現代文學》，引起與洛夫之論戰，發表〈再見，虛無！〉作品風格漸漸回歸中國古典之傳統。與林以亮等合譯之《美國詩選》在香港出版。與國語派作家展開文白之爭。去菲律賓講學。東海、東吳、淡江兼職。三女佩珊生。

•一九六二年獲中國文藝協會新詩獎。菲律賓出席亞洲作家會議。〈書袋〉中譯連載於《聯合報》副刊。

•一九六三年，散文集《左手的繆思》及評論集《掌上雨》出版。〈繆思在地中海〉中譯連載於《聯合報》副刊。

•一九六四年，詩集《蓮的聯想》出版。舉辦紀念莎士比亞誕生四百週年現代詩朗誦會於耕莘文教院。應美國國務院邀請，赴美講學一年，先後授課於伊利諾、密西根、賓夕法尼亞、紐約四州。

•一九六五年，散文集《逍遙遊》出版。西密西根州立大學英文系副教授。四女季珊生。

•一九六六年，回國。師範大學副教授。台大、政大、淡江兼課。當選十大傑出青年之一。

•一九六七年，詩集《五陵少年》出版。

•一九六八年，散文集《望鄉的牧神》出版，同年出香港版。《英美現代詩選》中譯二冊出版。主編「藍星叢書」五種及「近代文學譯叢」十種。

- 一九六九年，詩集《敲打樂》、《在冷戰的年代》、《天國的夜市》三種出版。主編《現代文學》雙月刊。去香港出席中文大學翻譯研討會，宣讀論文，並在崇基學院及浸會書院演說。應美國教育部之聘，去科羅拉多州任州教育廳外國課程顧問及寺鐘學院客座教授。
- 一九七〇年，胃疾住院。中譯《巴托比》。英譯《滿田的鐵絲網》。
- 一九七一年，英譯《滿田的鐵絲網》及德譯《蓮的聯想》分別出版於台灣及西德。回國。主持寺鐘學院留華中心及中視「世界之窗」。師範大學教授。介紹搖滾樂。台大、政大兼課。
- 一九七二年，散文集《焚鶴人》及中譯《錄事巴托比》出版。獲澳洲政府文化獎金，夏天訪問澳洲二月。同年十一月，應世界中文報業協會之邀，赴香港演說。政治大學西語系系主任。
- 一九七三年，應香港詩風社之邀，赴港演說。奉教育部派往韓國出席第二屆亞洲文藝研討會，並宣讀論文。主編政大《大學英文讀本》。擔任「中國現代詩獎」評審委員。
- 一九七四年，詩集《白玉苦瓜》及散文集《聽聽那冷雨》出版。主編《中外文學》詩專號。主持復興文藝營。去香港任中文大學中文系教授。
- 一九七五年，《余光中散文選》在香港出版。「青年文學獎」評判。開始在《今日世界》寫每月專欄。六月回國，參加「民謠演唱會」。同年楊弦譜曲之《中國現代民歌集》唱片出版。七月再回國，出席第二屆國際比較文學會議，並宣讀論文。八月出席香港中英翻譯會議，並宣讀論文。兼任中文大學聯合書院中文系系主任。香港學校朗誦節評判。
- 一九七六年，出席倫敦國際筆會第四十一屆大會，並宣讀論文〈想像之真〉。香港學校朗誦節評判。《天狼星》出版。
- 一九七七年，《青青邊愁》出版。
- 一九七八年，《梵谷傳》新譯本出版。五月出席瑞典國際筆會第四十三屆大會，並遊歷丹麥及西德。

• 一九七九年，《與永恆拔河》出版。香港市政局主辦「中文文學獎」評判。

• 一九八〇年九月至一九八一年七月休假期間，回台北任國立師範大學英語系系主任，兼英語研究所所長。中國時報及聯合報文學獎評判。在台灣各地演講達三十餘次。《掌上雨》、《蓮的聯想》、《左手的繆思》、《英美現代詩選》新版重印，列爲「時報叢書」。

• 一九八一年，九月出席在法國里昂舉行的國際筆會年會。十二月出席中文大學中國現代文學研討會，宣讀論文〈試爲辛笛看手相〉。《余光中詩選》、評論集《分水嶺上》及主編之《文學的沙田》先後出版。

• 一九八二年，發表長文〈巴黎看畫記〉及一連串山水遊記論文。應邀赴吉隆坡與新加坡演講。出席台北中國古典文學會議。〈傳說〉獲台北新聞局金鼎獎歌詞獎。《中國時報》文學獎評判。任香港青年作者協會顧問。

• 一九八三年，出席於委內瑞拉舉行的第四十六屆國際筆會年會。所譯王爾德喜劇《不可兒戲》在台北出版。主持香港藝術中心「抒情詩之夜」。詩集《隔水觀音》出版。

• 一九八四年，出席於東京舉行的第四十七屆國際筆會年會。所譯王爾德喜劇《不可兒戲》六月在香港由香港話劇團演出，連滿十三場。十月獲第七屆吳三連文學獎散文獎。十二月又以〈小木屐〉獲金鼎獎之歌詞獎。《逍遙遊》、《在冷戰的年代》新版重印。中譯《不可兒戲》出香港版。中譯《土耳其現代詩選》出版。

• 一九八五年，任《香港文學》顧問。出席新加坡「國際華文文藝營」。任新加坡「金獅文學獎」評判。發表五萬字論文〈龔自珍與雪萊〉。爲《聯合報》寫每週專欄「隔海書」。四月及五月分別赴馬尼拉和舊金山主持文學講座。《不可兒戲》在港重演，十四場滿座，同年夏天在廣州公演。仲夏周遊英國、法國及西班牙。八月三十一日，香港中華文化促進中心舉行「余光中惜別詩會」。九月十日，自香港回高雄，任中山大學文學院院長兼外文研究所所長。

• 一九八六年，二月發表〈控訴一枝煙囪〉，引起熱烈回應。四月擔任「木棉花文藝季」（由高雄市政府、中山大學、台灣新聞報合辦）總策劃，並爲此文化活動撰寫〈讓春天從高雄出發〉一詩。六月赴德國漢堡參加國際筆會年會並暢遊西德。九月《紫荊賦》詩集出版，並由楚雲主持發表會。

• 一九八七年，一月散文集《記憶像鐵軌一樣長》出版。二月主持本年度「木棉花文藝季」。三月，譯作《不可兒戲》由北京友誼出版社出版。五月，赴瑞士參加國際筆會年會。六月《自由青年》刊出「余光中專題」。

• 一九八八年，爲一月出版的《墾丁國家公園詩文攝影集》配詩並寫序，強調環境保護的重要。一月廿四日發表〈送別〉，同日在高雄領五萬民眾朗誦此詩，以悼念蔣經國。一月廿六日與眾多文友在台北以《秋之頌》一書焚祭梁實秋先生。《秋之頌》一書由余氏主編，內收記述評論梁氏之文章。五月赴曼谷演講，以紀念五四。六月在香港的中文圖書展覽會演講「五種讀書人」。十一月流沙河選釋的《余光中一百首》在四川出版。十二月散文集《憑一張地圖》出版。十二月赴香港參加「香港文學國際研討會」。

• 一九八九年，一月流沙河選釋的《余光中一百首》在香港出版。一月訪吉隆坡，主持中央藝術學院講座。五月主編的《中華現代文學大系》出版，共十五卷。同年以此書獲「金鼎獎」圖書類主編獎。五月《鬼雨：余光中散文》一書在廣州出版。六月膺選爲《聯合報》副刊第一位「每月人物」。八月主編的《我的心在天安門——六四事件悼念詩選》出版。九月赴港參加「天安門的沉思」詩歌朗誦會。九月赴加拿大多倫多參加國際筆會年會，並應「加京中華文化協會」之邀在渥太華演講。

• 一九九〇年，一月《隔水呼渡》散文集出版。三月《夢與地理》詩集獲「中華民國第十五屆國家文藝獎」的新詩獎。七月在紐約主持長女珊珊婚禮，復往荷蘭參觀梵谷逝世百年紀念大展，並在巴黎近郊弔梵谷之墓。八月譯作《不可兒戲》在台北國家劇院演出十二場。九月獲選爲中華民國筆會會長。

・一九九一年，二月參加高雄中山大學訪問團訪問南非多所大學。四月赴香港參加「山水清音：環保詩文朗誦會」，並在香港作家聯誼會主辦的講座上演講。五月譯作《不可兒戲》在高雄中正文化中心演出三場。六月，應美西華人學會之邀，在洛杉磯發表演講，並接受該會頒發的「文學成就獎」。夏天 World Literature Today 第六五卷第三期刊出梁啓昌（K. C. Leung）的 *An Interview with YU Kwang-chung*。十月赴香港參加翻譯學會主辦的翻譯研討會，並接受該會頒贈的榮譽會士銜。十一月初，赴維也納參加國際筆會年會，並遊匈牙利。

・一九九二年二月，父親余超英逝世。四月，參加在巴塞隆納舉行的國際筆會年會。九月，應北京社會科學院之邀，演講「龔自珍與雪萊」，並訪故宮，登長城。十月，參加在珠海市舉行的「海峽兩岸外國文學翻譯研討會」。應英國文藝協會之邀，與湯婷婷、張戎、北島參加「中國作家之旅」，在英國六城市朗誦並座談。擔任中文大學新亞書院「龔氏訪問學人」（十月至十一月），並參加中文大學的「抒情詩之夜」朗誦會。中英對照詩選《守夜人》出版。中譯王爾德喜劇《溫夫人的扇子》出版，並在台北、高雄先後演出。十一月，率團參加在巴西舉行的國際筆會年會。

・一九九三年一月，福州《台港文學選刊》推出余光中專輯，包括余氏作品散文四篇、詩八首，及黃維樑、樓肇明、何龍的評介文章，凡十二頁。二月，香港中文大學聯合書院邀請擔任「到訪傑出學人」，爲期二週，發表三次演說，並參加逸夫書院主辦的「吐露燈」誦詩晚會。三月，赴紐約看新生的外孫飛黃，並寫〈抱孫〉一詩。四月，會晤大陸名歌手王洛賓，〈鄉愁〉一詩由王洛賓譜成歌曲。五月，赴香港參加「兩岸暨港澳文學交流研討會」，並發表論文〈藍墨水的上游是汨羅江〉。六月，《二十世紀世界文學大全》（*Encyclopedia of world Literature in the 20th Century*,Continuum, New York, 1993）第五卷納入一整頁余氏評傳，由鍾玲執筆。七月，主持「梁實秋翻譯獎」評審，其他委員爲彭鏡禧、陳次雲。八月三日，參加《聯合報》短篇小說獎評審。廿八日，參加《中國時報》散文獎評審。會晤湖南評論家李元洛。九月，赴西班牙桑地牙哥（Santiago de Compostela）參加國際筆會年會。

・一九九四年，評論集《從徐霞客到梵谷》出版，並獲本年《聯合報》讀書人最佳書獎。六月，參加蘇州大學「當代華文散文國際研討會」，發表論文〈散文的知性與感性〉。繼訪上海作協，會晤作家柯靈、辛笛。七月，在台北舉行之「外國文學中譯國際研討會」上發表專題演講〈作者、學者、譯者〉。八月，在台北舉行的第十五屆「世界詩人大會」上專題演講 Is the Muse Dead? 九月，中山大學聘任爲「中山講座教授」。重九日，黃維樑編撰的各家論余氏作品之選集《璀璨的五采筆》一巨冊出版。

・一九九五年，十月赴布拉格出席國際筆會大會。十一月十日，台大五十週年校慶，文學院邀請傑出校友演講，主講「我與繆思的不解緣」。中譯《理想丈夫》出版，並由國立藝術學院慶祝四十週年校慶演出。詩與散文納入哥倫比亞大學出版之《現代中國文學選》。

・一九九六年，一月散文選《橋跨黃金城》由北京人民日報出版社出版。四月，赴港參加翻譯學術會議，發表論文〈論的的不休〉。十月，《井然有序》出版，並獲《聯合報》讀書人本年最佳書獎。

・一九九七年，六月浙江文藝出版社出版《余光中散文》。八月，由長春時代文藝出版社出版《余光中詩選集》及《余光中散文選集》共七冊，應邀前往長春、瀋陽、哈爾濱、大連、北京等五大城市爲讀者簽名。十月，獲中國詩歌藝術學會致贈「詩歌藝術貢獻獎」。文建會出版《智慧薪傳——大師篇》，納入余氏評傳。十二月一日，香港中文大學舉辦「兩岸翻譯教學研討會」，應邀發表主題演說。

・一九九八年，五月，獲頒文工會第一屆五四獎的「文學交流獎」。六月，獲頒中山大學「傑出教學獎」，及中華民國「斐陶斐傑出成就獎」。十月，獲頒行政院新聞局「國際傳播獎章」。十月二十八日，重九日，七十大壽，在《聯合報》、《中國時報》、《中央日報》、《中華日報》、《自由時報》、《新聞報》、《聯合文學月刊》、《幼獅文藝》月刊、《明道文藝》月刊共發表十五首詩，一篇散文。九歌出版社出版詩集《五行無阻》、散文集《日不落家》、評論集《藍墨水的下游》及鍾玲主編慶祝余氏七十生日詩文集專書《與永恆對壘》。洪範書店出版《余光中詩選第二卷：一九八二—一九九八》。《聯合文學》、《幼獅文藝》、《明道文藝》均有專輯祝賀余氏生日。中山大學文學院提前於十月二十三日慶生，舉辦「重九的午后——余光中作品研討暨詩歌發表會」，金聖華、黃國彬、鄭慧如均宣讀論文；夏菁、向明、鍾玲、陳義芝、胡燕青、王良和、汪其楣誦詩，殷正洋唱楊弦所譜余氏詩作之歌曲四首。

十二月，散文集《日不落家》獲頒《聯合報》讀書人本年最佳書獎。七十大壽發表新作及新書出版等活動，被台灣電視公司「人與書的對話」選爲一九九八年「十大讀書新聞」之第六。

・一九九九年一月，傅孟麗者《茱萸的孩子——余光中傳》由天下文化出版。二月，黃維樑、江弱水編選《余光中選集》五冊由安徽省教育出版社出版。國立中山大學聘爲「光華講座教授」。六月，蘇其康主編《結網與詩風——余光中先生七十壽慶論文集》由九歌出版社出版。淡江大學中文系主編《藍星詩學》季刊推出「余光中特輯」。八月，余光中自選集《與海爲鄰》、《滿亭星月》、《連環妙計》三冊由上海文藝出版社出版。九月，應湖南文協之邀訪湘，先後在岳麓書院、岳陽師範學院、常德師範學院、武陵大學演講。十月，《日不落家》獲頒吳魯芹散文獎。散文〈尺素寸心〉及〈我的四個假想敵〉收入 David Pollard, ed. *The Chinese Essay*, 由香港中文大學出版。

・二〇〇〇年三月，香港中文大學校友月刊選出余光中、丘成桐、牟宗三、楊振寧、錢穆等十人爲「中大最重要人物」。五月，赴莫斯科參加國際筆會年會，並在《聯合報》發表長文〈聖喬治眞要屠龍嗎？〉記遊。七月，高雄市文藝獎，由教育部長曾志朗頒贈。《余光中詩選》當選「百年百種優秀中國文學圖書」，由北京中國青年出版社出版。九月，Unfolding New Worlds 一文刊於九月號英文版《讀者文摘》。赴北京參加中央電視台中秋特別節目。十月，參加南京「余光中文學作品研討會」及武漢「余光中暨香港沙田文學國際學術研討會」，並接受武漢華中師範大學頒贈客座教授聘書。十月十六日，在華沙波蘭科學院發表主題演講 To Make a Globe of Two Hemispheres。十二月，詩集《高樓對海》於七月出版，獲《聯合報》讀書人年度最佳書獎。十二月十四日，赴香港參加「千禧年全球青年華文文學獎」頒獎典禮。

・二〇〇一年一月，江堤編選《余光中：與永恆拔河》，為「岳麓書院千年論壇叢書」之一，由湖南大學出版。二月，應邀訪問西雅圖華盛頓大學，演講 Out of Place, Out of Time，並作一次朗誦。四月，應邀訪問山東大學，范我存與次女幼珊同行。演講二場，並登泰山。訪孔子與孟子古蹟。五月，黃維樑選編《大美為美——余光中散文精選》，列入季羨林主編叢書《當代中國散文八大家》（另七家為冰心、季羨林、金克木、張中行、汪曾祺、秦牧、余秋雨），由深圳海天出版社出版。六月，香港鳳凰台電視主持人楊瀾拍攝訪問專輯。七月，赴瑞士 Kandersteg 參加 Call for a Global Dialogue。八月，出席新加坡國際作家節，並在國立新加坡大學演講、朗誦。九月，應廣西大學及桂林旅遊局之邀訪問廣西，在廣西大學及廣西師範大學演講，范我存及四女季珊同行。十月，參加「江蘇籍台灣作家回鄉采風團」訪問南京、揚州、無錫、蘇州，並在東南大學與蓉子、張默同台朗誦。十二月七日，與范我存同赴廣州南沙，領第二屆「霍英東成就獎」，其他得獎人包括錢學森、林懷民等。

・二〇〇二年，出版《含英吐華：梁實秋翻譯獎評語集》、《余光中精選集》。

・二〇〇三年八月由余光中擔任總編輯《中華現代文學大系貳：臺灣一九八九—二〇〇三》，由九歌出版社出版。十二月，香港中文大學頒贈名譽文學博士，余光中親自到場領獎。

・二〇〇四年十一月出版《守夜人：中英對照詩集，1958-2004》（*The Night Watchman: A Bilingual Selection of Poems by Yu Kwang-chung*, 1958-2004）。

・二〇〇五年二月出版散文《青銅一夢》、《余光中幽默文選》。

・二〇〇七年十一月，當選台灣大學傑出校友。

・二〇〇八年五月出版陳芳明主編《余光中六十年詩選》。十月重九日，八秩大壽，九歌出版社出版詩集《藕神》、評論集《舉杯向天笑》、翻譯《不要緊的女人》（*A Woman of No Importance*），及陳芳明主編《余光中跨世紀散文》、蘇其康主編《詩歌天保——余光中教授八十壽慶專集》，天下文化出版陳幸蕙主編《余光中幽默詩選》。十二月，出版丁旭輝主編《余光中集》。

・二〇一〇年四月，出版《濟慈名著譯述》。

・二〇一一年十一月十二日於校慶大典獲頒國立中山大學名譽文學博士，十二月獲頒「第一屆全球華文文學星雲獎」貢獻獎。

・二〇一五年六月出版詩集《太陽點名》，獲頒馬來西亞「花蹤世界華文文學獎」，十二月散文集《粉絲與知音》出版。十二月獲頒二等景星勳章。

・二〇一七年一月《英美現代詩選》出版，六月《守夜人：中英對照詩集，1958-2016》（*The Night Watchman: A Bilingual Selection of Poems by Yu Kwang-chung*, 1958-2016）增訂出版。十二月十四日病逝高雄。

・二〇一八年八月，出版遺作《從杜甫到達利》。十二月，出版陳幸蕙主編《余光中美麗島詩選》。

・二〇二〇年八月，出版中譯《錄事巴托比／老人與海》。

余光中散文重要評論索引

評論文章	評論者	原載處	原載日期
讀余光中〈地圖〉	梅遜	文壇	一九六八年三月
介紹余光中的散文	陳芳明	青溪	一九六九年六月
評介余光中的散文	張道穎	台大青年	一九七〇年三月
焚鶴人	碧竹	書評書目	一九七二年九月
望鄉的牧神	壹闡提	書評書目	一九七三年五月
西出陽關	楊子	聯合報	一九七三年八月二十日
飄然思不群	思果	中國時報	一九七四年四月九日
我讀《焚鶴人》	重提	婦友	一九七四年九月

余光中的「現代散文」　劉立化　文壇　一九七五年三月
音樂化的散文——《聽聽那冷雨》評介　張箏傲　蕉風　一九七五年六月
散文的意象：雄偉與秀美　溫瑞安　幼獅文藝　一九七六年七月
評余光中〈地圖〉的結構　鄭明娳　文壇　一九七七年二月
從余光中《聽聽那冷雨》談散文的感覺性　鄭明娳　文壇　一九七七年四月
從余光中的散文理論看其作品　鄭明娳　中華文藝　一九七七年八月
讀介：《青青邊愁》　李漢呈　台灣時報　一九七八年三月二十三日
從幾位朋友的散文說起：寒舍隨筆　黃維樑　聯合報　一九七九年十二月十二日
試論余光中的散文論　岳農　台肥月刊　一九八一年
試論余光中的散文觀　林錫嘉　文壇　一九八一年五月
從余光中的散文理論看其作品　鄭明娳　（馬來西亞）新明日報　一九八二年六月五日
現代賦——看余光中的散文　林央敏　明道文藝　一九八二年十二月
余光中「催魂鈴」賞析　黃維樑　（港）文藝　一九八三年四月

古典散文與現代散文	游喚	古典文學第五集	一九八四年
左手的散文魔術——讀余光中《記憶像鐵軌一樣長》	沈謙	幼獅少年	一九八四年九月
左手的繆思與永恆拔河——側寫本年度吳三連文藝獎得主余光中	季季	中國時報	一九八四年十月二十四日
情采兼備的散文大家——欣悉余光中獲吳三連文學獎	黃維樑	（港）明報	一九八四年十月二十七日
試論現代散文	鄭明娳	文訊	一九八四年十月
開創散文的天空	李瑞騰	自立晚報	一九八四年十一月一日
余光中的散文	吳貴和	風簷展書讀	一九八五年一月
詭譎的文人——與余光中談散文	沈謙	聯合報	一九八五年三月二十六日
詩意浩蕩，情采飛揚——余光中散文〈山盟〉欣賞	張放	名作欣賞	一九八六年
余光中散文論	鄭明娳	現代散文縱橫論	一九八六年

從《青青邊愁》到《記憶像鐵軌一樣長》 鄭明娳 自由青年 一九八七年八月
——小論余光中近期散文
中國現代散文的困惑與余光中的散文創新 李源 香港與海外華文文學（大陸）台灣一九八八年九月
試析《記憶像鐵軌一樣長》 湯禎兆 星島日報（港） 一九八八年十一月七日
關於校園散文 郭楓 台港文學選刊 一九八八年
——余光中、黃維樑、小思散文印象
承傳與超越 徐學 第四屆全國台灣文學 一九八九年三月
——台灣作家散文觀綜論之一
攀越散文的另一稜線 蘇其康 聯合文學 一九八九年五月
——評余光中的《憑一張地圖》
奇妙的文字方陣 何龍 鬼雨：代序 一九八九年五月
——余光中散文藝術評介
余光中：登樓賦 余秋雨 中國現代散文欣賞辭典 一九九〇年
余光中的《山居》 謝川成 （馬來西亞） 一九九〇年

中華散文

余光中《隔水呼渡》　戴天　（港）信報　一九九〇年三月二十三日

造化無私，山水有情　郭明福　文訊　一九九〇年六月
——評介《隔水呼渡》

論余光中散文的設色　何杏楓　（港）中大　一九九〇年
畢業論文

余光中香港時期的山水散文　曹順祥　（港）中大　一九九〇年
畢業論文

文章範本　思果　中華日報　一九九一年三月九日

余光中：放逐的現象世界　簡政珍　中外文學　一九九二年一月

罷了也罷　梁錫華　（港）　一九九二年六月二十九日
——余光中〈紅與黑〉讀後感　星島日報

在文字的風火爐中煉丹　雷銳　中華日報　一九九二年七月十八日
——論余光中散文的幽默特色（上、下）

賦的現代作用與實用價值　梁錫華　（港）賦學　一九九二年十月
國際研討會

奇喻巧擬著文章——余光中散文中的比喻和比擬	馮友君	（大陸）名作欣賞	一九九二年
余光中散文研究	陳玉芬	台大碩士論文	一九九三年六月
論余光中散文的句法特點	李軍	廣州師院學報	一九九四年第四期
繽紛絡繹，錦繡有章——余光中文體論	伍立揚	當代文壇	一九九五年第一期
雙國籍的混血文類	袁瓊瓊	聯合報	一九九六年十二月二十三日
序有應得	曹拔	星島日報	一九九七年三月八日
余光中散文的氣勢	施康強	上海文匯報	一九九七年十月二十五日
深沉父愛的又一表現——讀余光中〈日不落家〉的聯想	黃維樑	中華日報	一九九七年八月八日
日不落家	彭蕙仙	中時晚報	一九九九年一月十七日
風景裡的中國——余光中遊記的一種讀法	鍾怡雯	台灣新聞報	一九九九年二月七日
何當共剪西窗燭——評余光中的《芝麻開門》	秦嶽	書香處處聞	一九九九年六月

新 世 紀 散 文 家 2 1

開卷如開芝麻門
——余光中精選集

國家圖書館出版品預行編目 (CIP) 資料

開卷如開芝麻門：余光中精選集 / 余光中著 . -- 增訂新版 . --
臺北市 : 九歌出版社有限公司 , 2021.05
面； 公分 . -- (新世紀散文家 ; 21)
ISBN 978-986-450-329-2(平裝)

863.55 109022200

作　　者——余光中
創 辦 人——蔡文甫
發 行 人——蔡澤玉
出版發行——九歌出版社有限公司
臺北市八德路 3 段 12 巷 57 弄 40 號
電話 / 02-25776564 傳真 / 02-25789205
郵政劃撥 / 0112295-1

九歌文學網 www.chiuko.com.tw

印　　刷——晨捷印製股份有限公司
法律顧問——龍躍天律師 · 蕭雄淋律師 · 董安丹律師
初　　版——2002 年 11 月
增訂新版——2021 年 5 月
新版 2 印——2024 年 8 月
定　　價——380 元
書　　號——0106021
I S B N——978-986-450-329-2